TASCABILI BOMPIANI   173

ANAÏS NIN
HENRY & JUNE

Traduzione di Delfina Vezzoli

I LIBRI DI
ANAÏS NIN

Titolo originale
HENRY AND JUNE

ISBN 978-88-452-4657-9

www.giunti.it
www.bompiani.it

Prima edizione a marchio Bompiani: 1987
Seconda edizione Giunti Editore S.p.A.: agosto 2018

Bompiani è un marchio di proprietà di Giunti Editore S.p.A.

Anaïs Nin scoprì molto presto la propria vocazione di scrittrice. A sette anni firmava i suoi racconti "Anaïs Nin, membro dell'Accademia francese". Nel suo francese scolastico scrisse diversi romanzi e commedie che sembrano scaturire spontaneamente da un'immaginazione intensamente drammatica, stimolata e acuita dalla necessità di Anaïs di tenere a bada i due fratellini. Scoprì infatti che questo scopo poteva essere facilmente raggiunto raccontando loro storie interminabili e facendoli recitare nei suoi lavori teatrali.

Nel 1914, all'età di undici anni, diede inizio all'ormai famoso diario sotto forma di lettere indirizzate al padre che aveva abbandonato la famiglia. Il diario fu per lei una sorta di confidente e lo compilò quasi quotidianamente per tutta la vita. Fino al 1920 in francese, in seguito, in inglese. (Il manoscritto originale è composto di circa 35.000 pagine che si trovano ora nello Special Collection Department dell'UCLA.) L'impegno quotidiano nella scrittura, senza lettori o censori, affinò in Anaïs, nel corso degli anni, la capacità di descrivere le sue emozioni momento per momento, una capacità che raggiunse tuttavia compiuta espressione solo all'epoca di *Henry and June*; cioè a partire dal 1931.

Tuttavia, oltre al diario, continuò a scrivere opere di narrativa per altri quarantacinque anni. Anaïs la scrittrice del diario e Anaïs la romanziera intrattennero una non facile relazione. Nel 1933 scriveva: "Il mio libro e il mio diario si pestano costantemente i piedi l'un l'altro. Io non posso né tenerli separati né conciliarli. E li tradisco entrambi. Sono molto più fedele al mio diario, comunque. Potrei inserire brani del diario nel romanzo, ma non farei mai l'opposto. Dimostro così un'umana fedeltà all'umana autenticità del diario."

Verso la fine degli anni venti John Erskine espresse alla scrittrice l'opinione che il diario contenesse i suoi scritti migliori e Anaïs iniziò a pensare al modo di pubblicarne "molte pagine". A quell'epoca avrebbe potuto pubblicarlo integralmente; non aveva nulla da nascondere. Più tardi avrebbe studiato soluzioni diverse: trasporre il diario sotto forma di romanzo, pubblicarlo come diario ma con nomi fittizi oppure mescolando nomi fittizi a nomi veri. Ma, dal 1932 in poi, quando iniziò insieme ad Henry Miller quella che divenne una ricerca interminabile dell'amore perfetto, si rese conto che non avrebbe mai potuto pubblicare integralmente il diario senza ferire suo marito, Hugo Guiler, così come altre persone. Ricominciò, quindi, a pubblicare opere di narrativa. Ma verso la fine degli anni Cinquanta, dal momento che i romanzi e i racconti non le avevano dato che una fama limitata, si accinse a elaborare una nuova forma che le permettesse di pubblicare il diario senza correre il rischio di offendere nessuno. Decise di usare i nomi veri e di omettere semplicemente ciò che riguardava la sua vita personale, suo marito e i suoi amanti. Dopo aver letto *Henry and June*, chiunque conosca la prima parte del diario (pubblicata in Italia nel 1977) può rendersi conto di quale ingegnosa impresa essa rappresenti. L'Anaïs compilatrice del diario l'avrebbe fatto incominciare dall'inizio, ovvero il 1914. Ma l'Anaïs romanziera, sempre predominante, scelse di iniziare dal 1931, il periodo più interessante e drammatico della sua vita, appena dopo aver conosciuto Henry e June Miller.

Questo libro riesamina quel periodo da una nuova prospettiva, recuperando il materiale cancellato dall'originale e mai pubblicato prima d'ora. Era preciso desiderio di Anaïs che la storia venisse raccontata per intero. Il testo è tratto dai quaderni 32-36 del diario, intitolati "June", "The Possessed", "Henry", "Apotheosis and Downfall" e "Journal of a Possessed", scritti fra l'ottobre del 1931 e l'ottobre del 1932. Il materiale è stato selezionato per mettere a fuoco la vicenda di Anaïs, Henry e June, e quello già apparso nel *Diario* (volume primo: 1931/1934) è stato in gran parte omesso, ad eccezioni di alcuni brani che sono stati necessariamente ripetuti per fornire un resoconto coerente.

A quell'epoca la stesura del diario attraversava la fase più feconda. Nel solo 1932 Anaïs completò sei quaderni del diario, che includono i primi esperimenti di scrittura erotica. La giovane ragazza, cattolica e puritana, che non era capace di descrivere nel diario le sue "piccanti" (secondo la sua innocente concezione) esperienze di modella, doveva ora affrontare la puntuale registrazione dell'ardente risveglio delle sue passioni. Lo stile e il linguaggio di Henry Miller non potevano mancare di influenzarla, ma alla fine è solamente la sua voce a prevalere e la scrittura riflette il tumulto delle emozioni della carne di quell'anno così centrale. Anaïs non sarà mai più così sfrenata, anche se la sua odissea sessuale continuerà per molti anni a venire.

RUPERT POLE
Esecutore testamentario, Trust Anaïs Nin

Los Angeles, California
febbraio 1986

PARIGI. OTTOBRE 1931

Mio cugino Eduardo è venuto a Louveciennes ieri. Abbiamo parlato per sei ore. È arrivato alla stessa conclusione a cui sono arrivata anch'io: che ho bisogno di una mente più adulta, di un padre, di un uomo più forte di me, di un amante che sappia guidarmi nell'amore, perché tutto il resto è cosa che si costruisce troppo autonomamente. In me l'impeto a crescere e a vivere intensamente è così potente che non posso resistergli. Voglio lavorare, voglio amare mio marito, ma voglio anche realizzare me stessa.

Mentre stavamo parlando, Eduardo incominciò a tremare all'improvviso, e mi prese la mano. Disse che io gli appartenevo da sempre, che tra di noi si ergeva solo un ostacolo: il suo timore dell'impotenza perché all'inizio avevo suscitato in lui un amore ideale. E lo ha fatto soffrire rendersi conto che stiamo entrambi cercando un'esperienza che avremmo potuto vivere insieme. È sembrato strano anche a me. Gli uomini che ho desiderato non ho potuto averli. Ma ora sono decisa a fare tutte le esperienze che si presentano sul mio cammino.

"La sensualità è una potenza segreta del mio corpo," dissi a Eduardo. "Un giorno si manifesterà, intatta in tutta la sua ampiezza. Aspetta solo un po'."

Che non sia questo il segreto dell'ostacolo tra di noi? Il suo tipo è la donna grande, dal seno abbondante, prosperosa, pesante sulla terra, mentre io sarò sempre la vergine prostituta, l'angelo perverso, la donna dai due volti, santa e sinistra.

Per un'intera settimana Hugo è tornato a casa molto tardi, e io ho continuato a essere allegra e serena, come mi ero ripromessa. Poi venerdì ha incominciato a preoccuparsi e mi ha detto: "Ti rendi conto che mancano venti minuti alle otto, e che sono molto in ritardo? Perché non mi dici qualcosa." E siamo scoppiati a ridere entrambi. La mia indifferenza non gli era piaciuta.

D'altra parte i nostri litigi, quando arrivano, sembrano più duri ed emotivi. Sono dunque più forti le nostre emozioni ora che diamo loro libero sfogo? Nelle nostre riconciliazioni c'è un senso di disperazione, una nuova violenza sia nella rabbia che nell'amore. Rimane soltanto il problema della gelosia. È l'unico ostacolo alla nostra totale libertà. Io non posso neanche accennare al mio desiderio di andare in un cabaret dove potremmo ballare con ballerini di professione.

Adesso chiamo Hugo il mio "piccolo magnate". Ha un nuovo ufficio privato delle dimensioni di un appartamentino. Tutto l'edificio della banca è magnifico e imponente. Lo aspetto spesso nella sala delle conferenze, dove ci sono degli affreschi di New York vista da un aereo, e sento la potenza di questa città che arriva fin qui. Non critico più il suo lavoro, perché un conflitto del genere lo ucciderebbe. Abbiamo accettato entrambi il genio-banchiere come una realtà di fatto, e l'artista come una vaga possibilità. Comunque la psicologia, essendo pensiero scientifico, è diventata un ponte soddisfacente tra le sue operazioni bancarie e il mio scrivere. Un ponte così lo può attraversare senza troppi sobbalzi.

È vero, come dice Hugo, che i miei pensieri e le mie speculazioni li riservo tutti al diario mentre lui si accorge soltanto del dispiacere che posso causargli quando succedono degli incidenti. In tutti i modi, il *suo* diario sono io. Riesce a pensare soltanto ad alta voce o attraverso di me. Così, domenica mattina incominciò a pensare ad alta voce le stesse cose di cui avevo scritto nel mio diario, il bisogno di orge, di realizzazioni in altre direzioni. Il suo bisogno gli si rivelò proprio nel mezzo del discorso. Mentre stava dicendo che aveva voglia di andare al Quatz Art Ball. Rimase sorpreso di sé quanto io lo fui dall'improvvisa alterazione della sua espressione, la bocca più morbida, l'insorgere di istinti che non aveva mai lasciato trapelare prima.

Intellettualmente me lo aspettavo, ma mi sentii ugualmente stroncata. Provai un acuto conflitto tra la voglia di aiutarlo ad accettare la propria natura e quella di proteggere il nostro amore. Mentre gli chiedevo perdono per la mia debolezza, singhiozzai. Lui fu tenero e terribilmente dispiaciuto. Mi fece grandi promesse che io non accettai. Quando ebbi sfogato tutto il mio dolore, uscimmo in giardino.

Gli proposi infinite soluzioni: di lasciarmi andare a Zurigo a studiare, per concedergli una temporanea libertà. Ci rendevamo pienamente conto che non avremmo sopportato di andare incontro alle nostre nuove esperienze proprio sotto gli occhi l'una dell'altro. Oppure, di lasciarlo vivere a Parigi per un po', mentre io sarei andata a Louveciennes e avrei detto a mia madre che lui era in viaggio. Non chiedevo altro che tempo e distanza tra di noi per riuscire ad affrontare la vita nella quale ci eravamo lanciati.

Lui rifiutò. Disse che non sopportava la mia assenza proprio ora. Avevamo fatto semplicemente un errore; eravamo andati avanti troppo in fretta. Avevamo sollevato dei problemi che non eravamo fisicamente in grado di affrontare. Lui era esausto, malato quasi, e io pure.

Per un po' vogliamo goderci questo nuovo riavvicinamento, vivere interamente nel presente, rimandare tutti gli altri problemi. Ci chiediamo soltanto del tempo a vicenda, per diventare ragionevoli di nuovo, per accettare noi stessi e le nuove condizioni.

Chiesi a Eduardo: "Credi che il desiderio di orge sia una di quelle esperienze che bisogna portare fino in fondo? E, dopo averla vissuta, si può procedere, senza che ritornino gli stessi desideri?"

"No," disse lui. "La vita dei liberi istinti è fatta di strati. Il primo strato conduce al secondo, il secondo al terzo e così via. E alla fine conduce a piaceri anormali." Come riuscissimo Hugo e io a conservare il nostro amore nel pieno scatenamento degli istinti, lui non riusciva proprio a capirlo. Le esperienze fisiche, se mancano delle gioie dell'amore, si affidano alle perversioni per ottenere il piacere. E i piaceri anormali finiscono con l'uccidere il gusto di quelli normali.

Tutto questo, Hugo e io lo sapevamo. Ieri sera, mentre parlavamo, mi giurò di non desiderare nessun'altra che me. E anch'io sono innamorata di lui, per cui lasciamo questo problema sullo sfondo. Tuttavia la minaccia di quegli istinti ribelli è sempre lì, al centro stesso del nostro amore.

NOVEMBRE

Non siamo mai stati così felici o così disperati. Le nostre liti sono portentose, tremende, violente. Arriviamo a degli eccessi d'ira folli; desideriamo la morte. Ho la faccia sconvolta dalle lacrime, le vene alle tempie mi pulsano. La bocca di Hugo trema. Basta un mio singhiozzo a gettarlo tra le mie braccia in lacrime. Mi desidera fisicamente. Piangiamo, ci baciamo e veniamo allo stesso tempo. E un attimo dopo analizziamo e parliamo razionalmente. È come la vita dei russi nell'*Idiota*. È isteria. Nei momenti di calma mi meraviglio delle stravaganze dei nostri sentimenti. Monotonia e pace sono finite per sempre.

Ieri, nel bel mezzo di un litigio, ci siamo chiesti: "Cosa ci sta succedendo? Non ci siamo mai detti delle cose così terribili." Poi Hugo ha detto: "Questa è la nostra luna di miele e siamo sovraeccitati."

"Ne sei sicuro?" gli ho chiesto io incredula.

"Certo non sembrerebbe proprio una luna di miele," ha risposto lui ridendo, "ma lo è. Trabocchiamo di sentimenti e non riusciamo a mantenere l'equilibrio."

Una luna di miele matura, in ritardo di sette anni, piena di paura per la vita. Tra un litigio e l'altro siamo intensamente felici. Inferno e paradiso al tempo stesso. Al tempo stesso liberi e schiavi.

A volte sembra quasi che sappiamo che l'unico legame che ormai ci può tenere insieme adesso è questa vita incandescente, lo stesso tipo d'intensità che di solito si trova in un amante. Inconsciamente abbiamo creato un rapporto intenso ed effervescente all'interno della sicurezza e della pace stesse del matrimonio. Stiamo ampliando lo spettro dei nostri dolori e dei nostri piaceri nell'ambito della nostra casa e delle nostre due persone. È la nostra difesa contro l'intruso, contro l'ignoto.

DICEMBRE

Ho conosciuto Henry Miller.

È venuto a colazione con Richard Osborn, un avvocato che avevo dovuto consultare a proposito del contratto per il mio libro su D.H. Lawrence.

Mi è piaciuto subito, non appena l'ho visto scendere dalla macchina e mi è venuto incontro sulla porta dove lo stavo aspettando. La sua scrittura è ardita, virile, animale, magnifica. È un uomo la cui vita inebria, pensai. È come me.

Nel bel mezzo del pranzo, mentre stavamo parlando di libri con molta serietà, e Richard si era imbarcato in una lunga tirata, Henry incominciò a ridere. Disse: "Non sto ridendo di te, Richard, ma non posso proprio farne a meno. Non me ne importa niente, ma proprio niente di chi ha ragione. Sono troppo felice. In questo momento sono felice e basta, con tutti questi colori intorno, e il vino. Questo momento è meraviglioso, meraviglioso." Stava ridendo quasi fino alle lacrime. Era ubriaco. Anch'io ero ubriaca, decisamente. Mi sentivo calda, annebbiata e felice.

Parlammo per ore. Henry disse cose profonde e verissime, e poi ha quel suo modo di fare "hmmm" mentre è immerso nel suo viaggio introspettivo!

Prima di conoscere Henry ero impegnata a lavorare al mio libro su D.H. Lawrence. Lo pubblicherà Edward Titus, e io sto lavorando con il suo assistente, Lawrence Drake.

"Di dove sei?" mi chiede al nostro primo incontro.

"Sono mezza spagnola e mezza francese. Ma sono cresciuta in America."

"Be', hai retto bene al trapianto." Quando parla sembra sprezzante, ma io non ci casco.

S'impegna nel lavoro con tremendo entusiasmo e velocità. Gliene sono grata. Mi definisce una romantica. E io mi arrabbio. "Non ne posso più del mio romanticismo!"

Ha un volto interessante, vivaci occhi neri, capelli neri, pelle olivastra, narici e bocca sensuali, un bel profilo. Sembra uno spagnolo ma è ebreo-russo, mi dice. Mi sconcerta un po'. Sembra scoperto, facile da ferire. Io parlo con molta cautela.

Quando mi porta a casa sua per rivedere le bozze, mi dice che gli interesso. Non so perché ma ha l'aria di uno che ha avuto moltissime esperienze; perché dovrebbe disturbarsi per una principiante? Chiacchiere, schermaglie. Lavoriamo, non troppo bene. Non mi fido di lui. Quando mi dice qualcosa di carino penso che stia giocando sulla mia inesperienza. Quando mi stringe tra le braccia penso che si stia prendendo gioco di una piccola donna ridicola e troppo intensa. Quando diventa più appassionato allontano la faccia dalla nuova esperienza dei suoi baffi. Ho le mani fredde e umide. Gli dico francamente: "Non dovresti flirtare con una donna che non ne è capace."

Lo diverte la mia serietà. Mi dice: "Forse tu sei il tipo di donna che non fa male a un uomo." È stato umiliato in passato. Quando pensa che io abbia detto: "Mi infastidisci," si allontana di scatto come se lo avessi morso. Io non dico mai cose del genere. È molto impetuoso, molto forte, ma non mi infastidisce per niente. Rispondo al suo quarto o quinto bacio. Comincio a sentirmi ubriaca. Mi alzo e in modo del tutto incoerente dico: "Adesso me ne vado – non può succedere senza amore." Lui mi stuzzica, mi morde le orecchie, mi bacia, e la sua focosità mi piace. Mi blocca per un attimo sul divano, ma in qualche modo riesco a sfuggirgli. Sento il suo desiderio. Mi piace la sua bocca e la forza sapiente delle sue braccia, ma il suo desiderio mi spaventa, mi allontana. È perché non lo amo, penso. Mi ha eccitato ma non lo amo, e non lo voglio. Appena capisco questo (il suo desiderio puntato contro di me è come una spada tra di noi) mi divincolo, e mi allontano, senza ferirlo in alcun modo.

E dire che volevo solo il piacere senza il sentimento! Ma qualcosa mi trattiene. C'è in me qualcosa d'intatto, d'indifferente, che mi determina. E bisognerà che venga smossa anche *questa* parte, perché io mi conceda completamente. Ci penso sul metrò, e mi perdo.

Qualche giorno dopo incontrai Henry. Ero ansiosa di conoscerlo, come se questo avesse potuto risolvere qualcosa, e fu così. Non appena lo vidi pensai, ecco un uomo che potrei amare, e non ne ebbi paura.

Poi lessi il romanzo di Drake, e scoprii un Drake insolito – estraneo, sradicato, fantastico, imprevedibile. Un realista, esasperato dalla realtà.

Di colpo il suo desiderio non mi allontana più. Si è stabilito un piccolo legame fra due estraneità. Reagisco alla sua immaginazione con la mia. Nel suo romanzo si celano alcuni dei suoi sentimenti veri. Come faccio a saperlo? Non sono coerenti con la storia, non del tutto. Sono lì perché sono naturali per lui.

Ci sono due modi di arrivare fino a me: con i baci o con l'immaginazione. Ma c'è una gerarchia: i baci da soli non funzionano. Riflettevo su questo la notte scorsa, mentre chiudevo il libro di Drake. Sapevo che mi ci sarebbero voluti degli anni per dimenticare John [Erskine], perché era stato lui il primo a smuovere la fonte segreta della mia esistenza.

Nel libro non c'è niente di Drake stesso, ne sono convinta. Lui odia le parti che a me piacciono. È stato scritto tutto oggettivamente, consapevolmente, e anche la parte fantastica è stata pianificata con molta attenzione. E questo lo stabiliamo all'inizio della mia visita successiva. Benissimo. Incomincio a vedere le cose con maggiore chiarezza. Adesso capisco perché non mi ero fidata di lui quel primo giorno. Le sue azioni sono completamente prive di sentimento o d'immaginazione. Sono motivate semplicemente dall'abitudine di vivere, arraffare e analizzare. È una cavalletta. E adesso è saltato dentro alla mia vita. La mia avversione diventa più intensa. Quando cerca di baciarmi, gli sfuggo.

Allo stesso tempo non posso fare a meno di ammettere che conosce la tecnica del bacio meglio di chiunque altro. I suoi gesti non mancano mai il bersaglio, nessun bacio cade a vuoto. Le sue mani sono abili. La mia curiosità sessuale si risveglia. Sono sempre stata tentata dai piaceri sconosciuti. Come me, Drake ha un forte senso dell'olfatto. Lascio che mi inali, poi sguscio via. Alla fine rimango sdraiata immobile sul divano ma, quando il suo desiderio aumenta, cerco di sfuggirgli. Troppo tardi. Allora gli dico la verità: problemi femminili. La cosa non lo scoraggia affatto. "Non penserai che voglia farlo nel solito modo meccanico – ci sono anche altri modi." Si rizza a sedere e scopre il pene. Non capisco cosa voglia. Mi costringe a inginocchiarmi. E lo offre alla mia bocca. Scatto in piedi come se mi avessero frustata.

16

Lui è furioso. Gli dico: "Te l'avevo detto che abbiamo dei modi diversi di fare le cose. Ti avevo avvertito che ero inesperta."

"Non ci ho mai creduto. E continuo a non crederci. Come fai a essere inesperta con quella faccia sofisticata e tutto quell'ardore? Mi stai prendendo in giro."

Lo ascolto; in me l'analista è predominante, continua a lavorare. Drake mi sommerge con una serie di aneddoti, per dimostrarmi che io non apprezzo quello che apprezzano altre donne.

In cuor mio gli rispondo: "Sei *tu* che non sai cosa sia la sensualità. Hugo e io lo sappiamo. È in noi, non nelle tue pratiche tortuose; è nel sentimento, nella passione, nell'amore."

Lui continua a parlare. Io lo guardo, con la mia "faccia sofisticata". Non mi odia perché, per quanto io sia disgustata, per quanto sia arrabbiata, sono portata a perdonare. Quando capisco di averlo fatto eccitare, mi sembra naturale permettergli di sfogare il suo desiderio tra le mie gambe. E così lo lascio fare, per pietà. E questo, lui lo capisce. Altre donne al mio posto, dice, lo avrebbero insultato. Capisce la mia pietà per la sua ridicola, umiliante necessità fisica.

Almeno questo glielo dovevo; mi aveva rivelato un mondo nuovo. Avevo capito per la prima volta le esperienze anormali sulle quali mi aveva messo in guardia Eduardo. Esotismo e sensualità avevano ormai un altro significato per me.

Niente fu risparmiato ai miei occhi, così che io potessi sempre ricordarlo: Drake che guardava il suo fazzoletto bagnato, che mi offriva un asciugamano, che scaldava l'acqua su un fornello a gas.

Racconto soltanto parzialmente la storia a Hugo, sorvolando sul mio ruolo, estraendo il significato per lui e per me. Come una cosa finita per sempre, la accetta. Per un'ora ci annulliamo in un amore appassionato, un amore pulito, che non lascia un gusto amaro in bocca. Quando è finito non è finito, e restiamo sdraiati immobili l'uno nelle braccia dell'altra, cullati dal nostro amore, dalla nostra tenerezza – una sensualità a cui può partecipare tutto l'essere.

Henry ha immaginazione, un senso animale della vita, uno straordinario potere espressivo, e il genio più autentico che io abbia mai conosciuto. "La nostra epoca ha bisogno di violenza," scrive. E lui è violenza.

Hugo lo ammira. Allo stesso tempo si preoccupa. Dice giustamente: "Tu t'innamori della mente delle persone. Io ti perderò a causa di Henry."

"No, no, non mi perderai." So quanto è incendiaria la mia immaginazione. Sono già totalmente devota all'opera di Henry, ma so separare il corpo dalla mente. Ammiro la sua forza, la sua forza bruta, distruttiva, impavida, catartica. Potrei scrivere un libro qui e adesso sul suo genio. Quasi ogni parola pronunciata da lui provoca una scarica elettrica: sull'*Age d'or* di Buñuel, su Salavin, su Waldo Frank, su Proust, sul film *L'angelo azzurro*, sulla gente, sull'istinto animale, su Parigi, sulle prostitute francesi, sulle donne americane, sull'America. È persino più avanti di Joyce. Ripudia la forma. Scrive come noi pensiamo, su vari livelli al tempo stesso, con apparente incongruenza, con apparente caoticità.

Ho finito il mio nuovo libro, mancano solo gli ultimi ritocchi. Hugo lo ha letto domenica e ne è stato rapito. È surreale, lirico. Henry dice che scrivo come un uomo, con una chiarezza e una concisione incredibili. È rimasto sorpreso dal mio libro su Lawrence, benché Lawrence non gli piaccia. "Un libro così intelligente!" È abbastanza. Sa che ormai ho superato Lawrence. Ho già un altro libro in mente.

Ho trasformato la sensualità di Drake in un altro tipo di interesse. Gli uomini hanno bisogno di altre cose oltre a un recipiente sessuale. Devono essere consolati, coccolati, capiti, aiutati, incoraggiati e ascoltati. Ho fatto tutto questo con tenerezza e affetto e lui... be', si è deciso ad accendersi la pipa e a lasciarmi in pace. Lo guardavo come se fosse un toro.

Inoltre, essendo intelligente, capisce che le donne del mio tipo non si "scopano" senza un'illusione. E lui non ha voglia di disturbarsi con le illusioni. Perfetto. È divertito perché gli dico che so che non mi ama. Pensava che potessi essere tanto infantile da credere che invece mi amasse. "Bambina sveglia," mi dice. E mi racconta tutti i suoi problemi.

Di nuovo la vecchia domanda: vogliamo le feste, le orge? Hugo dice decisamente di no. Non vuole correre rischi. Equivarrebbe a far violenza ai nostri caratteri. Non ci piacciono le feste, non ci piace bere, non invidiamo a Henry la sua vita. Ma io protesto: questo tipo di cose non si fanno da lucidi, ci si ubriaca. Ma Hugo non vuole ubriacarsi, e neanch'io. Comunque non andremo a cercarceli, la puttana e il maschio. Se li troveremo sulla nostra strada, inevitabilmente, vivremo fino in fondo quello che vogliamo.

Nel frattempo, viviamo soddisfatti della nostra vita meno intensa, perché, naturalmente, l'intensità si è spenta – dopo lo scatenamento della passione di Hugo a causa del mio coinvolgimento con John. È stato geloso anche di Henry e di Drake – era infelice – ma io l'ho rassicurato. Vede che sono più saggia, e che in realtà non ho più nessuna intenzione di andare a sbattere contro un muro.

Sono davvero convinta che se non fossi una scrittrice, se non fossi una creatrice, e una sperimentatrice, avrei potuto essere una moglie molto fedele. Do un enorme valore alla fedeltà. Ma il mio temperamento appartiene alla scrittrice, non alla donna. Una separazione del genere potrebbe sembrare infantile, ma è possibile. Sottraete l'intensità eccessiva, il ribollire delle idee, e avrete una donna che ama la perfezione. E la fedeltà è una delle più grandi perfezioni. Ora mi sembra stupida e poco intelligente perché ho in mente progetti più grossi. La perfezione è statica, e io sono in continuo mutamento. La moglie fedele è solo una fase, un momento, una metamorfosi, una condizione.

Avrei potuto trovare un marito che mi amasse in modo meno esclusivo, ma allora non sarebbe stato Hugo, e chiunque sia Hugo, di qualunque cosa Hugo sia fatto, io lo amo. Ci scambiamo valori diversi. In cambio della sua fedeltà, io gli do la mia immaginazione – il mio talento persino. I conti non tornano proprio alla perfezione per me. Ma devono reggere.

Stasera tornerà a casa e io lo osserverò. Più raffinato di qualsiasi uomo io conosca, l'uomo quasi perfetto. Perfetto in modo commovente.

Le ore che ho passato nei caffè sono le uniche che io chiamo vivere, oltre alla scrittura. Il mio risentimento per la stupidità della vita di Hugo in banca non fa che crescere. Quando torno a casa so che torno dal banchiere. Ne porta addosso l'odore. E io lo aborrisco. Povero Hugo.

Tutto si aggiusta grazie a una lunga chiacchierata con Henry, per tutto il pomeriggio, con quella mescolanza d'intelligenza e di emotività che mi piace. Henry riesce a lasciarsi coinvolgere totalmente. Parlammo senza accorgerci dell'ora finché Hugo non tornò a casa, e cenammo tutti insieme. Henry fece delle osservazioni sulla bottiglia di vino verde e panciuta e sul sibilo del ceppo lievemente umido nel caminetto.

Pensa che io debba conoscere la vita perché in passato ho posato per i pittori. Gli risulterebbe incredibile il grado della mia innocenza. Con quanto ritardo mi sono svegliata e con quale furore! Ma che importanza ha che cosa pensa Henry di me? Capirà fin troppo presto chi io sia realmente. Ha una mente che ama le caricature. Finirò col vedermi in una caricatura.

Hugo dice giustamente che ci vuole molto odio per fare una caricatura. Henry e la mia amica Natasha [Troubetskoi] sono capaci di grandi odi. Io no. In me tutto è adorazione e passione o pietà e comprensione. Odio di rado, ma quando odio, odio in modo omicida. Per esempio, ora odio la banca e tutto ciò che comporta. Odio anche i dipinti olandesi, succhiare il pene, le feste, e le fredde giornate di pioggia. Ma mi preoccupo di più di amare.

Sono molto presa da Henry, che è incerto, autocritico, sincero. Il dono in denaro che gli abbiamo fatto mi dà un piacere tremendo ed egoista. A cosa penso quando sono seduta davanti al fuoco? A procurare a Henry una mazzetta di biglietti ferroviari; a comprargli *Albertine disparue*. Ma Henry ha voglia di leggere *Albertine disparue*? Presto! Non sarò contenta finché non avrà il libro. Sono una sciocca. A nessuno piace che altri si prendano cura di cose del genere al posto loro, a nessuno salvo a Eduardo, e persino lui, quando è di un certo umore, preferisce la totale indifferenza. Mi piacerebbe dare a Henry una casa, cibi meravigliosi, una rendita. Se fossi ricca non lo sarei per molto.

Drake non mi interessa più neanche un po'. Oggi ero contenta che non fosse venuto. Henry mi interessa, ma non fisicamente. È possibile che io possa finalmente accontentarmi di Hugo? Ho sofferto vedendolo partire per l'Olanda oggi. Mi sono sentita vecchia, distaccata.

Una faccia incredibilmente bianca, occhi ardenti. June Mansfield, la moglie di Henry. Quando mi venne incontro uscendo dall'oscurità del mio giardino nella luce della soglia vidi per la prima volta nella mia vita la donna più bella della terra.

Anni fa, quando cercavo di immaginare una vera bellezza, avevo creato un'immagine mentale che corrispondeva esattamente a quella donna. Avevo persino immaginato che sarebbe stata ebrea. Conoscevo da molto tempo il colore della sua pelle, il suo profilo, i suoi denti.

La sua bellezza mi sommerse. Mentre sedevo di fronte

a lei pensai che per lei avrei potuto fare qualsiasi follia, qualsiasi cosa mi avesse chiesto. Henry sbiadì sullo sfondo. Lei era colore, vivacità, stranezza.

La preoccupa unicamente il suo ruolo nella vita. Le ragioni io le conoscevo: la sua bellezza è per lei fonte di drammi e accadimenti continui. Le idee hanno poca importanza. In lei vedevo la caricatura di un personaggio teatrale e drammatico. Abiti, atteggiamenti, modo di parlare. È un'attrice superba. Niente di più. Non riuscivo ad arrivare alla sua essenza. Tutto quello che Henry aveva detto di lei era vero.

Alla fine della serata ero ormai come un uomo, terribilmente innamorata della sua faccia e del suo corpo, che promettevano tanto, e odiavo la persona creata in lei da altri. Grazie a lei gli altri provano sentimenti; e grazie a lei altri scrivono poesie. Per causa sua altri odiano, altri, come Henry, la amano a dispetto di se stessi.

June. Di notte la sognai, la vidi molto piccola, molto fragile, e io la amavo. Amavo la fragilità che avevo intuito dai suoi discorsi: l'orgoglio spropositato, un orgoglio ferito. Le manca un polo di sicurezza, il suo desiderio di essere ammirata è insaziabile. Vive del riflesso di sé negli occhi degli altri. Non osa essere se stessa. Non c'è una June Mansfield, e lei lo sa. Più è amata, e più lo sa. Sa che esiste una donna bellissima che ieri sera si è lasciata guidare dalla mia inesperienza per cercare di penetrare la profondità della sua conoscenza.

Un viso incredibilmente bianco che indietreggia nell'oscurità del giardino. Posa per me, andandosene. Vorrei correre fuori a baciare la sua bellezza fantastica, vorrei baciarla e dirle: "Ti porti via un mio riflesso, una parte di me. Ti ho sognato, ho desiderato che tu esistessi. Tu farai sempre parte della mia vita. Se io ti amo dev'essere perché a un certo punto abbiamo condiviso le stesse fantasie, la stessa follia, lo stesso palcoscenico.

"L'unico potere che ti tiene insieme è il tuo amore per Henry, ed è per questo che lo ami. Lui ti fa male, ma tiene insieme il tuo corpo e la tua anima. Lui ti completa.

È lui che a forza di frustate riesce a spingerti a una certa interezza. Io ho Hugo."

Volevo rivederla. Pensavo che a Hugo sarebbe piaciuta molto. Mi sembrava così naturale che tutti l'amassero. Parlai di lei a Hugo. Non sentii alcuna gelosia.

Quando uscì di nuovo dall'oscurità mi parve ancor più bella di prima. Sembrava anche più sincera. Dissi tra me: "La gente è sempre più sincera con Hugo." Pensai che fosse anche perché era più a suo agio. Non riuscivo a capire che cosa pensasse Hugo. Mentre June saliva di sopra verso la nostra stanza per lasciare il cappotto, si fermò per un attimo a mezza strada sulle scale dove la luce la inquadrava contro la parete turchese. Capelli biondi, faccia pallida, sopracciglia appuntite e demoniache, un sorriso crudele con fossette disarmanti. Perfida, infinitamente desiderabile, mi attirava a sé come verso la morte.

Poi Henry e June strinsero un'alleanza. Ci raccontarono dei loro litigi, dei loro crolli, delle loro guerre. Hugo, che s'imbarazza di fronte alle emozioni, cercò di smussare gli angoli più acuti con una risata, cercò di appianare le discordie, le parti brutte e paurose, per alleggerire le loro confidenze. Da vero francese, delicato e ragionevole, dissolse ogni possibilità di dramma. Avrebbe potuto scoppiare una scenata feroce, disumana, orribile tra June e Henry, ma Hugo ci impedì di saperlo.

Più tardi gli feci notare che aveva impedito a tutti noi di vivere, che aveva fatto sì che un momento di vita lo sfiorasse soltanto. Mi vergognavo del suo ottimismo, del suo tentativo di appianare le cose. Lui capì e mi promise di ricordarlo in futuro. Senza di me sarebbe stato completamente tagliato fuori, grazie alla sua abitudine di essere convenzionale.

Ci godemmo una cena allegra tutti insieme. Henry e June erano entrambi affamati. Poi andammo al Grand Guignol. In macchina June e io sedemmo vicine e chiacchierammo in pieno accordo.

"Quando Henry mi ha parlato di te," mi disse, "ha omesso le parti più importanti. Non ti ha capita per niente." June lo aveva intuito subito che lei e io ci capivamo a vicenda, capivamo ogni dettaglio e ogni sfumatura reciproca.

A teatro. Com'è difficile accorgersi di Henry mentre lei gli siede accanto splendente con il viso simile a una maschera. Intervallo. Lei e io vogliamo fumare, Henry e Hugo no. Che subbuglio creiamo, uscendo insieme. Le dico: "Sei l'unica donna che abbia mai soddisfatto le richieste della mia immaginazione." Lei risponde: "È un bene che io me ne vada. Mi smaschereresti presto. Sono impotente di fronte a una donna. Non so come comportarmi con una donna."

Sta dicendo la verità? No. In macchina mi racconta della sua amica Jean, la scultrice poetessa. "Jean aveva una faccia bellissima." Poi aggiunge in fretta: "Non sto parlando di una donna qualunque. La faccia di Jean, la sua bellezza, erano soprattutto maschili." S'interrompe. "Le mani di Jean erano così belle, così agili, perché maneggiava sempre l'argilla. Le dita erano affusolate." Cos'è questa rabbia che m'invade sentendo June che esalta le mani di Jean? Gelosia? E questo suo insistere che la sua vita è stata piena di uomini, che non sa come comportarsi con una donna. Bugiarda!

Guardandomi intensamente, dice: "Pensavo che tu avessi gli occhi azzurri. Sono strani e bellissimi, grigi e antichi con quelle lunghe ciglia. Tu sei la donna più graziosa che abbia mai incontrato. Sembra che tu scivoli quando cammini." Parliamo dei colori che amiamo. Lei si veste sempre di nero e viola.

Torniamo ai nostri posti. June si rivolge sempre a me invece che a Hugo. Uscendo dal teatro la prendo sotto braccio. Poi lei fa scivolare la sua mano nella mia e intrecciamo le dita. Mi dice: "L'altra sera a Montparnasse mi ha dato fastidio sentir fare il tuo nome. Non voglio vedere uomini di poco conto insinuarsi nella tua vita. Mi sento piuttosto... protettiva."

Nel caffè vedo cenere sotto la pelle del suo viso. Disintegrazione. Che terribile angoscia provo. Vorrei circondarla con le braccia. La sento indietreggiare nella morte e sono pronta a entrare io stessa nella morte pur di seguirla, pur di abbracciarla. Sta morendo sotto i miei occhi. La sua bellezza cupa e tormentosa sta morendo. La sua forza strana, maschile.

Non riesco a dare un senso alle sue parole. Sono affascinata dai suoi occhi e dalla sua bocca, la sua bocca scolorita, dipinta malamente con il rossetto. Lo sa che mi sento immobile, paralizzata, persa in lei?

Trema di freddo sotto la sua leggera mantella viola.

"Farai colazione con me prima di partire?" le chiedo.

È contenta di partire. Henry la ama in modo imperfetto e brutale. Ha ferito il suo orgoglio desiderando il suo opposto: donne brutte, comuni, passive. Lui non sopporta più il suo positivismo, la sua forza. Ora odio Henry, di cuore. Odio gli uomini che hanno paura della forza delle donne. Probabilmente Jean amava la sua forza, il suo potere distruttivo. Perché June è distruzione.

La mia forza, come mi dice Hugo più tardi quando scopro che odia June, è dolce, indiretta, delicatamente insinuante, creativa, tenera, e femminile. La sua invece è come quella di un uomo. Hugo mi dice che ha un collo mascolino, una voce mascolina, e mani rozze. Non me ne accorgo? No, non me ne accorgo, o anche se lo vedo, non m'importa. Hugo ammette di essere geloso. Si sono odiati fin dal primo istante.

"Pensa forse che con la sua sensibilità e la sua sottigliezza femminile può amare in te qualcosa che io non sono stato capace di amare?"

È vero. Hugo è stato infinitamente tenero con me, ma mentre parla di June io penso alle nostre mani intrecciate. Lei non raggiunge come gli uomini lo stesso centro sensuale del mio essere. Quello lei non lo tocca. E allora cos'è che mi ha smosso dentro? Ho desiderato possederla come se fossi un uomo, ma ho anche desiderato che lei mi amasse con gli occhi, le mani e i sensi che hanno solo le donne. È una penetrazione morbida e sottile.

Odio Henry che osa ferire il suo amor proprio, il suo orgoglio sciocco ed enorme. La superiorità di June suscita il suo odio, persino un desiderio di vendetta. Henry guarda di sottecchi Emilia, la mia cameriera scialba e gentile. La sua offesa mi fa amare June ancora di più.

La amo per quello che ha osato essere, per la sua durezza, la sua crudeltà, il suo egoismo, la sua perversità, la sua distruttività demoniaca. Non esiterebbe a ridurmi in polvere. È una personalità spinta fino al limite. Adoro il suo coraggio di ferire, e sono pronta a sacrificarmici. Farà una somma tra me e se stessa. Sarà June più tutto quello che io contengo.

GENNAIO 1932

Ci incontrammo, June e io, all'American Express. Sapevo che sarebbe stata in ritardo, non me ne importava. Arrivai prima del tempo, sentendomi quasi male per la tensione. L'avrei vista nella piena luce del giorno avanzare uscendo dalla folla. Era mai possibile? Temevo che sarei rimasta lì impalata esattamente come mi era capitato in altri posti, a guardare una folla di persone, sapendo bene che nessuna June sarebbe mai apparsa perché June era un prodotto della mia immaginazione. Non riuscivo a credere che sarebbe arrivata da quelle strade, attraverso questo viale, che sarebbe emersa da un gruppetto di persone cupe e senza volto, che sarebbe entrata in questo posto. Che gioia vedere aprirsi la folla e poi vedere lei, risplendente, incredibile, avanzare verso di me. Le strinsi la mano calda. È venuta per la sua posta. L'uomo dell'American Express non si accorge dunque di quale meraviglia ha di fronte? Nessuna come lei è mai venuta a cercare la posta. È mai esistita una donna che possa indossare un paio di scarpe malandate, un malandato vestito nero, un malandato mantello blu, e un vecchio cappello viola come li indossa lei?

Non riesco a mangiare in sua presenza. Ma esteriormente sono calma, con quell'atteggiamento di placidità orientale che è tanto ingannevole. Lei beve e fuma. È decisamente pazza in un certo senso, soggetta a paure e manie. I suoi discorsi, perlopiù inconsci, sarebbero rivelatori per un analista, ma io non posso analizzarli. Perlopiù sono bugie. Il contenuto della sua immaginazione per lei è realtà. Ma cosa sta costruendo con tanta cura? Un'esagerazione della sua personalità, un rafforzamento e una glorificazione. Nel calore evidente e protettivo della mia ammirazione lei si espande. Sembra al tempo stesso distruttiva e impotente. Voglio proteggerla. Che barzelletta! Io proteggere lei i cui poteri sono infiniti. Il suo potere è così forte che le credo davvero quando mi dice che la sua distruttività non è intenzionale. Ha forse cercato di distruggermi? No, è entrata nella mia casa e io mi sono scoperta pronta ad accettare da lei qualsiasi dolore. Se in lei c'è un calcolo, viene solo più tardi, quando si rende conto del suo potere e si chiede come dovrebbe usarlo. Non credo che la sua forza maligna sia diretta a un obiettivo, persino lei ne è sconcertata.

Ormai è dentro di me come una persona da compatire e proteggere. È coinvolta in perversità e tragedie di cui non è all'altezza. Finalmente ho colto la sua debolezza. La sua vita è piena di fantasie. Voglio costringerla a calarsi nella realtà. Voglio farle violenza. Io, che sono così immersa nei sogni, in azioni vissute solo a metà, mi vedo posseduta da un intento furioso: voglio afferrare le mani sfuggenti di June, oh, con quanta forza, portarla in una stanza d'albergo e coronare il suo e il mio sogno, un sogno che lei ha evitato di affrontare per tutta la vita.

Andai a trovare Eduardo, tesa e sconvolta dalle mie tre ore con June. Lui aveva intravisto la debolezza di lei e mi incitò a far leva sulla mia forza.

Non riuscivo a pensare con chiarezza perché nel taxi June mi aveva tenuto stretta la mano. Non mi vergognavo della mia adorazione, della mia umiltà. Il suo gesto non era stato sincero. Non credo che lei possa amare.

Dice che vorrebbe conservare il vestito rosa che indossavo la prima sera in cui mi vide. Quando le dico che le voglio fare un regalo d'addio, lei risponde che vuole un po' del profumo che ha sentito a casa mia, per evocare i ricordi. Eppure ha bisogno di scarpe, di calze, di guanti, di biancheria intima. Sentimentalismo? Romanticismo? Se è *davvero* questo quel che vuole... Perché dubito di lei? Forse è solo molto sensibile, e la gente ipersensibile diventa falsa quando gli altri dubitano di loro; vacillano, e uno finisce col pensare che siano insinceri. Ma io voglio crederle. Allo stesso tempo non sembra così importante che lei mi ami. Non è il suo ruolo. Io invece trabocco d'amore per lei. E allo stesso tempo mi sembra di morire. Il nostro amore sarebbe fatale. L'abbraccio dell'immaginazione.

Quando ripeto a Hugo le storie che mi ha raccontato June, egli dice che sono semplicemente molto scadenti. Io non saprei.

Poi Eduardo viene a passare due giorni qui, l'analista demoniaco, e mi mette di fronte alla crisi che sto attraversando. Voglio vedere June. Voglio vedere il corpo di June. Non ho ancora osato guardare il suo corpo. So che è bellissimo.

Le domande di Eduardo mi fanno infuriare. Spietatamente osserva che mi sono umiliata. Non mi sono soffermata sui successi che potevano esaltarmi. Mi costringe a ricordare che mio padre mi picchiava, che il mio primo ricordo di lui è quello di un'umiliazione. Aveva detto che ero brutta dopo la febbre tifoide. Avevo perso peso e anche i miei riccioli.

Cos'è che mi ha fatto ammalare adesso? June. June e il suo fascino sinistro. Ha preso droghe; ha amato una donna; parla con il gergo dei poliziotti quando racconta delle storielle. E tuttavia ha conservato intatto quell'incredibile sentimentalismo, ingenuo e fuori moda: "Dammi il profumo che ho sentito a casa tua. Mentre salivo la collina verso la tua casa, nell'oscurità, ero in estasi."

Chiedo a Eduardo: "Credi davvero che io sia lesbica? Prendi sul serio tutto questo? O è solo una reazione alla mia esperienza con Drake?" Lui non lo sa bene.

Hugo prende una posizione decisa e dice che considera tutto ciò che è esterno al nostro amore una fase estranea, delle curiosità passionali. Vuole una certezza con cui vivere. E io mi rallegro quando la trova. Gli dico che ha ragione.

Finalmente Eduardo dice che non sono una lesbica, perché non odio gli uomini – al contrario. Ieri notte in sogno desideravo Eduardo, non June. La notte prima, quando sognai June, mi ritrovai in cima a un grattacielo da cui avrei dovuto scendere lungo la facciata su una scala antincendio strettissima. Ero terrorizzata. Non ero in grado di farlo.

June è venuta a Louveciennes lunedì. Le ho chiesto crudelmente, proprio come aveva fatto Henry: "Sei lesbica? Hai mai esaminato fino in fondo i tuoi impulsi?"

Lei mi ha risposto molto tranquillamente. "Jean era troppo mascolina. Ho guardato in faccia i miei sentimenti, ne sono assolutamente consapevole, ma fino ad ora non ho mai trovato nessuno con cui desiderassi viverli fino in fondo." Poi ha cambiato argomento evasivamente. "Che modo adorabile hai di vestirti. Questo vestito – il suo colore rosa, l'ampiezza della gonna, un po' demodée il giacchino di velluto nero, il colletto di pizzo, i pizzi sul seno – perfetto, assolutamente perfetto. Mi piace anche come ti copri. C'è ben poca nudità, anzi, solo il tuo collo. Mi piace il tuo anello di turchese, e i coralli."

Le tremavano le mani; tremava tutta. Mi vergognai della mia brutalità. Ero nervosissima. Mi raccontò che al ristorante le era venuta voglia di guardare i miei piedi ma non aveva avuto il coraggio di farlo. Le dissi che io avevo avuto paura di guardare il suo corpo. Parlavamo a frasi rotte. Guardò i miei piedi, calzati dai sandali, e li trovò adorabili.

Le dissi: "Ti piacciono questi sandali?" Lei rispose che aveva sempre adorato i sandali e li aveva portati finché non era diventata troppo povera per permetterseli. Le dissi: "Vieni, sali con me nella mia stanza e prova l'altro paio che ho."

Se li provò, ma erano troppo piccoli per lei. Mi accorsi che portava calze di cotone, e mi fece male vedere June con delle calze di cotone. Le mostrai la mia mantella nera, che lei trovò bellissima. Gliela feci provare, e allora vidi la bellezza del suo corpo, la sua pienezza e la sua pesantezza, e me ne sentii travolta.

Non riuscivo a capire perché fosse così a disagio, così timida e spaventata. Le dissi che le avrei fatto una mantella come la mia. Una volta le toccai il braccio e lei si ritrasse. L'avevo spaventata? Era possibile che esistesse qualcuno più sensibile e timoroso di me? Non riuscivo a crederlo. Io in quel momento non avevo paura. Avevo una voglia disperata di toccarla.

Quando si sedette sul divano da basso, la scollatura del vestito lasciò intravedere l'attaccatura del suo seno, e mi venne voglia di baciarla proprio lì. Ero in preda a un acuto turbamento, tremavo. Incominciavo a rendermi conto della sua sensibilità e della sua paura per i propri sentimenti. Parlò, ma ora sapeva che lo faceva solo per sfuggire a un discorso interiore più profondo, alle cose che non potevamo dire.

Il giorno dopo ci incontrammo all'American Express. Venne con il suo tailleur, perché le avevo detto che mi piaceva.

Disse che non voleva niente da me salvo il profumo che usavo io e il mio fazzoletto color vino. Ma io insistetti, le ricordai che mi aveva promesso di lasciare che le comprassi i sandali.

Prima di tutto la feci entrare nel bagno delle signore.

Aprii la borsa e ne estrassi un paio di calze di seta. "Mettile," la pregai. Lei obbedì. Intanto aprii una boccetta di profumo. "Mettine un po'." L'inserviente era lì, a guardarci, in attesa della mancia. Io non badai a lei. June aveva un buco in una manica.

Ero terribilmente felice. June era esultante. Parlavamo simultaneamente. "Volevo chiamarti ieri sera. Volevo mandarti un telegramma," disse June. Avrebbe voluto dirmi che sul treno era stata molto felice, si era dispiaciuta della sua goffaggine, del suo nervosismo, delle sue chiacchiere senza scopo. C'erano tante cose che voleva dirmi.

I nostri timori di non piacerci o di deluderci a vicenda furono fugati. Quella sera era andata al caffè come drogata, piena di pensieri per me. Le voci della gente le arrivavano da lontano. Era eccitata. Non riuscì a dormire. Cosa le avevo fatto? Era sempre stata molto equilibrata, era sempre riuscita a parlare con scioltezza, la gente non l'aveva mai confusa.

Quando mi resi conto di cosa mi stava rivelando, impazzii quasi dalla gioia. Mi amava dunque? June! Era seduta accanto a me nel ristorante, piccola, timida, spirituale, in preda al panico. Diceva qualcosa, e subito dopo si scusava per la sua stupidità. Non riuscivo a sopportarlo. Le dissi: "Ci siamo perse, tutte e due, ma talvolta è proprio quando siamo meno simili a noi stesse che riveliamo le cose più importanti. Ormai io non cerco neanche più di pensare. Non ci riesco quando sono con te. Sei come me, non fai che desiderare un momento perfetto, ma non c'è niente d'immaginato troppo a lungo che possa essere perfetto su questa terra. Nessuna di noi due potrebbe dire la cosa giusta. Siamo sopraffatte. Lasciamo che sia così. È così bello, così bello. Ti amo, June."

E non sapendo cos'altro dire sparpagliai sulla panchina tra di noi il fazzoletto color vino che desiderava, i miei orecchini di corallo, il mio anello di turchese, che mi aveva dato Hugo e che mi fece male dar via, ma era sangue che volevo offrire alla bellezza di June, all'incredibile umiltà di June.

Andammo nel negozio di sandali. La donna brutta che ci servì odiava noi e la nostra visibile felicità. Tenni ben stretta la mano di June. Requisii il negozio. Io ero l'uomo. Fui decisa, dura, ostinata con i proprietari. Quando accennarono alla grandezza dei piedi di June, li rimproverai. June non riusciva a capire il loro francese, ma si accorgeva che erano sgradevoli. Le dissi: "Quando la gente è cattiva con te mi vien voglia di inginocchiarmi ai tuoi piedi."

Scegliemmo i sandali. Rifiutò qualsiasi altra cosa, qualunque cosa non fosse simbolica o non mi rappresentasse. Avrebbe indossato tutto quello che portavo io, benché non avesse mai voluto imitare nessun altro prima.

Mentre camminavamo insieme per le strade, i corpi vicini, sottobraccio, le mani intrecciate, non riuscivo a parlare. Camminavamo al di sopra del mondo, al di sopra della realtà, dentro all'estasi. Quando lei annusava il mio fazzoletto, inalava me. Quando io vestivo la sua bellezza, possedevo lei.

Mi disse: "Ci sono tante cose che mi piacerebbe fare con te. Con te prenderei l'oppio." June, che non accetta un dono che non abbia un significato simbolico; June, che fa il bucato da sé per comprarsi un po' di profumo; June, che non ha paura della povertà e dello squallore e che non si lascia turbare dall'ubriachezza dei suoi amici; June, che giudica, sceglie, scarta la gente con severità, che sa, quando racconta i suoi aneddoti interminabili, che sono solo un modo di sottrarsi, di mantenersi ancora più segreta dietro a quella confusione di chiacchiere. Segretamente mia.

Hugo incomincia a capire. La realtà esiste solo tra lui e me, nel nostro amore. Tutto il resto, sogni. Il nostro amore è risolto. Posso essere fedele. Ero terribilmente felice durante la notte.

Ma bisogna che la baci, bisogna che la baci.

Se solo l'avesse voluto, ieri, mi sarei seduta sul pavimento, con la testa appoggiata alle sue ginocchia. Ma lei non ne volle sapere. Eppure alla stazione mentre aspettiamo il treno implora la mia mano. Grido il suo nome. Restiamo lì vicinissime, con le facce che quasi si toccano. Le sorrido mentre parte il treno. Mi allontano.

Il capostazione vuol vendermi dei biglietti di beneficenza. Li compro e glieli regalo, augurandogli buona fortuna per la lotteria. Così è lui che finisce per beneficiare del mio desiderio di dare a June, alla quale nessuno ha la possibilità di dare niente.

Com'è segreto il linguaggio che parliamo, toni sommessi, toni acuti, sfumature, astrazioni, simboli. Poi ritorniamo da Hugo e da Henry, piene di un'incandescenza che li spaventa entrambi. Henry è a disagio. Hugo è triste. Cos'è questa cosa potente e magica a cui ci abbandoniamo, June e io, quando siamo insieme? Miracolo! Miracolo! Si verifica con lei.

Ieri sera, dopo June, traboccante di June, non sopportavo che Hugo leggesse il giornale e parlasse di prestiti e della sua giornata ben riuscita. Lui capì – lui capisce sempre – ma non poteva condividere, né afferrare l'incandescenza. Mi prese in giro. Fu molto spiritoso. Fu immensamente amabile e affettuoso. Ma ormai non potevo tornare indietro.

Così mi sdraiai sul divano, a fumare, e a pensare a June. Alla stazione, ero svenuta.

L'intensità ci sta facendo a pezzi entrambe. June è contenta di partire. È meno arrendevole di me. Vuole sfuggire davvero a quanto le sta dando la vita. Non le piace nessun tipo di potere, mentre io provo gioia a sottomettermi a lei.

Oggi, quando ci siamo viste per mezz'ora per discutere il futuro di Henry, mi ha chiesto di prendermi cura di lui, poi mi ha dato il suo braccialetto d'argento con una pietra, un occhio di tigre, lei, che possiede così poco. Sulle prime lo rifiutai, poi la gioia di portare il suo braccialetto, una parte di lei, mi riempì. Lo porto come un simbolo. È prezioso per me.

Hugo se ne accorse e lo detestò. Voleva togliermelo a tutti i costi, tormentarmi. Io ci rimasi attaccata con tutta la mia forza mentre lui mi stritolava le mani, e lasciai che mi facesse male.

June temeva che Henry mi avrebbe messo contro di lei. Di cosa ha paura? Le ho detto: "Tra noi c'è un segreto fantastico. Tutto quello che io so di te lo so solo grazie alla mia conoscenza. Alla fede. Che importanza può avere quel che sa Henry?"

Poi incontrai Henry per caso in banca. Mi accorsi che mi odiava, e ne rimasi sconcertata. June aveva detto che era impacciato e irrequieto, perché è più geloso delle donne che degli uomini. June, inevitabilmente, semina follia. Henry, che mi considerava una persona "rara", ora mi odia. Hugo, che odia raramente, odia lei.

Oggi June mi ha detto che parlando di me a Henry aveva cercato di essere molto naturale e diretta in modo da non fargli sospettare niente d'insolito. Gli aveva detto: "Anaïs era solo annoiata della sua vita, così ci ha adottato." Questo mi sembrò volgare. È l'unica cosa brutta che le ho sentito dire.

Hugo e io ci arrendiamo completamente l'uno all'altra. Non possiamo stare l'uno senza l'altra, non possiamo sopportare la discordia, la guerra, l'estraneazione, non possiamo passeggiare da soli, non ci piace fare dei viaggi se non insieme. Ci siamo arresi a dispetto del nostro individualismo, del nostro odio per l'intimità. Abbiamo assorbito le nostre personalità egocentriche nel nostro amore. Il nostro amore è il nostro *ego*.

Non credo che June e Henry si siano conquistati questo, perché entrambe le loro personalità sono troppo forti. Così sono sempre in guerra; l'amore è un conflitto permanente, devono mentirsi, diffidare reciprocamente l'uno dell'altra.

June vuole tornare a New York e fare qualcosa di buono, rendersi amabile per me, soddisfarmi. Ha una gran paura di deludermi.

Pranzammo insieme in un posto dalla luce soffusa che ci circondava d'intimità vellutata. Ci togliemmo i cappelli. Bevemmo champagne. June rifiutò qualsiasi vivanda dolce o insapore. Poteva vivere di pompelmi, ostriche e champagne.

Parlammo per misteriose astrazioni, chiare soltanto a noi. Capii come avesse potuto sfuggire a tutti i tentativi di Henry di comprenderla logicamente, di arrivare a una conoscenza di lei.

Si sedette di fronte a me piena di champagne. Parlò dell'hashish e dei suoi effetti. Le dissi: "Ho conosciuto questi stati senza l'hashish. Non ho bisogno di droghe. Tutto questo ce l'ho dentro di me." Si arrabbiò un po' per questo. Non si rendeva conto che io posso raggiungere questi stadi senza distruggere la mia mente. La mia mente non deve morire, perché io sono una scrittrice. Sono il poeta che deve vedere. Non sono semplicemente il poeta che può ubriacarsi della bellezza di June.

Fu colpa sua se incominciai ad accorgermi delle discrepanze nelle sue storie, delle bugie infantili. La sua mancanza di coordinazione e di logica lascia lacune, e quando rimetto i pezzi insieme formulo un giudizio, un giudizio che lei teme sempre, al quale vuole sfuggire. Vive senza una logica. Non appena uno prova a coordinare June, June è persa. Deve averlo visto succedere molte volte. È come un uomo ubriaco che si tradisce.

Stavamo parlando di profumi, della loro essenza, dei loro ingredienti, dei loro significati. Lei disse come per caso: "Sabato quando ti ho lasciato, ho comprato del profumo per Ray." (Ray è una ragazza di cui mi ha parlato.) Al momento non ci pensai. Però ricordai il nome del profumo, che era molto caro.

Continuammo a chiacchierare. È turbata dai miei occhi come io lo sono dal suo volto. Le dissi che il suo braccialetto mi stringeva il polso come le sue stesse dita,

35

tenendomi in una schiavitù barbarica. Vuole la mia mantella intorno al suo corpo.

Dopo il pranzo passeggiammo. Doveva comprarsi il biglietto per New York. Prima andammo in taxi al suo albergo. Ne uscì con una marionetta fra le braccia, il Conte Bruga, fatta da Jean. Aveva capelli viola e palpebre viola, gli occhi di una prostituta, il naso di Pulcinella, una bocca morbida e depravata, guance incavate, un mento cattivo e aggressivo, mani da assassino, gambe di legno, un sombrero spagnolo, una cappa di velluto nero. Aveva calcato le scene.

June lo mise seduto sul fondo del taxi, di fronte a noi. Io risi di lui.

Entrammo in parecchie agenzie navali. June non aveva abbastanza soldi neanche per un biglietto di terza classe e stava cercando di ottenere una riduzione. La vidi piegarsi sul banco, con la faccia tra le mani, supplichevole, mentre gli uomini dietro al banco la divoravano con gli occhi, sfacciatamente. E lei era tutta dolcezza, persuasione, fascino, tutta sorrisi segreti solo per loro. La guardai elemosinare. Il Conte Bruga si faceva beffe di me. Io mi accorgevo solo della mia gelosia per quegli uomini, non della sua umiliazione.

Uscimmo in strada. Dissi a June che le avrei dato i soldi di cui aveva bisogno, che erano comunque più di quanto potessi permettermi, molto di più.

Entrammo in un'altra agenzia navale, mentre June finiva a malapena una favola folle prima di accingersi al suo compito. Vidi l'uomo al bancone perdere la testa, impietrito dal viso di June, e dal suo modo dolce e arrendevole di parlargli, di pagare e firmare. Io ero poco distante e lo sentii chiederle: "Prenderà un cocktail con me domani?" June gli stava stringendo la mano. "Alle tre?" "No. Alle sei." Gli sorrise come sorride a me. Poi mentre ce ne andavamo mi spiegò in fretta e furia. "Mi è stato molto utile, molto utile. Farà il possibile per me. Non potevo dirgli di no. Non ho intenzione di andarci, ma non potevo dirgli di no."

"Bisogna che tu ci vada, adesso che hai accettato," dissi furiosa, poi la piattezza e la stupidità di quest'affermazione mi nausearono. Presi June per il braccio e quasi in singhiozzi le dissi: "Non riesco a sopportarlo, non riesco a sopportarlo." Ero arrabbiata per qualcosa d'indefinibile. Pensai alla prostituta, onesta, perché in cambio di denaro dà il suo corpo. June non avrebbe mai concesso il suo corpo. Però era pronta a elemosinare come io non avrei mai fatto, a promettere come io non avrei mai promesso, a meno che non fossi pronta a dare.

June! Che lacerazione nel mio sogno! Lei lo capì. Per cui si portò la mia mano sul petto caldo e parlammo mentre io le toccavo il seno. Era sempre nuda sotto il vestito. Forse lo fece inconsciamente, come per consolare un bambino arrabbiato. E parlò di cose che non c'entravano affatto. "Avresti preferito che gli dicessi di no, brutalmente? Talvolta sono brutale, sai, ma non potevo esserlo di fronte a te. Non volevo ferire i suoi sentimenti. Mi era stato molto utile." E poiché non sapevo che cosa mi facesse arrabbiare, non dissi niente. Non si trattava di accettare o di rifiutare un cocktail. Bisognava andare fino alle radici del perché avesse bisogno di aiuto da quell'uomo. Mi tornò in mente una sua affermazione: "Per quanto male mi vadano le cose, riesco sempre a trovare qualcuno pronto a offrirmi dello champagne." Ma certo. Era una donna che accumulava debiti enormi che non intendeva pagare mai, perché in seguito si vantava della sua inviolabilità sessuale. Orgogliosa del possesso del suo corpo, ma incurante di umiliarsi con sguardi da prostituta sul banco di una compagnia di navigazione.

Mi stava raccontando che lei e Henry avevano litigato a proposito dell'acquisto del burro. Non avevano soldi e... "Non avevate soldi?" feci io. "Ma se sabato ti ho dato quattrocento franchi, perché tu e Henry poteste mangiare. E oggi è solo lunedì."

"Avevamo dei debiti da saldare..."

Pensai che si riferisse al conto della stanza. Poi mi ricordai all'improvviso del profumo, che costa duecento franchi. Perché non mi ha detto semplicemente: "Sabato ho comprato del profumo, dei guanti e delle calze." Non mi guardò in faccia quando accennò al fatto che dovevano pagare l'affitto. Poi mi ricordai un'altra cosa che aveva detto: "La gente mi dice che se avessi una fortuna, riuscirei a spenderla in un solo giorno, e nessuno saprebbe mai come ho fatto. Non riesco mai a spiegare come spendo i soldi." Questa era l'altra faccia della fantasia di June. Passeggiammo per le strade, e nemmeno tutta la morbidezza del suo seno riuscì a lenire il mio dolore.

Tornai a casa e mi buttai tra le braccia di Hugo. Gli dissi: "Sono tornata." E lui ne fu molto felice.

Ma ieri alle quattro, mentre l'aspettavo all'American Express, il portiere mi disse: "La sua amica è stata qui stamattina e mi ha detto di salutarla perché non sarebbe tornata." "Ma eravamo d'accordo che ci saremmo incontrate qui." Ma come, non avrei più rivisto June venirmi incontro – impossibile. Fu come morire. Che importanza aveva tutto quello che avevo pensato il giorno prima? Era priva di etica, irresponsabile – era la sua natura. Non volevo alterare la sua natura. Il mio orgoglio a proposito di questioni di soldi era aristocratico. Ero troppo scrupolosa e orgogliosa. Non avrei cambiato niente in June, di quello che aveva di fondamentale, niente di ciò che stava alla radice del suo fantastico essere. Solo lei era priva di vincoli. Io ero un essere limitato, etico, a dispetto della mia intelligenza amorale. Io non avrei potuto lasciar patire la fame a Henry. Tuttavia l'accettavo interamente, non volevo combatterla. Se solo fosse venuta all'appuntamento, per quest'ultima ora.

Mi ero vestita in modo rituale per lei, con quell'abbigliamento che creava il vuoto tra me e l'altra gente, un abbigliamento che era il simbolo del mio individualismo, che lei sola avrebbe capito. Turbante nero, vestito rosa antico con un davantino e un colletto di pizzo nero, un mantello rosa antico con un colletto medioceo, avevo creato un certo subbuglio sul mio cammino, e mi sentivo più sola che mai perché la reazione in parte era ostile, in parte beffarda.

Poi June arrivò. Tutta in velluto nero, mantello nero e cappello piumato, più pallida e incandescente che mai, e con in braccio il Conte Bruga, come le avevo chiesto. La meraviglia del suo volto e del suo sorriso, dei suoi occhi senza sorriso...

La portai in un ristorante russo. I russi cantavano quel che noi provavamo. June si chiese se erano davvero pieni di ardore come sembrava dalle loro voci e dalla musica intensa. Probabilmente non erano in preda allo stesso ardore mio e di June.

Champagne e caviale con June. È l'unica volta che si riesce a capire cosa sia lo champagne e cosa sia il caviale. Loro sono June, voci russe e June.

Gente brutta, morta e priva d'immaginazione ci circonda. Siamo cieche alla loro presenza. Guardo June in velluto nero. June che si precipita verso la morte. Henry non può correre insieme a lei perché sta lottando per la vita. Ma June e io non ci tiriamo indietro. Io la seguo. Ed è una gioia pungente procedere insieme, arrendersi alla dissoluzione dell'immaginazione, alla sua conoscenza di strane esperienze, ai nostri giochi con il Conte Bruga, che s'inchina al mondo con i suoi capelli viola a salice piangente.

È tutto finito. Per strada June dice, piena di rimpianto: "Ho desiderato stringerti e accarezzarti." La metto su un taxi. Lei si siede pronta a lasciarmi, mentre io rimango in piedi lì accanto, in preda al tormento. "Voglio baciarti," dico. "E io voglio baciare te," dice June, e mi offre la bocca che bacio a lungo.

Dopo la sua partenza, volevo solo dormire per molti giorni, ma avevo ancora qualcosa da affrontare, il mio rapporto con Henry. Gli chiedemmo di venire a Louveciennes. Volevo offrirgli la pace e una casa confortevole, ma naturalmente sapevo che avremmo parlato di June.

Riuscimmo a estinguere la nostra irrequietezza con una passeggiata, e poi parlammo. In entrambi c'era l'ossessione di afferrare June. Lui non provava gelosia per me, perché disse che avevo suscitato delle cose meravigliose in June, che era la prima volta che June si era attaccata a una donna di valore. Sembrava aspettarsi che potessi avere qualche potere sulla sua vita.

Quando si accorse che capivo June e che ero disposta a essere leale con lui, parlammo liberamente. Eppure una volta m'interruppi, esitante, interrogandomi sulla mia fedeltà a June. Poi Henry osservò che, benché nel caso di June la verità non andasse presa neanche in considerazione, tra noi era l'unica base per uno scambio.

Sentimmo entrambi il bisogno di creare un'alleanza delle nostre menti, delle nostre due logiche diverse, per capire il problema di June. Henry ama lei e sempre lei. Vuole anche possedere il personaggio di June, il personaggio potente, romanzesco. Nel suo amore per lei ha dovuto sopportare tanti e tali tormenti che l'amante si è rifugiato nello scrittore. Ha scritto un libro feroce e splendente su June e Jean.

Lui mise in discussione il lesbismo. Quando mi sentì raccontare certe cose che aveva sentito dire a June, rimase sconcertato, perché mi credeva. Gli dissi: "Dopotutto se c'è una spiegazione del mistero è questa: l'amore tra donne è un rifugio e una fuga nell'armonia. Nell'amore tra uomo e donna c'è resistenza e conflitto. Due donne non si giudicano a vicenda, non si brutalizzano, e non trovano niente da ridicolizzare. Si arrendono al sentimento, alla comprensione reciproca, al romanticismo. Un amore così è mortale. Lo ammetto."

Ieri sera sono stata sveglia fino all'una a leggere il romanzo di Henry (*Moloch*) mentre lui leggeva il mio. Il suo era travolgente, l'opera di un gigante. Non riuscivo a trovare le parole per dirgli quanto mi avesse colpito e questo gigante rimase lì seduto in silenzio a leggere il mio libriccino con tanta comprensione, tanto entusiasmo, parlando della sua bellezza, della sottigliezza, della voluttuosità, gridando a certi passaggi, e anche criticando. È una vera forza!

Io gli ho dato l'unica cosa che June non è in grado di dargli: l'onestà. Perché sono totalmente pronta ad ammettere quello che un *ego* estremamente sviluppato non ammetterebbe: che June è un personaggio sconvolgente, una fonte continua di ispirazione che rende insipide tutte le altre donne, che vivrei la sua vita se non fosse per la mia compassione e la mia coscienza, che potrebbe distruggere l'uomo Henry, ma che Henry lo scrittore trae più nutrimento dalle difficoltà che dalla pace. Io, d'altra parte, non posso distruggere Hugo, perché lui non ha nient'altro. Ma, come June, sono capace di delicate perversioni. L'amore di un solo uomo o di una sola donna è come una prigione.

Il mio conflitto diventerà più grande di quello di June, perché lei non ha una mente che la osservi vivere. Lo fanno altri per lei, e lei nega tutto quello che questi altri scrivono o dicono. Io ho una mente che è più grande del resto di me, una coscienza inesorabile.

Eduardo dice: "Vai a farti psicanalizzare." Ma mi sembra troppo semplice. Voglio arrivare da sola, con le mie forze, alle mie scoperte.

Non ho bisogno di droghe, di stimoli artificiali. Eppure ho voglia proprio di sperimentare queste cose insieme a June, di andare fino in fondo al male che mi attira. Cerco la vita, e le esperienze che voglio mi sono negate perché ho una forza in me che le neutralizza. Conosco June, la quasi-prostituta, ed ecco che diventa pura. Una purezza che fa infuriare Henry, una purezza del viso e dell'essere che incute rispetto, proprio come la vidi un pomeriggio sull'angolo del divano, trasparente, soprannaturale.

Henry mi parla della sua estrema volgarità. Conosco la sua mancanza di dignità. La volgarità dà la gioia di dissacrare. Ma June non è un demone. È la vita che è un demone, che la possiede, e il loro coito è violento perché la sua voracità per la vita è enorme, con un gusto per i sapori più amari.

Dopo la visita di Henry incominciai ad andare avanti e indietro per la casa come una tigre in gabbia e continuai a dire a Hugo che dovevo andare via. Ci furono forti resistenze. "Non sei veramente malata, sei solo stanca." Ma Hugo, come al solito, capì, acconsentì. La casa mi soffocava. Non riuscivo a vedere gente, non riuscivo a scrivere, non riuscivo neanche a riposare.

Domenica Hugo mi portò a fare una passeggiata. Trovammo delle tane di coniglio molto larghe e profonde. Scherzosamente, egli incitò il nostro cane Banquo a ficcarci dentro il naso, a scavare. Provai un'oppressione terribile, come se fossi entrata carponi in un buco e stessi soffocando. Mi vennero in mente molti sogni in cui ero costretta a strisciare sulla pancia, come un serpente attraverso aperture e tunnel che erano troppo piccoli per me, e l'ultimo era sempre il più piccolo di tutti, al punto che l'angoscia diventava così forte da svegliarmi. Mi parai davanti alla tana dei conigli e, furiosa, gridai a Hugo di smetterla. La mia rabbia lo confuse. Era solo un gioco, e con il cane.

Adesso che la sensazione di soffocamento era così cristallizzata, ero decisa ad andare via. Di notte, tra le braccia di Hugo, la mia decisione vacillava. Però feci tutti i preparativi, preparativi incuranti, diversi dai miei soliti. Non m'importava niente del mio aspetto, dei vestiti. Partii in fretta e furia. Per trovare me stessa. Per trovare Hugo dentro di me.

Sonloup. Svizzera. A Hugo scrivo: "Credimi, è solo fumo quando parlo di vivere fino in fondo tutti gli istinti. Ci sono un sacco di istinti che non dovrebbero essere risvegliati perché sono decadenti e putridi. Henry ha torto a disprezzare D.H. Lawrence per il suo rifiuto di tuffarsi in un'infelicità non necessaria. La prima cosa che farebbero June e Henry sarebbe di iniziarci alla povertà, alla fame, allo squallore, solo per condividere le loro sofferenze. Ma questo è il modo più debole di godersi la vita: permettere che ti frusti. Vincendo la miseria noi ci stiamo creando una futura indipendenza quale loro non conosceranno mai. Quando ti ritirerai dalla banca, tesoro, conosceremo una libertà che loro non hanno conosciuto mai. Sono un po' stufa di questo sguazzare nel dolore, tanto caro ai russi. Il dolore bisogna superarlo, non sguazzarci dentro.

"Sono venuta qui a cercare la mia forza, e la sto trovando. Sto combattendo. Questa mattina ho visto alte e solide silhouettes di sciatori, con i loro pesanti scarponi, e la loro andatura lenta, da conquistatori, era come una folata di potenza. La sconfitta è solo una fase per me. Io devo conquistare, vivere. Perdonami per le sofferenze che ti costringo a subire. Se non altro, non saranno mai sofferenze inutili."

Resto sdraiata a letto, mezzo addormentata, giocando a fare il ghiro. Questa fortezza di calma che erigo contro l'invasione delle idee, contro la febbre, è come un piumino. Io dormo tra le piume, e le idee mi calano addosso, insistenti. Voglio capire lentamente. Così incomincio: June, tu hai distrutto la realtà. Le tue bugie per te non sono bugie, sono condizioni che vorresti vivere fino in fondo. Hai fatto più sforzi di noi per riuscire a vivere le tue illusioni. Quando hai raccontato a tuo marito che tua madre era morta, che non avevi mai conosciuto tuo padre, che eri una bastarda, volevi cominciare dal nulla, incominciare senza radici, per tuffarti nell'invenzione...

Cerco d'illuminare il caos di June non con la mente diretta di un uomo ma con tutte le sottigliezze e le circonlocuzioni note a una donna.

Henry ha detto: "June aveva le lacrime agli occhi mentre parlava della tua generosità." E ho capito che l'amava per questo. Nel suo romanzo risulta chiaro che la generosità di June non si è mai riversata su di lui - lo torturava costantemente - ma su Jean, perché Jean era per lei un'ossessione. E che effetto ha su Henry? Lo umilia, lo riduce alla fame, gli rovina la salute, lo tormenta - e lui prospera; lui scrive il suo libro.

Ferire ed essere consapevole di ferire, e capirne la fondamentale necessità, questo per me è intollerabile. Io non ho il coraggio di June. Io lotto per risparmiare a Hugo ogni genere di umiliazione. Non calpesto i suoi sentimenti. Solo due volte in vita mia la passione è stata più forte della pietà.

Una mia zia insegnò alla nostra cuoca come preparare un soufflé di carote, e la cuoca lo insegnò alla nostra cameriera Emilia. Emilia lo serve per ogni pasto particolare. Lo ha preparato per Henry e June. Erano già ipnotizzati dalla stranezza di Louveciennes, dai colori alle pareti, la stranezza del mio modo di vestire, la mia aria straniera, il profumo di gelsomino, il fuoco nel quale bruciavo non dei ceppi ma le radici degli alberi, che sembrano mostri. Il soufflé sembrava un piatto esotico, e loro lo mangiarono come si mangerebbe il caviale. Mangiarono anche un purè di patate che era stato montato con un uovo battuto. Henry, che è profondamente borghese, incominciò a sentirsi a disagio come se non fosse stato nutrito a dovere. La sua bistecca era vera e sugosa, ma tagliata come un cerchio perfetto, e sono certa che lui non l'ha riconosciuta. June era in estasi. Quando Henry ci conobbe meglio, si azzardò a chiederci se mangiavamo sempre così, esprimendo una certa preoccupazione per la nostra salute. Allora gli raccontammo l'origine del soufflé e ridemmo. June l'avrebbe avvolto per sempre nel mistero.

Una mattina, mentre Henry era da noi, dopo tutti i suoi stenti, i pasti disordinati, l'incuria dei banconi da caffè, cercai di preparargli una splendida colazione. Scesi al piano di sotto e accesi il fuoco nel caminetto. Emilia portò, su un vassoio verde, caffè bollente, latte fumante, uova alla coque, del buon pane, biscotti e il burro più fresco che si possa immaginare. Henry sedette al tavolino laccato accanto al fuoco. Tutto quel che riuscì a dire fu che aveva una voglia pazza del bistrot dietro l'angolo, con il suo bancone di zinco, il suo caffè, verdastro, e il latte pieno di pellicine.

Io non ne fui offesa. Pensai che gli mancava una certa capacità di apprezzare le cose fuori dell'ordinario, tutto qui. Io potrei precipitare tra i rifiuti cento volte, ma ogni volta riuscirei ad arrampicarmi fuori verso un buon caffè servito su un vassoio laccato accanto a un caminetto. Ogni volta mi arrampicherei fuori verso calze di seta e profumo. Il lusso non è una necessità per me, ma le cose belle e buone lo sono.

June è una gran bugiarda. Racconta sempre delle storie sulla sua vita che sono contraddittorie. All'inizio cercai di collegarle in un tutto unico, ma poi mi arresi al suo caos. Non sapevo allora che, come le bugie di Albertine a Proust, ciascuna era una chiave segreta per un avvenimento della sua vita che è impossibile chiarire. Molte di queste storie sono nel romanzo di Henry. June non esita a ripetersi. Si inebria delle sue stesse invenzioni. Io guardo umilmente questa bambina fantasiosa e rinuncio alla mia mente.

Ieri sera in albergo il pianto febbrile di un bambino mi tenne sveglia, e i miei pensieri erano come una macchina ad alta velocità. Mi spossarono. La mattina dopo una *femme de chambre* mostruosamente brutta entrò ad aprire le persiane. Un uomo che aveva un cespuglio di capelli rossi sulla testa stava spazzando i tappeti nella hall. Telefonai a Hugo, pregandolo di venire prima di quanto avesse promesso. Le sue lettere erano state dolci e tristi. Ma al telefono fu ragionevole. "Verrò immediatamente, ma solo se sei malata." Gli dissi: "Non importa. Tornerò giovedì. Non posso rimanere più a lungo." Quindici minuti dopo chiamò, ormai completamente consapevole della mia angoscia, per dire che sarebbe venuto venerdì invece di sabato mattina. Ero disperata per l'improvviso e terrificante bisogno di Hugo. Poteva indurmi a commettere qualsiasi azione. Mi rizzai a sedere sul letto, tremante.

Sono decisamente malata, pensai. La mia mente non sta funzionando a dovere.

Feci uno sforzo tremendo per scrivere a Hugo una lettera chiara e ordinata per rassicurarlo. Avevo fatto lo stesso sforzo per farmi forza quando venni qui in Svizzera. Hugo capì. Mi scrisse: "... So bene com'è bruciante l'intensità con cui vivi. Hai già sperimentato molte vite, incluse quelle che hai condiviso con me: vite ricche e piene dalla nascita alla morte, e tra l'una e l'altra sarà necessario che tu ti prenda questi periodi di riposo.

"Ti rendi conto di che forza vitale sei, solo per parlare di te astrattamente? Mi sento come una macchina che ha perso il suo motore. Tu rappresenti tutto ciò che è vitale, che vive, si muove, si solleva e vola..."

June si oppone con forza alla franca sensualità di Henry. La sua è molto più intricata. Inoltre, lui è un bene per lei. E June vi si attacca disperatamente. Ha paura che Henry possa rovinarsi. Tutti gli istinti di Henry sono buoni, non in un nauseante senso cristiano ma semplicemente in senso umano. Persino la ferocia della sua scrittura non è mostruosa o intellettuale, ma umana. Ma June è disumana. Ha solo due forti sentimenti umani: il suo amore per Henry e la sua tremenda generosità disinteressata. Il resto è fantastico, perverso, spietato.

Che conti demoniaci riesce a tenere, tanto che Henry e io guardiamo con timore la sua mostruosità, che ci arricchisce più della pietà di altri, dell'amore smisurato di altri, della mancanza di egoismo di altri. Io non la farò a pezzi come ha fatto Henry. Io la amerò. La arricchirò. La immortalerò.

Henry mi manda una lettera disperata da Digione. Dostoevskij in Siberia, solo che la Siberia era molto più interessante, stando a quel che dice il povero Henry. Gli spedisco un telegramma: "Dimettiti, e torna a casa a Versailles." E gli mando anche del denaro. Penso a lui per quasi tutto il giorno.

Ma non permetterei mai a Henry di toccarmi. Lotto per capirne la ragione esatta, e riesco a trovarla solo esprimendola con le sue parole. "Non mi piace per niente che mi si pisci addosso."

Fai davvero delle cose del genere, June? Davvero? O è Henry che fa una caricatura dei tuoi desideri? Affondi dunque in sentimenti così sofisticati, oscuri e tremendi che i bordelli di Henry sembrano quasi risibili in confronto? Lui conta sul fatto che io capisca, perché, come lui, sono una scrittrice. Devo sapere. Dev'essermi tutto chiaro. Con sua grande sorpresa gli dico esattamente quel che dici tu: "Non è la stessa cosa." C'è un mondo che gli è per sempre interdetto, il mondo che contiene i nostri discorsi astratti, i nostri baci, le nostre estasi.

Lui intuisce che c'è un certo aspetto di te che non ha afferrato, tutto ciò che il suo romanzo omette. Tu gli scivoli tra le dita!

La ricchezza di Hugo. La sua capacità di amare, di perdonare, di dare, di capire. Dio mio, sono una donna davvero fortunata.

Sarò a casa domani sera. Ho chiuso con la vita di albergo e la solitudine di notte.

FEBBRAIO

Louveciennes. Sono tornata a casa, a un amore dolce e appassionato. Porto in giro le lettere di Henry, ricche e pesanti. Valanghe. Ho appeso alla parete del mio studio due grosse pagine di parole di Henry, scelte qua e là, e una mappa panoramica della sua vita, destinata a un romanzo non scritto. Coprirò i muri di parole. Sarà la *chambre des mots.*

Hugo ha trovato i miei diari su John Erskine e li ha letti mentre ero via, con un'ultima fitta di curiosità. Non contenevano niente che già non sapesse, ma ha sofferto. Lo rifarei da capo, sì, e Hugo lo sa.

Mentre ero via, ha trovato anche le mie mutandine di pizzo nero, le ha baciate, vi ha ritrovato il mio odore, e lo ha inalato con grande gioia.

Ci fu un incidente divertente sul treno, andando in Svizzera. Per rassicurare Hugo non mi ero truccata gli occhi, mi ero passata solo un po' di cipria, un filo di rossetto sulle labbra, e non avevo toccato le unghie. Ero assolutamente contenta della mia negligenza. Mi ero vestita in modo incurante con un vestito di velluto nero che adoro, logoro sui gomiti. Mi sentivo come June. Il mio cane Rudy sedeva al mio fianco, cosicché il mio cappotto nero e la giacca di velluto erano coperti del suo pelo bianco. Un italiano che per tutto il viaggio aveva cercato di attirare la mia attenzione, finalmente, disperato, si alzò e mi offrì una spazzola. Questo mi divertì, e scoppiai a ridere. Quando ebbi finito di spazzolare (e a questo punto la sua spazzola era piena di peli bianchi), lo ringraziai. Lui disse molto nervoso: "Vuol venire a bere un caffè con me?" Io dissi di no, pensando: cosa mi sarebbe successo se mi fossi truccata gli occhi?

Hugo dice che la mia lettera a Henry è la cosa più contraddittoria che abbia mai letto. Comincio in modo estremamente onesto e franco. Sembro l'opposto di June, ma alla fine sono altrettanto sfuggente. È convinto che turberò Henry e sconvolgerò il suo stile per un po' – la sua forza bruta, le sue "pisciate e vaffanculo," all'interno delle quali è tanto sicuro.

Quando scrissi a Henry gli ero così grata per la sua ricchezza e la sua pienezza che volevo dirgli tutto quello che avevo in mente. Incominciai con grande impeto, fui franca, ma mentre mi avvicinavo al dono finale, il dono della *mia* June e dei miei pensieri su di lei, mi sentii reticente. Mi valsi di tutta l'abilità e di tutta l'elusività possibile per interessarlo, mentre allo stesso tempo gli nascondevo quello che per me era prezioso.

Mi siedo davanti a una lettera o a un mio diario con un desiderio di onestà, ma forse alla fine sono la più gran bugiarda di tutti, più bugiarda di June, più bugiarda di Albertine, per via della mia apparenza di sincerità.

Il suo vero nome era Heinrich – quanto lo preferisco! È tedesco. A me sembra slavo, ma in realtà per le donne ha un sentimentalismo e un romanticismo tutti tedeschi. Il sesso per lui è *amore*. La sua immaginazione morbosa è tedesca. Ha un amore per la bruttezza. Non gli dispiace l'odore di urina e di cavolo. Gli piacciono le imprecazioni, lo *slang*, le prostitute, i quartieri malfamati, lo squallore, la durezza.

Mi scrive le sue lettere sul retro di "appunti" scartati – cinquanta modi di dire "ubriaco", informazioni sui veleni, nomi di libri, brandelli di conversazioni. Ho liste come questa: "visitare il Café des Mariniers sull'argine del fiume vicino al Ponte dell'Esposizione dietro i Champs Elysées – una specie di pensione per pescatori. Mangiare 'bouillabaisse,' Caveau des Oubliettes Rouges. Le Paradis, rue Pigalle – zona tosta, borseggiatori, apaches, eccetera. Fred Payne's Bar, 14, rue Pigalle (vedere la galleria d'arte al piano terra, punto d'incontro di ballerine inglesi e americane). Café de la Régence, 261, rue St.-Honoré (Napoleone e Robespierre giocavano a scacchi qui. Controllare il loro tavolo)."

Le lettere di Henry mi danno quel senso di pienezza che provo tanto raramente. È una grande gioia per me rispondere, ma la loro mole mi sommerge. Non riesco a scriverne una che lui già me ne ha inviata un'altra. Commenti su Proust, descrizioni, stati d'animo, la sua vita, la sua sessualità infaticabile, il suo modo di buttarsi immediatamente nell'azione. Troppa azione per la mia mente. Indigesta. Non c'è da stupirsi che si meravigli di Proust. Non c'è da stupirsi che io osservi la sua vita rendendomi perfettamente conto che la mia non assomiglierà mai alla sua, perché la mia è rallentata dal pensiero.

A Henry: "Ieri sera ho letto il tuo romanzo. C'erano alcuni passaggi che erano *éblouissants*, penosamente belli. In particolare la descrizione del tuo sogno, la descrizione della notte tumultuosa con Valeska, tutta l'ultima parte quando la vita con Blanche arriva al culmine...

"Altre cose sono piatte, prive di vita, volgarmente realistiche, fotografiche. C'è anche dell'altro – l'amante più vecchia, Cora, persino Naomi, non sono ancora *nate*. C'è una fretta troppo incurante e precipitosa. Ormai hai già superato quel problema da molto. La tua scrittura ha dovuto tenere il passo con la tua vita, a causa della tua vitalità animale tu hai vissuto troppo...

"Ho la strana sicurezza di sapere esattamente cosa bisognerebbe tralasciare, proprio come tu capivi esattamente cosa avrebbe dovuto essere tagliato nel mio libro. Penso che varrebbe la pena di sfrondare il tuo romanzo. Me lo permetteresti?"

A Henry: "Per favore, Henry, cerca di capire che sono in ribellione totale contro la mia stessa mente, che quando vivo, vivo per impulso, per emozione, per incandescenza. Questo June lo capiva. La mia mente non esisteva quando passeggiavamo come pazze per Parigi, dimentiche della gente, del tempo, del luogo, degli altri. Non esisteva la prima volta che lessi Dostoevskij nella mia camera d'albergo e mi ritrovai a ridere e piangere al tempo stesso senza riuscire a dormire, e senza più sapere dov'ero. Ma poi, credimi, faccio lo sforzo tremendo di risorgere, per non continuare a sguazzare in questo stato, e soffrire o bruciare soltanto. Perché dovrei fare uno sforzo del genere? Perché ho una paura terribile di essere come June. Ho un'avversione contro il caos completo. Voglio poter vivere con June la più totale follia, ma voglio anche poterla capire dopo, poter afferrare quello che ho vissuto.

"Tu chiedi delle cose contraddittorie e impossibili. Vuoi sapere quali sogni, quali impulsi, quali desideri abbia June. Non lo saprai mai, non da lei. No, non potrebbe dirtelo. Ma ti rendi conto di quale gioia mi abbia procurato dirle quali erano i nostri sentimenti, in quel linguaggio speciale, cifrato? Perché io non mi limito a vivere soltanto, o a seguire tutte le mie fantasie; ogni tanto esco per una boccata d'aria, una boccata di comprensione. Io ho abbagliato June perché, quando sedevamo insieme, la meraviglia del momento non mi inebriava soltanto; io la vivevo con la consapevolezza del poeta, non con la consapevolezza da formula morta dello psicanalista. Ci siamo spinte fino al limite estremo, con le nostre due immaginazioni. E tu sbatti la testa contro il muro del nostro mondo, e pretendi che io strappi tutti i veli. Vuoi spingere a forza sensazioni delicate, profonde, vaghe e oscure dentro a qualcosa su cui tu possa mettere le mani. Una cosa simile non la pretendi da Dostoevskij. Ringrazi Iddio per il caos vivente. E allora perché vuoi sapere di più di June?"

June non ha idea, né fantasie tutte sue. Le vengono date dagli altri, che sono ispirati dal suo essere. Hugo dice arrabbiato che lei è la scatola vuota mentre io sono la scatola piena. Ma chi le vuole le idee, le fantasie, i contenuti se la scatola è così bella e ricca d'ispirazione? Io vengo ispirata da June, la scatola vuota. Pensare a lei nel bel mezzo della giornata mi solleva al di sopra della vita ordinaria. Il mondo per me non è mai stato tanto vuoto come da quando l'ho conosciuta. June fornisce la carne incandescente e bellissima, la voce folgorante, gli occhi insondabili, i gesti drogati, la presenza, il corpo, l'incarnazione delle nostre fantasie. E noi chi siamo? Soltanto i creatori. Lei *è*.

Ricevo lettere da Henry un giorno sì e un giorno no. Gli rispondo immediatamente. Gli ho dato la mia macchina da scrivere, e io scrivo a mano. Penso a lui continuamente, giorno e notte.

Sogno una vita in più, una vita straordinaria che un giorno riuscirò a vivere, e che riuscirà persino a riempire un altro diario speciale. Ieri sera, dopo aver letto il romanzo di Henry, non riuscii ad addormentarmi. Era mezzanotte. Hugo dormiva. Avrei dovuto alzarmi e andare nel mio studio e scrivere a Henry del suo primo romanzo. Ma avrei dovuto svegliare Hugo. Ci sono due porte da aprire, e scricchiolano. Hugo era così esausto quando è andato a letto. Rimasi sdraiata assolutamente immobile e cercai di costringermi a dormire, mentre delle frasi mi si accavallavano in testa come un ciclone. Pensavo che le avrei ricordate il mattino dopo. Ma non ci riuscii, neanche mezza frase. Se Hugo non avesse dovuto andare al lavoro, avrei potuto svegliarlo, e lui avrebbe potuto continuare a dormire la mattina. La nostra vita è completamente rovinata dal suo lavoro in banca. Bisogna che lo tiri fuori di lì. E questo m'induce a lavorare al mio libro, a scrivere, cosa che odio, perché mi ribolle in testa un nuovo libro – il libro di June.

Il conflitto tra il mio essere "posseduta" e la mia devozione per Hugo sta diventando intollerabile. Io lo voglio amare con tutta la mia forza, però a modo mio. È dunque impossibile per me crescere soltanto in una direzione?

Questa sera sono piena di gioia perché Henry è di nuovo qui. L'impressione è sempre la stessa: uno è ancora colpito dal peso e dalle sferzate della sua scrittura, ed ecco che lui ti si avvicina dolce, con voce soave, strascicata, gesti gentili, mani morbide e belle – e non resta che arrendersi alla sua infaticabile curiosità e al suo romanticismo per le donne.

Descrizione di Henry del locale di Hennery Street (dove June portò Jean a vivere con loro):

Letti sfatti tutto il giorno, capita spesso che ci si cammini sopra con le scarpe; le lenzuola un casino. Si usano camicie sporche a mo' di asciugamani. Il bucato viene portato fuori di rado. Lavandino intasato da troppi rifiuti. Si lavano i piatti nella vasca da bagno, tutta unta e con un bordo nero. Il bagno è sempre freddo come un frigorifero. Si rompono i mobili per gettarli nel fuoco. Le persiane sempre abbassate, finestre mai lavate, atmosfera sepolcrale. Il pavimento è costantemente ingombro di stucco, attrezzi, pittura, libri, mozziconi di sigarette, spazzatura, piatti sporchi, pentole. Jean gira sempre in tuta da lavoro. June sempre mezza nuda a lamentarsi del freddo.

Cosa rappresenta tutto questo per me? Forse, un aspetto di June che non conoscerò mai. E l'altro aspetto, quello che appartiene a me, è pieno di magia e brilla di bellezza e delicatezza. Questi dettagli servono solo a farmi capire che tutte le cose hanno due facce e che l'altra faccia di me desidera disperatamente una vita abietta, animalesca.

A Henry: "Tu dici, 'Gide ha la mente, Dostoevskij ha l'altra cosa, ed è quello che ha Dostoevskij che conta veramente.' Per te e per me i momenti più esaltanti, le gioie più acute, non si presentano quando le nostre menti sono dominanti ma quando perdiamo la testa, e tu e io la perdiamo nello stesso modo, attraverso l'amore. Abbiamo perso la testa per June...

"Dimmi una cosa. Tu hai il gusto per il macabro. La tua immaginazione è attratta da certe immagini sinistre. Hai detto a Berta che vivere con June era come portarsi appresso un cadavere? Ti preoccupano davvero le nevrosi e la malattia di June, o stramaledici soltanto quello che ti rende schiavo?"

Devo sostenere una lotta acuta per tenermi Henry, che non voglio perdere, e per mantenere il rapporto tra June e me come un prezioso segreto.

Ieri al caffè Henry mi ha strappato dei brandelli della nostra storia. Mi ha ferito e mi ha fatto infuriare. Sono tornata a casa e gli ho scritto una lunga lettera febbrile. Se mostrasse questa lettera a June, la perderei. Henry non può indurmi ad amarla di meno, ma può tormentarmi facendomela apparire più irreale, più priva di un io, dimostrandomi che non c'è nessuna June, ma solo un'immagine, inventata da noi, dalla mente di Henry, e dalla mia poesia. Ha parlato della sua influenzabilità. Dell'influenza di Jean, la donna di New York. Questa fu una vera tortura per me.

Poi disse: "Tu m'inganni." Io non dissi niente. Finirà con l'odiarmi? All'inizio, appena ci eravamo incontrati era così caldo e sensibile alla mia presenza. Tutto il suo corpo era cosciente di me. C'eravamo piegati con tanto entusiasmo a guardare il libro che gli avevo portato! Eravamo entrambi esultanti. Ha persino dimenticato di bere il suo caffè.

Sono intrappolata tra la bellezza di June e il genio di Henry. In modo diverso, sono devota a entrambi, una parte di me va a ciascuno di loro. Ma amo June follemente, irragionevolmente. Henry mi dà la vita, June mi dà la morte. Devo scegliere, e non posso. Per me dare a Henry tutte le sensazioni che ho provato per June è esattamente come riversare in lui il mio corpo e la mia anima.

A Henry: "Forse non te ne sei reso conto, ma oggi per la prima volta mi hai svegliata bruscamente da un sogno. Tutti i tuoi appunti, le tue storielle su June non mi avevano mai ferito. Niente mi feriva finché non hai toccato il centro del mio terrore: June e l'influenza di Jean. Che terrore provo quando ricordo i discorsi di June che mi rivelano come sia colma delle ricchezze degli altri, tutti gli altri che amano la sua bellezza. Persino il Conte Bruga era una creazione di Jean. Quando eravamo insieme June diceva: 'Sarai tu a inventare quello che faremo insieme.' Io ero pronta a darle tutto ciò che ho inventato e creato, dalla mia casa ai miei abiti, ai miei gioielli, alla mia scrittura, alle mie fantasie, alla mia vita. Avrei lavorato e creato per lei sola.

"Cerca di capirmi. Io la adoro. Accetto tutto ciò che lei è, ma deve *essere*. Mi ribello soltanto se non esiste nessuna June (come scrissi la prima sera che la conobbi). Non dirmi che non c'è nessuna June se non la June fisica. Non rivelarmelo, perché tu devi saperlo. Tu hai vissuto insieme a lei.

"Non ho mai avuto paura, fino a oggi, di quello che le nostre due menti potevano scoprire insieme. Ma che veleno hai distillato! Forse lo stesso veleno che hai dentro di te. Hai anche tu lo stesso mio terrore? Ti senti anche tu ossessionato e ingannato da un'allucinazione, come se si trattasse di una creazione del tuo cervello? È dunque la paura di un'illusione che combatti con parole crude? Dimmi che June non è semplicemente una bella immagine. Talvolta, quando parliamo, ho l'impressione che stiamo cercando di afferrare la sua realtà. È irreale persino per noi, persino per te che l'hai posseduta, e per me, che l'ho baciata."

Hugo legge uno dei miei vecchi diari, il periodo di John Erskine, di Boulevard Suchet, e quasi singhiozza per la pietà quando si accorge che stavo vivendo nella Casa dei Morti. Io non sono riuscita a resuscitarlo finché non ha rischiato di perdermi, lasciandomi a John e al suicidio.

Altre lettere da Henry, nuovi brani del suo libro, man mano che li scrive, citazioni, appunti presi ascoltando Debussy e Ravel, sul retro dei menù di piccoli ristoranti in quartieri squallidi. Un torrente di realismo. Troppo in rapporto all'immaginazione, che si assottiglia sempre di più. Henry non è disposto a sacrificare un solo momento di vita al suo lavoro. È sempre indaffarato a scrivere del suo lavoro ma alla fine non lo affronta veramente, e scrive più lettere che libri, e più che creare per ora sta vivendo in una fase di ricerca. Tuttavia la forma del suo ultimo libro, discorsiva, una catena di associazioni e di ricordi, è molto buona. Ha assimilato il suo Proust, meno la poesia e la musicalità.

Mi sono immersa nell'oscenità, nella sporcizia, e nel suo mondo di "merda, fica, cazzo, bastardo, potta, puttana" e adesso sto risalendo in superficie. Il concerto sinfonico di oggi ha confermato la mia voglia di distacco. Ancora e ripetutamente ho attraversato le regioni del realismo per trovarle aride. E ancora ritorno alla poesia. Scrivo a June. È quasi impossibile. Non riesco a trovare le parole. Faccio uno sforzo d'immaginazione così violento per arrivare fino a lei, alla mia immagine di lei! Tuttavia quando torno a casa ed Emilia mi dice: "C'è una lettera per la señorita," mi precipito di sopra sperando che sia una lettera di Henry.

Voglio avere un'enorme forza poetica, altrettanto forte del realismo di Henry e John. Voglio combatterli, invaderli e annientarli. Quello che in Henry mi sconcerta e mi attrae sono i suoi lampi d'immaginazione, i lampi d'intuito, e i lampi di sogno. Fuggitivi. E la profondità. Basta cancellare il realista tedesco, l'uomo che "rappresenta la merda," come dice di lui Wambly Bald, e si ottiene un rigoglioso creatore d'immagini. A momenti può dire le cose più delicate e profonde. Ma la sua dolcezza è pericolosa, perché quando scrive, non scrive con amore, scrive per caricaturizzare, per attaccare, per ridicolizzare, per distruggere, per ribellarsi. È sempre contro qualcosa. La rabbia lo incita. Io sono sempre a favore di qualcosa. La rabbia mi avvelena. Io amo, amo, amo.

Poi, in alcuni momenti, ricordo una delle sue parole e all'improvviso sento la donna sensuale infiammarsi in me, come se l'avessero violentemente accarezzata. Sussurro la parola tra me, con gioia. È in momenti del genere che il mio corpo vive.

Ieri ho passato una giornata tesa, straziante, con Eduardo che resuscita il passato. È il primo uomo che io abbia amato. Era debole, sessualmente. Io soffrii della sua debolezza, e adesso lo so. Quel dolore venne sepolto, e fu rinnovato quando lo reincontrai due anni fa. Poi fu di nuovo sepolto.

Ho sempre avuto in me degli elementi mascolini, dato che so esattamente quello che voglio, ma prima di John Erskine non ho mai amato degli uomini forti; amavo uomini deboli o timorosi, troppo delicati. La vaghezza di Eduardo, la sua indecisione, il suo amore etereo, e l'amore spaventato di Hugo mi provocavano tormento e confusione. Io mi comportavo in modo delicato ma tuttavia come un uomo. Avrei dovuto essere più femminile per essere soddisfatta dalla passione di altri ammiratori, invece io insistevo sulle mie scelte, su una delicatezza del carattere che trovavo in uomini più deboli di me. Ho molto sofferto per la mia franchezza, come donna. Fossi stata un uomo, sarei stata felice di avere quel che desideravo.

Adesso Hugo è forte, ma temo che sia troppo tardi. L'elemento maschile in me è andato troppo avanti. Ormai persino Eduardo vorrebbe vivere con me (e ieri era tormentato da un'impotente gelosia), ma non potremmo farlo perché creativamente sono più forte di lui, e non lo sopporterebbe. Ho scoperto la gioia di una direzione mascolina della mia vita con il mio corteggiamento di June. Ho scoperto anche come possa essere terribile morire, disintegrarsi.

Seduta accanto al fuoco con Hugo, ieri sera ho incominciato a piangere, la donna di nuovo spaccata in donna-uomo – e ho pregato che un miracolo, che la grande forza umana dei poeti, potessero salvarla. Ma la forza animale che soddisfa la donna è in uomini brutali, in uomini realisti come Henry, ma da lui io non voglio amore. Preferisco andare avanti da sola e scegliere la mia June, liberamente, come un uomo. Ma il mio corpo ne morirà, perché ho un corpo sensuale, un corpo vivo, e non c'è vita nell'amore tra donne.

Solo Hugo sa come tenermi tra le braccia, ancora con la sua idolatria, il suo caldo amore umano, la sua maturità, poiché è il più vecchio di tutti noi.

Voglio scrivere a June una lettera così meravigliosa che non riesco a scriverla affatto. Che lettera pateticamente inadeguata:

"Non riesco a credere che non mi verrai più incontro uscendo dall'oscurità del giardino. Talvolta ti aspetto là dove solevamo incontrarci, sperando di riprovare la gioia di vederti uscire dalla folla per venirmi incontro – tu, così diversa e unica.

"Dopo che te ne sei andata la casa mi soffocava. Volevo stare sola con la mia immagine di te...

"Ho affittato un piccolo e modesto appartamento a Parigi, dove cerco rifugio almeno per qualche ora al giorno. Ma cos'è quest'altra vita che voglio vivere senza di te? A volte devo immaginare che tu sia lì, June. Ho il desiderio di essere te. Non ho mai voluto essere nessun'altra se non me stessa prima d'ora. Adesso voglio fondermi con te, esserti così terribilmente vicina che la mia persona scompaia. La cosa che mi dà più gioia indossare è il mio vestito di velluto nero perché è vecchio e strappato sui gomiti.

"Quando guardo la tua faccia, voglio lasciarmi andare e condividere la tua follia, che porto dentro di me come un segreto che non può più essere nascosto. Sono calma di una gioia acuta, che fa quasi paura. È la gioia che si prova quando si sono accettate morte e disintegrazione, una gioia più terribile e più profonda della gioia di vivere o di creare."

MARZO

Ieri, al Café de la Rotonde, Henry ha detto di avermi scritto una lettera che poi ha strappato. Perché era una lettera pazza, una lettera d'amore. L'ho ascoltato in silenzio, senza sorpresa, lo avevo intuito. C'è tanto affetto tra di noi. Ma sono turbata. Nel profondo. Ho paura di quest'uomo, come se in lui dovessi affrontare tutte le realtà che mi terrorizzano. La sua sensualità mi turba. La sua ferocia mista a tenerezza, la sua improvvisa serietà, la mente fervida, pesante. Sono un po' ipnotizzata. Osservo le sue belle mani bianche e morbide, la sua testa che sembra troppo pesante per il corpo, la fronte sul punto di scoppiare, una testa che ciondola, che nutre tante cose che amo e odio, che voglio e temo. Il mio amore per June mi paralizza. Provo del calore per quest'uomo, che può essere due cose separate. Lui vorrebbe prendermi la mano e io fingo di non accorgermene. Faccio un rapido gesto per sottrarmi.

Voglio che il suo amore muoia. Tutto quello che ho sempre sognato, essere desiderata da un uomo come lui, adesso lo rifiuto. È giunto il momento di godere della sensualità, senza amore o dramma, e io non posso farlo.

Fraintende tante cose di me: il mio sorriso quando parla di June, che prima combatte le sue idee con violenza e poi le assorbe e le esprime come se fossero sue. "Succede a tutti noi," dice, guardandomi aggressivamente, come se il mio fosse un sorriso di scherno. Sono convinta che voglia litigare. Dopo la violenza, l'amarezza, la brutalità, la crudeltà che ha conosciuto, il mio stato di mitezza lo infastidisce. Trova che cambio colore come un camaleonte, e forse perdo il colore che ho a casa mia. Non c'entro niente con la sua vita.

La sua vita – ambienti equivoci, Carco, violenza, crudeltà, mostruosità, avidità, svacco. Leggo i suoi appunti avidamente e con orrore. Per un anno, nella semisolitudine, la mia immaginazione ha avuto tempo di crescere oltre misura. Di notte, come in un accesso di febbre, le parole di Henry penetrano in me. La sua violenta e aggressiva mascolinità mi insegue. Sento il sapore di quella violenza nella mia bocca, nel mio grembo. Schiacciata, in terra, con l'uomo sopra di me, posseduta fino ad aver voglia di gridare.

Al Café Viking, Henry disse di aver scoperto la mia vera natura una sera in cui ballai la rumba da sola per pochi minuti. Ricorda ancora un passaggio nel mio libro, e vuole avere il manoscritto per poterlo rileggere. Dice che è il più bel pezzo di scrittura che abbia letto ultimamente. Parla delle possibilità fantastiche che ho in me: la prima impressione che gli ho fatto in piedi sulla soglia – "così adorabile" – e poi seduta nella grande poltrona nera "come una regina". Vuole distruggere "l'illusione" della mia grande onestà.

Gli ho letto quello che ho scritto sull'effetto che mi hanno fatto i suoi appunti. Il suo commento è stato che io posso scrivere così, con quest'intensità immaginativa, solo perché non ho vissuto fino in fondo quello di cui scrivo, che il vivere fino in fondo uccide l'immaginazione e l'intensità, come succede a lui.

Messaggio per Henry in inchiostro viola su carta d'argento: "La donna siederà per sempre nell'alta poltrona nera. Io sarò l'unica donna che tu non avrai mai. Una vita troppo intensa schiaccia l'immaginazione. Noi non vivremo, scriveremo soltanto e parleremo, per gonfiare le vele."

Gli scrittori fanno l'amore con qualsiasi cosa di cui abbiano bisogno. Henry si adegua alla mia immagine e cerca di essere più sottile, diviene poetico. Ha detto che non si sorprenderebbe se June gli dicesse: "Mi piacerebbe che tu amassi Anaïs, perché è Anaïs."

Io colpisco l'immaginazione di entrambi. È il mio più forte potere.

Ho visto il romanticismo sopravvivere al realismo. Ho visto uomini dimenticare le belle donne che hanno posseduto, dimenticare le prostitute, e ricordare la prima donna che hanno idealizzato, la donna che non hanno mai potuto avere. La donna che ha suscitato il loro romanticismo riesce a tenerli. Vedo il desiderio tenace in Eduardo. Hugo non guarirà mai da me. Henry non potrà mai amare di nuovo, dopo aver amato June.

Quando parlo di lei, Henry dice: "Hai sempre un modo gradevole di vedere le cose."

"Forse è solo un'evasione dai fatti."

E mi dice esattamente quello che io ho scritto qualche tempo fa: mi sottometto alla vita e poi trovo delle splendide spiegazioni per il mio operato. Faccio quadrare i pezzi dentro al tessuto creativo.

"Tu e June volevate imbalsamarmi," gli dico.

"Perché sembri tanto fragile."

Sogno una nuova fedeltà, con stimoli che mi vengano da altri, una vita fantasiosa, ma il mio corpo unicamente per Hugo.

Ho mentito. Quel giorno nel caffè, seduta con Henry, vedendo la sua mano tremare, udendo le sue parole, ero commossa. Fu una follia leggergli i miei appunti, ma lui mi incitò a farlo; fu una follia bere e rispondere alle sue domande mentre lo guardavo dritto in faccia, come non ho mai osato guardare nessun uomo. Non ci toccammo, quel giorno. Eravamo entrambi sull'orlo del precipizio.

Lui parlò della "grande gentilezza di Hugo, ma è un ragazzo, un ragazzo". Henry ha una mente più matura, naturalmente. E anch'io devo sempre aspettare Hugo, mentre la mia mente ha già fatto un balzo in avanti, talvolta in modo anche perfido. Cerco di lasciare il mio corpo fuori da tutto questo. Ma sono stata catturata. E così quando torno a casa cerco di togliermi d'impiccio scrivendogli quel messaggio.

E nel frattempo leggo la sua lettera d'amore per più di quindici volte, e anche se non credo nel suo amore, o nel mio, l'incubo dell'altra notte mi tiene in pugno. Sono posseduta.

"Bada," disse Hugo, "a non farti intrappolare dalla tua stessa immaginazione. Tu susciti scintille negli altri, li cambi con le tue illusioni, e quando esplodono verso l'illuminazione, tu ci caschi."

Camminiamo nella foresta e Hugo gioca con Banquo. Legge accanto a me. La sua intuizione gli dice: sii gentile, sii dolce, sii cieco. Con me è il metodo più intelligente e più abile. È il modo per torturarmi, per vincermi. E io penso a Henry ogni momento, caoticamente, temendo la sua seconda lettera.

Incontro Henry nel buio e cavernoso Viking. Non ha ricevuto il mio messaggio. Mi ha portato un'altra lettera d'amore. Si mette quasi a gridare: "Oggi sei coperta da un velo! Sii reale! Le tue parole, la tua scrittura, l'altro giorno, allora sì che eri reale." Io lo nego. Poi lui dice umilmente: "Lo sapevo, lo sapevo che da parte mia era troppo presuntuoso aspirare a te. Io sono un sempliciotto, Anaïs. Solo le puttane possono apprezzarmi." E questo mi strappa le parole che lui vuole sentire. Discutiamo debolmente. Cerchiamo di ricordare gli inizi: avevamo incominciato con la mente. "Davvero, davvero?" dice Henry, tremando. E tutt'a un tratto si piega su di me e mi avvolge in un bacio interminabile. Vorrei che il bacio non finisse mai. Mi dice: "Vieni nella mia stanza."

Com'è soffocante questo velo che ho intorno, e che Henry cerca di strappare, questa paura della realtà. Camminiamo verso la sua stanza, e io non sento più i piedi per terra, ma sento il suo corpo contro il mio. Mi dice: "Guarda la passatoia sulle scale, è tutta lisa," ma io non la vedo, sento soltanto l'ascensione. Ora ha in mano il mio messaggio. "Leggilo," gli dico, ai piedi delle scale, "poi me ne andrò." Ma invece lo seguo. La sua stanza, non la vedo. Quando mi prende tra le braccia, il mio corpo si scioglie. La tenerezza delle sue mani, la penetrazione inattesa, fino al profondo del mio essere, ma senza violenza. Che strana forza delicata.

Anche lui grida, quasi: "È tutto così irreale, così rapido."

E io vedo un altro Henry, forse lo stesso Henry che quel giorno mi venne incontro a casa mia. Parliamo come sognavo che avremmo parlato, in modo semplice, autentico. Sono sdraiata sul suo letto coperta dal suo cappotto. Lui mi guarda.

"Ti aspettavi forse... più brutalità?"

Le sue montagne di parole, di appunti, di citazioni sono come una cosa a sé. Ne sono sorpresa. Non conoscevo quest'uomo. Eravamo innamorati della reciproca scrittura. Ma ora di cosa siamo innamorati? Non riesco a sopportare la fotografia di June sopra il caminetto. Persino nella fotografia, misteriosamente, ci possiede entrambi.

Scrivo messaggi folli a Henry. Oggi non possiamo incontrarci. La giornata è vuota. Sono in trappola. E lui? Che cosa prova? Mi sento invasata, perdo tutto, la mia mente vacilla. Sono cosciente solo delle sensazioni.

Ci sono momenti della giornata in cui non credo nell'amore di Henry, in cui sento che June ci domina entrambi, e allora dico a me stessa: "Questa mattina si sveglierà e si renderà conto di non amare nessun'altra all'infuori di June." E altri momenti in cui credo follemente che riusciremo a vivere qualcosa di nuovo, Henry e io, al di fuori del mondo di June.

Come ha fatto a impormi la verità? Io ero pronta a prendere il volo dalla prigione delle mie fantasie, ed ecco che lui mi porta nella sua stanza e lì viviamo un sogno, non una realtà. Mi dà il posto che vuole darmi. Incenso. Adorazione. Illusione. E tutto il resto della sua vita viene cancellato. Viene incontro a quest'ora con una nuova anima. È come la posizione magica delle favole. Io giaccio accanto a lui con un ventre bruciante e lui nemmeno se ne accorge. I nostri gesti sono umani, ma c'è una maledizione nella stanza. È la faccia di June. Ricordo con grande dolore uno degli appunti di Henry: "Il momento più esaltante della vita... June, inginocchiata per strada." È di June o di Henry che sono gelosa?

Chiede di rivedermi. Quando aspetto nella poltrona della sua stanza, e lui s'inginocchia a baciarmi, è più strano di tutti i miei pensieri. Con la sua esperienza mi domina.

Mi domina anche con la sua mente, e io sono ridotta al silenzio. Mi sussurra cosa deve fare il mio corpo. Io obbedisco, e nuovi istinti si risvegliano in me. Mi ha conquistata. Un uomo così umano; e io, all'improvviso, sfacciatamente naturale. Sono stupita di ritrovarmi sdraiata sul suo letto di ferro, con la mia sottoveste nera consunta e stropicciata. E la parte più segreta di me infranta, per un momento, da un uomo che si definisce "l'ultimo uomo sulla terra".

Scrivere, per noi, non è un'arte, è il respiro stesso. Dopo il nostro primo incontro respirai alcuni messaggi, accenti di riconoscimento, confessioni umane. Henry era ancora stordito, mentre il mio respiro esalava una gioia spontanea e insostenibile. Ma la seconda volta, non ci furono parole. La mia gioia era impalpabile e terrorizzante. Crebbe dentro di me mentre camminavo per le strade.

Questa gioia che traspare, luccica. Non posso nasconderla. Sono donna, e un uomo mi ha sottomesso. Che gioia, quando una donna trova un uomo a cui può sottomettersi! La gioia della sua femminilità che si espande in un forte abbraccio.

Hugo mi guarda mentre sediamo accanto al fuoco. Parlo in modo vivace, eccitato, sono ebbra. Mi dice: "Non ti ho mai vista così bella. Non ho mai sentito il tuo potere con tanta forza, cos'è questa nuova sicurezza che hai in te stessa?"

Mi desidera, come successe l'altra volta, dopo la visita di John. In quel momento la mia coscienza muore. Hugo mi viene sopra, e io istintivamente obbedisco alle parole sussurratemi da Henry. Chiudo le gambe intorno a Hugo, e lui esclama in estasi: "Tesoro, tesoro, cosa stai facendo? Mi fai impazzire. Non ho mai provato una gioia così!"

Lo imbroglio, lo inganno, lo tradisco, e tuttavia il mondo non affonda in una nebbia sulfurea. La follia conquista. Non riesco più a rimettere insieme il mio mosaico. Posso solo piangere o ridere.

Dopo un concerto, Hugo e io uscimmo insieme, come amanti, disse lui. Questo avveniva il giorno dopo che Henry e io avevamo ammesso certi sentimenti al Viking. Hugo era così attento, così tenero. Era una vacanza per lui. Stavamo cenando in un ristorante di Montparnasse. Avevo inventato un pretesto per passare da un amico e prendere la prima lettera d'amore di Henry. L'avevo nella mia agendina. Ci stavo pensando mentre Hugo mi chiedeva: "Vuoi delle ostriche? Prendi le ostriche, stasera è una sera speciale. Ogni volta che esco con te ho l'impressione di portar fuori la mia amante. Tu sei la mia amante, e ti amo più che mai."

Voglio leggere la lettera di Henry. Mi scuso e vado in bagno. Leggo la lettera lì. Non è molto eloquente, e questo mi commuove. Non so cos'altro provo. Ritorno al tavolo, in preda alle vertigini. È qui che avevamo incontrato Henry quando tornò da Digione e io mi resi conto di essere felice che fosse tornato.

In un'altra occasione Hugo e io andiamo a teatro. Io sto pensando a Henry. Hugo lo sa, e fa mostra dello stesso vecchio tenero impaccio, lo stesso desiderio di credermi, e io lo rassicuro. È stato lui stesso a ricordarmi che dovrei chiamare Henry alle otto e mezzo.

Così, prima della commedia entriamo in un caffè, e Hugo mi aiuta a trovare il numero dell'ufficio di Henry. Scherzo su quello che sta per sentire. Henry e io non ci diciamo granché: "Hai ricevuto la mia lettera?" "Sì. Hai ricevuto il mio messaggio?" "No."

Passo una brutta notte dopo la commedia. Hugo si alza di primo mattino per portarmi una medicina, un sonnifero. "Che succede?" mi chiede. "Cosa ti senti?" Mi offre il rifugio delle sue braccia.

La prima volta che tornai dalla stanza di Henry, stordita, ebbi difficoltà a parlare nel mio solito modo vivace.

Hugo si mette a sedere, prende il suo diario e scrive febbrilmente di me e dell' "arte" dicendo come sia giusto tutto quello che faccio. Mentre me lo legge, sanguino a morte. Prima di finire, lui scoppia in singhiozzi. Non sa bene perché. Io m'inginocchio davanti a lui e gli chiedo: "Che c'è, tesoro, che c'è?" e gli dico questa cosa terribile: "Hai un'intuizione?" – cosa che, a causa della sua fiducia e della lentezza dei suoi riflessi, non riesce a capire. Crede che Henry mi stimoli soltanto mentalmente, come scrittore. Ed è proprio perché crede questo, che si mette a scrivere a sua volta, con l'intenzione d'impressionarmi con la scrittura.

Vorrei gridargli: "È così infantile da parte tua; è come la fede di un bambino." Dio, come sono vecchia, sono io l'ultima *donna* sulla terra. Mi accorgo del mostruoso paradosso: concedendo me stessa, imparo ad amare di più Hugo. Vivendo come faccio proteggo il nostro amore dall'amarezza e dalla morte.

La verità è che questo è l'unico modo in cui posso vivere: in due direzioni. Io ho bisogno di due vite. Io sono due esseri. Quando ritorno da Hugo la sera, alla pace e al calore della casa, ritorno con una gioia profonda, come se questa fosse l'unica condizione per me. Riporto a casa una donna intera, a Hugo, libera di tutte le febbri da "posseduta", guarita dal veleno dell'irrequietezza e della curiosità che un tempo minacciava il nostro matrimonio, guarita grazie all'azione. Il nostro amore vive, perché io vivo. Sono io che lo sostengo e lo nutro. Io gli sono fedele, a modo mio, che non può essere il modo di Hugo. Semmai leggerà queste righe, dovrà credermi. Sto scrivendo con calma, con lucidità, mentre aspetto che torni a casa come si può aspettare solo l'amante prescelto, l'amante eterno.

Henry prende degli appunti su di me. Registra tutto quello che dico, tutti e due stiamo registrando tutto, ognuno di noi con sensori diversi. La vita degli scrittori è un'altra vita.

Siedo sul suo letto, con il mio vestito rosa allargato intorno a me, a fumare, e mentre mi osserva, dice che non mi porterà mai nella sua vita, nei posti di cui mi ha parlato, che per me tutti gli ornamenti di Louveciennes sono i più giusti e indicati, che mi sono necessari. "Non potresti vivere diversamente." Io contemplo la sua stanza sordida ed esclamo: "Penso che sia vero. Se tu mi mettessi in questa stanza, povera, ricomincerei tutto da capo."

Il giorno dopo gli scrivo una delle lettere più umane che lui abbia mai ricevuto: niente intelletto, solo parole sulla sua voce, la sua risata, le sue mani.

E lui mi scrive: "Anaïs, ero stordito quando ho ricevuto la tua lettera questa sera. Niente che io possa dire eguaglierà mai queste parole. A te dunque la vittoria - tu mi hai messo a tacere - almeno per quanto riguarda la capacità di esprimere questo tipo di cose. Non sai quanto ammiri la tua abilità di assorbire rapidamente per poi rivoltarti, calare le lance, e inchiodare tutto, penetrarlo, avvolgerlo con il tuo intelletto. L'esperienza mi ha lasciato senza parole: ho provato una singolare esaltazione, un'ondata di vitalità, poi di stanchezza, di vuoto, d'incertezza, d'incredulità, tutto, tutto. Tornando a casa non facevo che fare osservazioni sul vento della primavera - tutto era diventato morbido e balsamico, l'aria mi lambiva la faccia, non riuscivo a ingoiarne abbastanza. E finché non ho ricevuto la tua lettera ero in preda al panico. Temevo che avresti rinnegato tutto. Ma mentre leggevo - ho letto molto piano perché ogni parola era come una rivelazione per me - ho ripensato alla tua faccia sorridente, alla tua gaiezza innocente, cose che avevo sempre cercato in te senza mai vederle realmente. A volte, a Louveciennes, cominciavi proprio così, ma poi la mente schiacciava tutto e vedevo occhi gravi e rotondi e labbra imbronciate, che quasi mi spaventavano, m'intimidivano.

"Mi rendi perfettamente felice accogliendomi tutto intero, non diviso - permettendomi di essere l'artista, per così dire, senza trascurare l'uomo, l'animale, l'amante affamato e insaziabile. Nessuna donna mi ha mai accordato tutti i privilegi di cui ho bisogno - e tu, tu canti con tanta allegria, con tanta audacia, persino con una risata – sì, tu m'inviti ad andare avanti, da solo, a usare qualsiasi cosa. Ti adoro per questo. È qui che sei veramente regale, una donna straordinaria. Che donna sei! Rido di me adesso quando ti penso – non ho paura della tua femminilità. Né della tua passione. Poi mi torna in mente il tuo vestito, il colore, il tessuto, la sua voluttuosa e impalpabile ampiezza – precisamente quello che ti avrei pregato d'indossare se fossi riuscito ad anticipare il momento.

"Guarda come hai prevenuto quello che ho scritto oggi – mi riferisco alle tue parole sulla caricatura, l'odio e tutto il resto.

"Potrei stare qui tutta la notte a scriverti. Ti vedo davanti a me costantemente, con la tua testa piegata e le lunghe ciglia appoggiate sulle guance. E mi sento molto umile. Non so perché dovresti scegliermi tra gli altri – mi lascia interdetto. Mi sembra di essere stato catturato nel momento stesso in cui mi hai aperto la porta porgendomi la mano, sorridente. Se n'è accorta anche June. Ha detto subito che tu eri innamorata di me, oppure io di te. Ma nemmeno io sapevo di essere innamorato. Parlavo di te accalorandomi, senza riserve. Poi June ti ha conosciuto e si è innamorata di te."

Henry sta giocando con l'idea della santità. Io penso ai toni d'organo della sua voce, alle espressioni e alle ammissioni che ottengo da lui. E penso alla sua capacità di lasciarsi intimorire da un rispetto quasi reverenziale, che è il segno della sua capacità d'intuire la santità. Proprio dopo che ero stata più naturale che mai, più femminile che mai, dopo che m'ero alzata dal letto per portargli una sigaretta, per servirgli dello champagne, per pettinarmi, per vestirmi, lui mi ha detto: "Non mi sento ancora spontaneo con te."

Vive in un modo piuttosto tranquillo, a momenti quasi freddo. Si assenta dal presente. In seguito, quando scrive, si riscalda, incomincia a drammatizzare e a bruciare.

Le nostre esplosioni: le sue nel suo linguaggio, le mie nel mio. Non uso mai le sue parole. Penso che la mia registrazione sia più inconscia, più istintiva. Non si mostra in superficie, anche se non lo so bene, perché lui ne era consapevole, era consapevole del peso dei miei occhi. L'inafferrabilità della mia mente opposta alla sua implacabile dissezione. La mia fede nella meraviglia opposta ai suoi appunti pesanti, realistici. La gioia, quando si accorge della meraviglia: "Sembra che i tuoi occhi si aspettino sempre dei miracoli." Li compirà?

Scrive mai degli appunti così: "Anaïs: pettine verde con capelli neri. Rosso indelebile. Collana barbara. Può rompersi. È fragile"?

Il secondo pomeriggio lui mi aspettò al caffè mentre io lo attendevo nella sua stanza, per un malinteso. Il *garçon* stava pulendo la sua camera. Mi chiese di aspettare nell'altra stanza, dall'altra parte del corridoio, una stanzetta piccola e squallida. Mi sedetti su una seggiola brutta e dura. Il *garçon* tornò con un'altra seggiola imbottita e rivestita di velluto rosso. "Questa andrà meglio per lei," disse. Ne fui commossa. Mi parve che fosse Henry a offrirmi la seggiola rivestita di velluto. Ero felice mentre aspettavo. Poi mi stancai un po' e andai a sedermi nella camera di Henry. Aprii una cartelletta intitolata "Appunti da Digione." La prima pagina era la copia di una lettera a me che non avevo ancora ricevuto. Poi lui entrò, e quando dissi: "Non credo nel tuo amore," lui mi zittì.

Quel giorno mi sentii umile di fronte alla sua forza. Una carne altrettanto forte se non più forte della mente. La sua vittoria. Mi tenne tra le braccia con una specie di paura. "Sembri così facile da rompere. Ho paura che potrei ucciderti." E in realtà mi sentivo davvero piccola nel suo letto, nuda, con i miei gioielli barbarici che tintinnavano. Ma lui sentiva la forza del mio animo, che bruciava alle sue carezze.

Pensaci, Henry, quando stringi il mio corpo troppo

fragile tra le tue braccia, un corpo che riesci a sentire a malapena perché sei tanto abituato a una carne straripante, pensa che però senti i movimenti della sua gioia come le oscillazioni di una sinfonia, non come la statica pesantezza dell'argilla, ma come una danza tra le tue braccia. Non mi romperai. Mi stai forgiando come uno scultore. Il fauno sta per essere trasformato in donna.

"Henry, te lo giuro, provo gioia a dirti la verità. Un giorno, dopo un'altra delle tue vittorie, risponderò a qualsiasi domanda mi farai."

"Sì, lo so," disse Henry, "ne sono sicuro. Aspetto con molta pazienza. Posso aspettare."

Quel che avrebbe potuto sembrarmi ridicolo, riusciva solo a commuovermi per la sua umanità: Henry che strisciava per terra per trovare le mie giarrettiere di seta nera, scivolate dietro il letto. La sua soggezione ammirata nel guardare la mia collana da dodici franchi: "Porti sempre delle cose così belle, così rare!"

Quando lo vidi nudo mi apparve privo di difese, e la mia tenerezza aumentò.

In seguito, lui divenne languido, io allegra. Parlammo persino del nostro mestiere: "A me piace riordinare tutta la mia scrivania prima d'incominciare, voglio solo degli appunti intorno a me, un sacco di appunti," disse Henry.

"È così che fai?" dissi tutta eccitata, come se fosse una delle affermazioni più interessanti che potesse fare. Il nostro mestiere. Che delizia parlare di tecniche!

Immagino, Henry, che tu stia soffrendo per lo sforzo di arrivare a una comprensione totale di te e June, per una franchezza inesorabile ma ottenuta con dolore. Hai momenti di riserbo, in cui senti che stai violando delle intimità sacre, il segreto della vita del tuo stesso essere, come di altri.

In certi momenti sono disposta ad aiutarti a causa della nostra comune passione oggettiva per la verità. Ma fa male, Henry, fa male. Io sto cercando di essere onesta giorno dopo giorno, nel mio diario.

In un certo senso hai ragione, quando parli della mia onestà, è uno sforzo, comunque con molte componenti di riserbo, umano o femminile che sia. Ritrarsi non è femminile, maschile, o scaltro. È una forma di terrore di fronte alla distruzione totale. Morirà ciò che noi analizziamo inesorabilmente? Morirà June? Morirà il nostro amore, all'improvviso, istantaneamente se tu dovessi farne una caricatura? Henry, c'è un pericolo nella troppa conoscenza. Tu hai una vera passione per la conoscenza assoluta. È per questo che la gente ti odia.

E talvolta sono convinta che la tua analisi implacabile di June tralasci qualcosa, ovvero i tuoi sentimenti per lei, che vanno oltre la conoscenza, o esistono a dispetto della conoscenza. Mi accorgo spesso di come singhiozzi su ciò che hai distrutto, di come vorresti smettere per adorare soltanto; e in realtà ti fermi, ma un attimo dopo ricominci da capo con un bisturi, come un chirurgo.

Cosa farai dopo che avrai scoperto tutto ciò che c'è da sapere su June? La verità. Che ferocia c'è nella tua ricerca. Distruggi e soffri. È strano, ma io non sono con te, sono contro di te, e siamo destinati a credere in due verità. Io ti amo e ti combatto. E tu, lo stesso. Ne usciremo entrambi più forti, ciascuno di noi, più forti del nostro amore e del nostro odio. Quando tu fai caricature, quando inchiodi e strappi, io ti odio. Vorrei controbattere, non con una poesia debole e stupida ma con una meraviglia altrettanto forte della tua realtà. Voglio combattere il tuo bisturi chirurgico con tutte le forze magiche e occulte del mondo.

Voglio al tempo stesso combatterti e sottomettermi a te, perché come donna adoro il tuo coraggio, adoro il dolore che comporta, adoro la lotta che vivi dentro di te, che io sola capisco pienamente, adoro la tua terrificante sincerità, adoro la tua forza. Hai ragione. Del mondo bisogna fare una caricatura, ma io so anche quanto puoi amare ciò che ridicolizzi. Quanta passione c'è in te! È questo che io sento in te. Non è il sapiente, il rivelatore, l'osservatore quello che io sento: quando sono con te sento il sangue.

Questa volta non ti sveglierai dall'estasi dei nostri incontri per scoprire soltanto i momenti ridicoli. No. Non lo farai questa volta, mentre noi viviamo insieme, mentre tu esamini il mio rosso indelebile che cancella il disegno della mia bocca, che si sparge come il sangue dopo un'operazione (hai baciato la mia bocca ed essa è scomparsa, il suo disegno si è smarrito come in un acquerello, i colori sbiadiscono); mentre fai questo, io afferro la meraviglia che ci sfiora (la meraviglia, oh, la meraviglia del mio giacere sotto di te), e te la mostro, la respiro tutto intorno a te. Prendila. Mi sento prodiga dei miei sentimenti quando mi ami; sentimenti così vivi, così nuovi, Henry, che non si perdono nei ricordi di altri momenti, così nostri, tuoi e miei, tu e io insieme, non qualsiasi altro uomo o qualsiasi altra donna insieme.

Cosa c'è di più teneramente reale della tua stanza? Il letto di ferro, il cuscino duro, l'unico bicchiere. È tutto scintillante come i fuochi d'artificio del quattro di luglio grazie alla mia gioia, la gioia morbida e traboccante del ventre che tu hai infiammato. La stanza trabocca dell'incandescenza che hai riversato dentro di me. La stanza esploderà quando mi siederò sulla sponda del tuo letto e tu mi parlerai. Non sento le tue parole: la tua voce rieccheggia contro il mio corpo come un altro tipo di carezza, un altro tipo di penetrazione. Non ho poteri sulla tua voce. Da te arriva dritta dentro di me. Anche se mi riempissi le orecchie di cotone, riuscirebbe a farsi strada attraverso il mio sangue facendolo ribollire.

Sono impenetrabile all'attacco visivo delle cose. Vedo la tua camicia kaki appesa a un piolo. È la tua camicia e io potrei vedere te con quella camicia, te, che porti un colore che detesto. Ma invece è te che vedo e non la camicia color kaki. Qualcosa si smuove in me mentre la guardo, ed è indubbiamente l'essere umano che sei tu. È una visione umana dell'essere umano che sei tu che mi rivela un'incredibile delicatezza. È la tua camicia color kaki e tu sei l'uomo che ormai rappresenta l'asse del mio mondo. Io ruoto intorno alla ricchezza del tuo essere.

"Vienimi vicino, sempre più vicino. Ti prometto che sarà bellissimo."

E mantieni la tua promessa.

Ascolta, non credo di essere sola a sentire che stiamo vivendo qualcosa di nuovo soltanto perché è nuovo per me. Nella tua scrittura non vedo traccia dei sentimenti che mi hai mostrato o delle frasi che hai usato. Quando leggo quello che scrivi, mi domando: quale degli episodi stiamo per ripetere?

Tu hai la tua visione, e io la mia, e si sono mischiate. Se a tratti mi capita di vedere il mondo come lo vedi tu (poiché sono le puttane di Henry che io amo), capiterà anche a te qualche volta di vederlo come lo vedo io.

A Henry investigatore offro solo risposte enigmatiche.

Mentre mi vestivo feci dei commenti scherzosi sulla mia biancheria intima, che a June era piaciuta. June che è sempre nuda sotto il vestito. "È spagnola." dissi.

Henry rispose: "Mentre lo dici mi chiedo come faceva June a sapere che portavi questo tipo di biancheria."

Gli dissi: "Non credere che io stia cercando di rendere tutto più innocente di quanto non sia stato, ma allo stesso tempo, non metterti in testa delle idee del genere altrimenti non arriverai mai alla verità."

Lui trascura la voluttuosità di una conoscenza a metà, di un possesso a metà, di uno sporgersi sul precipizio, pericolosamente, senza arrivare a un culmine specifico.

Henry e June insieme hanno distrutto la logica e l'unità della mia vita. È giusto, perché non si vive per modelli. E ora io vivo. Non creo più modelli.

Quello che continua a sfuggirmi è la realtà di essere uomo. Quando l'immaginazione e le emozioni oltrepassano i confini normali, può succedere che la donna sia posseduta da sentimenti che non può esprimere. Io voglio possedere June. M'identifico con gli uomini che possono penetrarla. Ma io sono impotente. Posso darle il piacere del mio amore, ma non il coito supremo. Che tormento!

E le lettere di Henry: "... Terribilmente, terribilmente vivo, sofferente, e sento di avere assolutamente bisogno di te... Ma devo vederti: ti vedo luminosa e splendida e allo stesso tempo ho scritto a June e ho strappato tutto, ma tu capirai: tu devi capire. Anaïs, stammi vicino. Tu sei tutta intorno a me come una fiamma luminosa, Anaïs, Cristo, se tu sapessi quello che provo adesso.

"Voglio che tu mi diventi più familiare. Io ti amo. Ti ho amato quando sei venuta a sederti sul letto – tutto quel secondo pomeriggio è stato come una foschia da caldo – e sento di nuovo come dici il mio nome – con quella tua strana pronuncia. Susciti in me un tale miscuglio di sentimenti, che non so come avvicinarti. Basta che tu venga da me – vienimi vicino, sempre più vicino. Ti prometto che sarà bellissimo. Mi piace tanto la tua franchezza – è quasi umiltà, e questo non lo vorrei sciupare. Stanotte ho pensato che forse avrei dovuto sposare una donna come te. Oppure è che l'amore, all'inizio, t'ispira sempre pensieri del genere? Io non ho il timore che tu vorrai farmi del male. Vedo che anche tu hai una forza di un tipo diverso, più elusiva, no, non ti romperai. Ho detto un sacco di sciocchezze sulla tua fragilità. Sono sempre stato un po' imbarazzato con te. Ma l'ultima volta meno. Sparirà del tutto. Hai un senso dell'umorismo così delizioso – adoro questo aspetto di te. Vorrei sempre vederti ridere. È una cosa che ti appartiene. Ho pensato ai posti in cui dovremmo andare insieme – piccoli posti oscuri, in giro per Parigi. Giusto per dire: qui sono andato con Anaïs, qui abbiamo mangiato o ballato o ci siamo ubriacati insieme. Ah, vederti veramente ubriaca una volta, questa sì sarebbe una festa! Ho quasi paura a proportelo – ma Anaïs, quando penso a come ti stringi a me, all'ardore con cui apri le gambe e a come sei bagnata, dio, mi fa impazzire il pensiero di come potresti essere quando cadono tutte le resistenze.

"Ieri ho pensato a te, a te che mi premevi le gambe contro stando in piedi, alla stanza che vacillava, mentre io cadevo su di te nell'oscurità senza sapere niente. E ho tremato gemendo di piacere. Sto pensando che sarà insopportabile passare il week-end senza vederti.

"Se sarà necessario verrò a Versailles domenica – qualsiasi cosa – pur di vederti. Ma non aver paura di trattarmi freddamente. Sarà sufficiente starti vicino, guardarti con ammirazione. Ti amo, tutto qui."

Hugo e io siamo in macchina, in strada verso una serata elegante. Canto finché non sembra che sia la mia canzone a guidare la macchina. Gonfio il petto e imito il *roucoulement* dei piccioni. La mia *rrrrrrrrr* francese sdrucciola via. Hugo ride. Più tardi, con un marchese e una marchesa usciamo dal teatro, e le puttane ci si stringono attorno, accalcandosi intorno a noi. La marchesa storce la bocca. Io penso, sono le puttane di Henry, e provo quasi affetto per loro.

Una sera propongo a Hugo di andare a uno "spettacolo" insieme, solo per guardare. "Ne hai voglia?" gli chiedo, benché ormai io sia pronta a vivere, e non a guardare. Lui è curioso, eccitato. "Sì, sì." Chiamiamo Henry per chiedergli delle informazioni. Lui suggerisce il 32 di rue Blondelle.

Durante il tragitto, Hugo esita, ma io rido al suo fianco, e lo incito. Il taxi ci lascia in una stradina stretta. Abbiamo dimenticato il numero. Ma vedo un 32 in rosso su uno dei portoni. Ho la sensazione che ci siamo buttati dal trampolino. E adesso siamo in gioco. Siamo diversi.

Spingo una porta girevole. Avrei dovuto andare avanti a discutere sul prezzo ma, quando vedo che non è una casa ma un caffè pieno di gente e di donne nude, torno a chiamare Hugo, ed entriamo insieme.

Rumore. Luci accecanti. Molte donne intorno a noi che ci chiamano, cercando di attirare la nostra attenzione. La *patronne* ci guida verso un tavolo. Le donne stanno ancora gridando e facendo segni. Dobbiamo scegliere. Hugo sorride, confuso. Io lancio loro un'occhiata. Scelgo una donna molto vivace, grassa, volgare, dall'aspetto spagnolo, poi lascio perdere il gruppo rumoroso e vado in fondo alla fila a scegliere una donna che non aveva fatto alcuno sforzo per attirare la mia attenzione, piccola, femminile, quasi timida. Adesso sono sedute di fronte a noi.

La donna piccola è dolce e malleabile. Parliamo, oh, con quanta educazione! Discutiamo delle nostre unghie. Loro fanno commenti sul mio smalto perlaceo, molto insolito. Chiedo a Hugo di guardare attentamente se ho scelto bene. Lui lo fa e dice che non avrei potuto fare meglio. Guardiamo le donne ballare. Io vedo soltanto a macchie, intensamente. Certi posti sono dei vuoti totali per me. Vedo grossi fianchi, natiche, seni cadenti, tanti corpi, tutti insieme. Avevamo pensato che ci sarebbe stato un uomo per lo spettacolo. "No," dice la *patronne*, "ma le due ragazze vi divertiranno. Vedrete tutto." Non sarebbe stata la notte di Hugo, dunque, ma lui accetta tutto. Discutiamo sul prezzo. Le donne sorridono. Danno per scontato che sia la mia serata perché ho chiesto loro se mi mostreranno delle pose lesbiche.

Tutto è strano per me e familiare per loro. Mi sento a mio agio solo perché si tratta di gente che ha bisogno di cose, per le quali posso fare delle cose. Distribuisco tutte le mie sigarette. Vorrei averne cento pacchetti. Vorrei avere anche un sacco di soldi. Stiamo andando di sopra. Mi piace guardare l'andatura nuda delle donne.

La stanza ha un'illuminazione soffusa e il letto è basso e ampio. Le donne sono allegre, e si lavano. Come deve sciuparsi il gusto per le cose, con tanto automatismo! Vediamo la donna grossa legarsi addosso un pene, una cosa rosata, una caricatura. Poi assumono delle posizioni, con noncuranza, professionalmente. Pose arabe, spagnole, parigine, l'amore quando non si hanno i soldi per una camera d'albergo, l'amore in taxi, l'amore quando uno dei partner è addormentato...

Hugo e io restiamo a guardare, ridendo delle loro sortite. Non impariamo niente di nuovo. È tutto irreale, finché non chiedo le pose lesbiche.

La donna piccola adora questo gioco, le piace molto di

più dell'approccio dell'uomo. La donna grassa mi rivela un posto segreto nel corpo della donna, la fonte di una nuova gioia, che avevo a volte intuito ma mai con precisione – quel piccolo nucleo all'apertura delle labbra femminili, proprio quello che l'uomo sfiora. Lì, la donna grossa lavora facendo guizzare la lingua. La donna piccola chiude gli occhi, geme, e trema in estasi. Hugo e io ci pieghiamo sopra di loro, rapiti da quel momento di bellezza nella donna piccola, che offre ai nostri occhi il suo corpo conquistato e tremante. Hugo è in subbuglio. Io non sono più una donna, sono un uomo. Sto toccando il centro dell'essere di June.

Mi rendo conto dei sentimenti di Hugo e dico: "Vuoi quella donna? Prendila. Ti giuro che non mi dispiace affatto, tesoro."

"Potrei venire con chiunque adesso," risponde lui.

La donna piccola è sdraiata immobile. Poi tutt'a un tratto sono di nuovo in piedi e scherzano, e il momento passa, voglio...? Mi slacciano la giacca; dico di no, non voglio niente.

Non avrei potuto toccarle. Solo un momento di bellezza – l'affanno della donna piccola, le sue mani che accarezzavano la faccia dell'altra donna. Solo quel momento mi fece ribollire il sangue di un altro desiderio. Se fossimo stati un po' più pazzi... Ma la stanza ci sembrava sporca. Uscimmo. Abbacinati, gioiosi, euforici.

Andammo a ballare al Bal Nègre. Una paura era superata. Hugo era liberato. Avevamo capito i nostri sentimenti reciproci. Insieme. Mano nella mano. Una reciproca generosità.

Non ero gelosa della donna piccola che Hugo aveva desiderato. Ma Hugo pensò, e se ci fosse stato un uomo...? Così non lo sappiamo ancora. Sappiamo solo che la serata procedette meravigliosamente. Ero riuscita a dare a Hugo una porzione della gioia che mi riempiva.

E quando tornammo a casa, lui adorò il mio corpo perché era più bello di quello che aveva visto, e affondammo nella sensualità insieme con una nuova consapevolezza. Stiamo uccidendo i fantasmi.

Andai al Viking a incontrare Eduardo. Ci confidiamo a vicenda: lui, su una donna della sua pensione; io, su Henry. Ci sediamo sotto la luce tenue. Eduardo ha paura di essere tagliato fuori dalla mia vita. "No," gli dico, "c'è un sacco di spazio. Io amo Hugo più che mai, amo Henry e June, e anche te, se vuoi." Lui sorride.

"Ti leggerò le lettere di Henry," dico, perché capisco che si preoccupa della mia "immaginazione" (forse Henry non è niente, stava pensando). E mentre leggo, m'interrompe. Non riesce a sopportarlo.

Lui parla della psicoanalisi che gli rivela come mi ama e come mi vede adesso. L'amore di Henry crea un'aureola intorno a me. Riesco a star seduta così sicura di fronte alla timidezza di Eduardo. Lo guardo avvicinarmisi, cercare un'intimità, una carezza alla mia mano, al mio ginocchio. Lo guardo divenire umano. Per un momento come questo, molto tempo fa, avrei dato tutto, ma mi sono lasciata tutto alle spalle, ormai da troppo tempo.

"Prima che ce ne andiamo," dice, "voglio..." e incomincia a baciarmi. "Eduardo," mormoro, accondiscendente. È un bel bacio. Sono per metà commossa, e per metà sorpresa. Ma lui non insegue il desiderio. Aveva voluto una mezza misura ed eccola. Lasciamo il locale. Prendiamo un taxi. Lui è sopraffatto dalla gioia di toccarmi. "Impossibile," grida. "Finalmente! Ma è più importante per me che per te." È vero. Io sono turbata solo perché ormai sono abituata a desiderare quella bellissima bocca.

Guarda cos'ho fatto! Guarda lo spettacolo del tormento di Eduardo. Il mio bell'Eduardo, Keats e Shelley, poesia e fiori di croco – tante ore trascorse a guardare nei suoi limpidi occhi verdi scorgendovi i riflessi di uomini e puttane. Per tredici anni la sua faccia, la sua mente, la sua immaginazione si sono rivolte a me, ma il suo corpo era morto. Il suo corpo ora è vivo. Sussurra il mio nome. "Quando ti vedrò? Devo vederti domani." Baci, sugli occhi, sul collo. Sembra che il mondo sia sottosopra. Domani morirà, pensai.

Ma domani, dato che io non mi aspetto niente, la follia di Eduardo ritorna, e per la prima volta, sento il *destino*, il bisogno imperativo di una risoluzione psicologica. Camminiamo in pieno sole verso un albergo che lui conosce, saliamo per le scale, allegramente, entriamo in una stanza gialla. Gli chiedo di tirare le tende. Siamo stanchi di sogni, fantasie, di tragedia, di letteratura.

Una volta giù, paga la stanza. Dico alla donna: "Trenta franchi sono troppi per noi. Può lasciarcela per meno la prossima volta?"

E in strada scoppiamo a ridere: la prossima volta!

Il miracolo si è compiuto. Camminiamo, espansivi. Siamo molto affamati. Andiamo al Viking e mangiamo quattro grossi panini (c'è stata un'epoca in cui non potevo neanche deglutire in presenza di Eduardo).

"Ti devo moltissimo!" esclama. E in cuor mio gli rispondo: "Devi moltissimo a Henry."

Oggi non posso fare a meno di sentire che una parte di me resta in un angolo a guardarmi vivere e a meravigliarsi. Buttata in pasto alla vita senza alcuna esperienza, ingenua, sento che qualcosa mi ha salvato. Mi sento all'altezza della vita. È come la scena di una commedia eccezionale. Henry mi ha guidato. No. Lui ha atteso. Mi ha osservato e *io* mi sono mossa, *io* ho agito. Ho fatto cose inattese, sorprendenti anche per me stessa – quell'attimo di cui parla Henry, quando sedetti sul bordo del letto. Ero stata in piedi davanti allo specchio a pettinarmi. Lui, sdraiato sul letto aveva detto: "Non mi sento ancora a mio agio con te." Impulsivamente, mi ero seduta accanto a lui, accostando il mio viso al suo. La vestaglia mi era scivolata via, e anche le spalline della camicia, e nell'insieme del gesto, e in quello che dissi, c'era qualcosa di così naturalmente generoso, accondiscendente, e umano, che lui non riuscì a parlare.

Sento che quando Henry mi scrive o mi parla cerca un altro linguaggio. Sento che sfugge la parola che gli viene più facilmente alle labbra, per afferrarne un'altra, più sottile. Talvolta sento di averlo portato in un mondo intricato, in un nuovo paese, e lui non cammina come John, inciampando, ma con una consapevolezza che avevo intuito in lui fin dal primo giorno. Cammina dentro alle sinfonie di Proust, alle insinuazioni di Gide, agli enigmi oppiati di Cocteau, ai silenzi di Valéry; cammina nella suggestione, negli spazi; nelle illuminazioni di Rimbaud. E io cammino con lui. Stasera lo amo, per il modo splendido in cui mi ha regalato la terra.

Mentre procedo non devo distruggere niente. Non chiederò a Hugo neanche una sola serata libera. Grazie a questo suscito in Henry sentimenti nuovi e profondi.

"Sei contenta," chiede Eduardo, "che lui voglia scrivere, lavorare, che sia esaltato invece che distrutto?"

"Sì."

"La prova vera verrà quando incomincerai a desiderare di usare il tuo potere sugli uomini in modo distruttivo e crudele."

Verrà mai quel momento?

Racconto a Hugo del mio diario *immaginario* di una donna posseduta, che lo rafforza nella sua convinzione che tutto sia invenzione salvo il nostro amore.

"Ma come fai a sapere che non c'è un diario del genere? Come fai a sapere che non ti sto mentendo?"

"Può anche darsi che tu lo faccia," ha detto lui.

"Hai una mente molto flessibile adesso."

"Dammi delle realtà da combattere," mi ha detto. "La mia immaginazione peggiora tutto." Gli lasciai leggere la mia lettera a June, e lui provò un gran sollievo nel sapere. Le bugie migliori sono le mezze verità. Io gli racconto mezze verità.

Domenica. Hugo va a giocare a golf. Io mi vesto come in un rito e paragono la gioia di vestirmi per Henry al mio dolore nel vestirmi per banchieri idioti e per re dei telefoni.

Più tardi, una stanza piccola, scura, trasandata, come un'alcova profondamente incassata. Immediatamente, la ricchezza della voce di Henry, la sua bocca. La sensazione di affondare in un mare di sangue caldo. E lui, travolto dal mio calore e dai miei umori. Penetrazione lenta, con pause e contorsioni, che mi mozzano il fiato per il piacere. Non ho parole per esprimerla; era tutto nuovo per me.

La prima volta che Henry fece l'amore con me, mi resi conto di un fatto terribile, che Hugo era sessualmente troppo grosso per me, cosicché il mio piacere non è stato puro, è sempre stato in qualche modo doloroso. È stato forse questo il segreto della mia soddisfazione. Tremo mentre lo scrivo. Non voglio soffermarmi su questo, sugli effetti che può avere sulla mia vita, sul mio desiderio. Il mio desiderio non è anormale. Con Henry sono contenta. Arriviamo all'orgasmo, chiacchieriamo, mangiamo e beviamo, e prima che me ne vada m'inonda di nuovo. Non ho mai conosciuto una simile pienezza. Non è più Henry; e io sono completamente donna. Perdo la sensazione di due esseri separati.

Torno da Hugo soddisfatta e felice; e questo gli si comunica, e mi dice: "Non sono mai stato così felice con te." È come se avessi cessato di divorarlo, di esigere troppo da lui. Non c'è da meravigliarsi che io sia umile di fronte al mio gigante, Henry. Lui è umile di fronte a me. "Sai, Anaïs, non ho mai amato una donna con un cervello. Tutte le altre donne mi erano inferiori. Io ti considero una mia pari." E anche lui sembra pieno di una grande gioia, una gioia che con June non ha conosciuto.

L'ultimo pomeriggio, la camera d'albergo di Henry fu per me come una fornace incandescente. Prima provavo solo delle incandescenze della mente e dell'immaginazione; adesso è un'incandescenza del sangue. Una sacra completezza. Esco abbacinata nella tiepida serata primaverile e penso che adesso non mi dispiacerebbe morire.

Henry ha risvegliato i miei veri istinti, così non sono più a disagio, affamata, e incoerente nel mio mondo. Ho trovato il mio posto. Lo amo, tuttavia non sono cieca agli elementi che in noi creano attrito e dai quali, più tardi, scaturirà la nostra separazione. Posso solo sentire l'adesso. L'adesso è così ricco e così tremendo. Come dice Henry: "Tutto è bello, bello."

Sono le dieci e mezzo, Hugo è andato a un banchetto, e io lo sto aspettando. Lui si rassicura facendo appello alla mia mente. Pensa che la mia mente sia sempre sotto controllo. Non sa di quali follie io sia capace. Terrò questa storia per quando sarà più vecchio, quando anche lui avrà liberato i suoi istinti. Dirgli la verità su di me adesso lo ucciderebbe soltanto. Il suo sviluppo è naturalmente più lento. A quarant'anni saprà quel che io so oggi. Nel frattempo intuirà e assorbirà le cose senza dolore.

Sono sempre preoccupata per Hugo, come se fosse il mio bambino. È perché lo amo più di tutti. Vorrei tanto che avesse dieci anni di più.

L'ultima volta Henry mi chiese: "Sono stato meno brutale, meno appassionato di quel che ti aspettavi? La mia scrittura ti aveva forse indotto ad aspettarti di più?"

Io ero sconcertata. Gli ricordai che le primissime parole che gli avevo scritto dopo il nostro incontro erano: "La montagna di parole si è spezzata. La letteratura si è staccata ed è caduta da parte." Volevo dire che erano incominciati i veri sentimenti. E che l'intensa sensualità della sua scrittura era una cosa, mentre la nostra sensualità insieme era un'altra, una cosa reale.

Persino Henry, con la sua vita avventurosa, non ha una sicurezza totale. Non c'è da meravigliarsi che a Eduardo e a me, nella nostra eccessiva tenerezza, man casse in una misura tragica. È questa delicata sicurezza in noi stessi che abbiamo nutrito nel nostro ultimo incontro, Eduardo e io, cercando di rimediare al male che ci siamo fatti a vicenda, senza volerlo, cercando di perfezionare e sanare il corso di uno strano destino. Andiamo a letto insieme solo perché era quello che avremmo dovuto fare fin dall'inizio.

La mia amica Natasha non fa che infuriarsi con me per il mio atteggiamento idiota. "Cos'è questa storia delle tende per Henry? E perché le scarpe per June? E tu?" Non capisce come io sia coccolata. Henry mi dà il mondo. June mi dà la follia. Dio, come sono grata di aver trovato due esseri che posso amare, che sono generosi con me in un modo che non posso spiegare a Natasha. Posso forse spiegarle che Henry mi dà i suoi acquarelli e June il suo unico braccialetto? E anche di più.

Al Viking, dico a Eduardo delicatamente, con parole smorzate, che non dovremmo continuare, che penso che l'esperienza che abbiamo vissuto non era destinata a continuare; era solo un'alterazione del passato. È stato meraviglioso, ma non c'è una polarità di sangue tra noi.

Eduardo è addolorato. Il suo fondamentale terrore di non essere capace di tenermi adesso si è realizzato. Perché non abbiamo aspettato finché lui non era completamente guarito? Guarito? Cosa significa? Maturità, virilità, pienezza, il potere di conquistarmi? Io so già che non può conquistarmi, mai. Ma glielo tengo segreto. Oh, il dolore che suscita in me vedere la sua bella testa piegata, il suo tormento. La presenza di Henry ora si erge tra di noi. Lui mi scongiura: "Vieni nella nostra stanza, ancora una volta, solo per star soli insieme. Credi nei miei sentimenti." Gli dico: "Non dobbiamo. Cerchiamo di conservare il momento che abbiamo avuto."

Non avevo desiderio di andare. Premonizioni. Ma lui volle chiarire la cosa fino in fondo.

La nostra stanza oggi era grigia, e fredda. Pioveva. Cercai di combattere la desolazione che m'invase. Semmai ho recitato in vita mia, l'ho fatto oggi. Non ero eccitata, ma non lo ammisi. Poi lui intuì l'insoddisfazione, e vivemmo attraverso le pagine del libro di Lawrence. Per la prima volta le capii, forse ancor meglio di Lawrence, perché lui descrive solo i sentimenti maschili.

E cosa prova Eduardo? Per me prova sentimenti più forti che per qualsiasi altra donna; si è avvicinato più che poteva al gusto della pienezza, della virilità.

Non potevo annientarlo. Continuai a parlargli con parole dolci. "Non forzare la vita. Lascia che le cose crescano lentamente. Non soffrire."

Ma ora lui sa.

Questo fu come un incubo per me. Essere reclamata in nome di Henry. L'ho visto oggi. Era con il suo amico Fred Perlès, un uomo dolce e delicato, con occhi poetici. Mi piace Fred, eppure mi sentivo più vicina a Henry, così vicina che non sopportavo di guardarlo. Eravamo seduti nella cucina del loro nuovo appartamento a Clichy. Henry era radioso. Quando dissi che dovevo andare, dopo che avevamo parlato a lungo, Henry mi portò in camera sua e incominciò a baciarmi, e con Fred così vicino, Fred l'uomo aristocratico e sensibile, probabilmente offeso. "Non posso lasciarti andare," disse Henry. "Chiuderemo la porta." Mi abbandonai a quel momento con frenesia. Forse sto perdendo la testa, perché i sentimenti che Henry ha risvegliato in me mi ossessionano, si impossessano di me in ogni momento, e desidero Henry sempre di più.

Sono tornata a casa. Hugo legge il giornale. La tenerezza, la piccolezza, l'aspetto incolore di tutto questo. Ma io ho Henry, e penso a quello che ha detto, scatenato, mentre stava godendo. Penso che non sono mai stata altrettanto naturale di adesso, che non ho mai vissuto i miei veri istinti. Oggi non m'importava che Fred vedesse la mia follia. Volevo affrontare il mondo, gridare al mondo: "Io amo Henry."

Non so perché mi fido tanto di lui, perché vorrei dargli tutto stasera: la verità, il mio diario, la mia vita. Ho persino desiderato che June annunciasse all'improvviso il suo arrivo in modo da sentire il dolore che mi potrebbe dare la perdita di Henry.

Sono andata a farmi fare un massaggio. La massaggiatrice era piccola e carina. Indossava un costume da bagno. Le vidi il seno quando si piegò su di me, piccolo ma pieno. Sentii le sue mani sul mio corpo, la sua bocca vicina alla mia. Per un attimo la mia testa si trovò vicino alle sue gambe. Avrei potuto baciarle con facilità. Ero follemente eccitata. Immediatamente mi resi conto della frustrazione del mio desiderio. Quello che avrei potuto fare non mi sembrava abbastanza soddisfacente. Dovevo baciarla? Intuii che non era una lesbica. Intuii che mi avrebbe umiliata. Il momento passò, ma che mezz'ora di squisita tortura! Che tortura voler essere un uomo! Ero sorpresa di me, consapevole della natura dei miei sentimenti per June. E dire che solo ieri stavo criticando il vizio di quello che Hugo e io chiamiamo sessualità collettiva, spersonalizzata, non selettiva, mentre ora la capisco.

A Henry: "Sono iniziate le persecuzioni – sono tutti addolorati, offesi, che io difenda [D.H.] Lawrence. Mi guardano con aria triste. Io non vedo l'ora che venga il giorno in cui potrò difendere la tua scrittura, come tu hai difeso Buñuel.

"Sono contenta di non essere arrossita davanti a Fred. Quel giorno è stato il culmine del mio amore, Henry. Avrei voluto gridare: 'Oggi io amo Henry.' Forse avresti preferito che io mostrassi indifferenza, non so. Scrivimi. Ho bisogno delle tue lettere, come affermazione umana di realtà. Un uomo che conosco vuole spaventarmi.

Quando parlo di te, lui dice 'Lui non può apprezzarti.' Si sbaglia."

A Henry: "Questo è strano, Henry. Prima, quando tornavo a casa da ogni tipo di luogo, mi sedevo a scrivere sul mio diario. Adesso voglio scrivere a te, parlare con te. I nostri 'incontri' sono così innaturali – gli spazi in mezzo, quando, come stasera, ho un bisogno disperato di vederti. Ho proposto a Hugo di uscire con te domani sera, ma lui non ha voluto saperne.

"Mi piace quando dici: 'Tutto quello che succede è buono.' Io dico: 'Tutto quello che succede è meraviglioso.' Per me è tutto sinfonico, e sono così sveglia alla vita, dio! Henry, solo in te ho trovato lo stesso traboccante entusiasmo, lo stesso rapido pulsare del sangue, la stessa pienezza. Prima, pensavo quasi sempre che ci fosse qualcosa di sbagliato. Tutti gli altri sembravano frenati. E quando sento esplodere accanto a me il tuo entusiasmo per la vita provo una vertigine. Cosa faremo, Henry, la notte in cui Hugo andrà a Lione? Oggi mi sarebbe piaciuto cucirti le tende nel tuo appartamento mentre tu mi parlavi.

"Pensi che insieme siamo felici perché abbiamo l'impressione di 'andare da qualche parte,' mentre tu con June avevi l'impressione di venir condotto dentro un'oscurità sempre maggiore, dentro un mistero, un coinvolgimento sempre più oscuro?"

Incontrai Henry nella stazione grigia, con un istantaneo subbuglio del sangue, e riconobbi gli stessi sentimenti in lui. Mi disse che quasi non riusciva a camminare fino alla stazione perché era paralizzato dal suo desiderio di me. Mi rifiuto di andare nel suo appartamento perché c'è Fred e propongo l'Hotel Anjou, dove mi ha portato Eduardo. Vedo il sospetto nei suoi occhi, e ne sono contenta. Andiamo all'albergo. Henry vuole che parli io con la portiera. Le chiedo la stanza numero tre. Lei dice che sono trenta franchi. "Ce la darà per venticinque," ribatto io. E prendo la chiave dal banco. M'incammino su per le scale. Henry mi ferma a mezza strada per baciarmi. Siamo nella stanza. Con la sua calda risata, mi dice: "Anaïs, sei un diavolo." Io non dico niente. È così impaziente che non ho neanche il tempo di spogliarmi.

E qui vacillo, a causa dell'inesperienza, abbacinata dall'intensità scatenata di quelle ore. Ricordo solo la voracità di Henry, la sua energia, la sua scoperta delle mie natiche, che trova bellissime, e lo scorrere del miele, il parossismo di gioia, ore e ore di coito. L'eguaglianza! Gli abissi che desideravo tanto, le tenebre, la finalità, l'assoluzione. Il fondo del mio essere toccato da un corpo che domina il mio, che inonda il mio, che insinua la sua lingua infuocata dentro di me con tanta potenza. Henry grida: "Dimmi, dimmi quello che senti." E io non posso. Ho il sangue agli occhi, alla testa. Le parole vengono sommerse. Voglio gridare selvaggiamente, senza parole – grida inarticolate, prive di senso, dal fondo più primitivo del mio essere, che sgorgano dal mio ventre come il miele.

Una gioia lacerante, che mi lascia svuotata, senza parole, conquistata, zittita.

Dio, ho conosciuto una giornata tale, una tale sottomissione femminile, un tale dono di me stessa che non può esserci più niente da dare.

Ma io mento. Abbellisco. Le mie parole non sono abbastanza profonde, non sono abbastanza scatenate. Travisano, nascondono. Non riposerò finché non avrò raccontato fino in fondo la mia discesa in una sensualità che era altrettanto tenebrosa, altrettanto magnifica e altrettanto scatenata dei miei momenti di creazione mistica più abbacinanti, estatici ed esaltati.

Prima che c'incontrassimo quel giorno, Henry mi aveva scritto: "Tutto quel che posso dire è che sono pazzo di te. Ho cercato di scrivere una lettera e non ci sono riuscito. Non vedo l'ora di vederti. Martedì è così lontano. E non è solo martedì – mi chiedo quando verrai a passare la notte qui, quando potrò averti per un lungo momento. Mi tormenta vederti per qualche ora e poi dover rinunciare a te. Quando ti vedo, tutto quello che volevo dire svanisce. Il tempo è così prezioso e le parole sono estranee, ma tu mi rendi tanto felice, perché con te posso parlare. Adoro la tua intelligenza, i tuoi preparativi per il volo, le tue gambe come una morsa, il calore tra le tue gambe. Sì, Anaïs, io voglio smascherarti. Sono troppo galante con te. Voglio guardarti a lungo e ardentemente, sollevare il tuo vestito, coccolarti, esaminarti, lo sai che non ti ho quasi guardata? C'è ancora troppa sacralità radicata in te. Non so come dirti quello che provo. Vivo in un'aspettativa perpetua. Tu arrivi e il tempo scivola via come in un sogno. È solo dopo che te ne sei andata che mi rendo conto completamente della tua presenza. E allora è troppo tardi. Tu mi ottenebri. Cerco di immaginare la tua vita a Louveciennes ma non ci riesco. Il tuo libro? Anche quello mi sembra irreale. Solo quando vieni e ti guardo il quadro diventa più chiaro. Ma te ne vai così rapidamente, che non so cosa pensare. Sì, vedo chiaramente la leggenda di Puškin. Ti immagino seduta su quel trono, con i gioielli intorno al collo, sandali, grossi anelli, unghie dipinte, strana voce spagnola, mentre vivi una specie di bugia che non è esattamente una bugia ma piuttosto una favola. Questa è una piccola Anaïs ubriaca. Dico a me stesso: 'Ecco la prima donna con cui posso essere assolutamente sincero.' Ricordo che mi hai detto: 'Puoi ingannarmi, e io non me ne accorgerò.' Quando cammino lungo i boulevard e penso a questo, non riesco a ingannarti - e tuttavia mi piacerebbe. Voglio dire che io non potrò mai essere assolutamente leale - non è da me. Amo troppo le donne, o la vita - cioè, non so. Ma ridi, Anaïs... Mi piace sentirti ridere. Sei l'unica donna che ha il senso dell'allegria, una saggia tolleranza - basta così, sembra che sia tu stessa a incitarmi a tradirti. Ti amo per questo. E cos'è che ti spinge a farlo - l'amore? Oh, è bellissimo amare, ed essere liberi allo stesso tempo.

"Non so cosa mi aspetto da te, ma è qualcosa che assomiglia a un miracolo. Esigerò tutto da te, persino l'impossibile, perché tu mi incoraggi a farlo. Tu sei veramente forte. Mi piacciono persino i tuoi inganni, i tuoi tradimenti. Mi sembrano aristocratici. (Suona male aristocratico in bocca a me?)

"Sì, Anaïs, stavo pensando a come tradirti, ma non ci riesco. Ti voglio. Voglio spogliarti, volgarizzarti un pochino – ah, non so quello che sto dicendo. Sono un po' ubriaco perché tu non sei qui. Mi piacerebbe tanto poter battere le mani e... voilà Anaïs! Voglio possederti, usarti, voglio scoparti, voglio insegnarti delle cose. No, io non ti apprezzo – che dio me ne guardi! Forse voglio persino umiliarti un po' – perché, perché? Perché invece non m'inginocchio ad adorarti? Non posso, ti amo ridendo. Ti piace questa? E, cara Anaïs, io sono molte cose. Tu ora vedi solo le cose buone – o quanto meno m'induci a crederlo. Ti voglio per almeno un giorno intero. Voglio andare con te in molti posti – possederti. Non sai quanto io sia insaziabile. O bastardo. E quanto sia egoista!

"Con te finora mi sono comportato bene. Ma ti avverto, non sono un angelo. Innanzitutto penso di essere un po' ubriaco. Ti amo. Adesso vado a letto: è troppo doloroso rimanere sveglio. Sono insaziabile. Ti chiederò di fare l'impossibile. Cosa sia, non lo so. Probabilmente me lo dirai tu. Tu sei più pronta di me. Amo la tua fica, Anaïs – mi fa impazzire. E come dici il mio nome! Dio, è irreale. Ascolta, sono molto ubriaco. E mi fa male essere qui da solo. Ho bisogno di te. Posso dirti tutto? Posso, vero? Allora vieni subito a scoparmi. Godi insieme a me. Avvolgi le tue gambe intorno a me. Scaldami."

Ebbi l'impressione di leggere i suoi sentimenti più inconsci. Sentii tutta la vita abbracciarmi, in quelle parole. Sentii la sfida suprema alla mia adorazione per la vita – e desiderai arrendermi, donarmi a tutta la vita, che è Henry. Che sensazioni nuove risveglia in me, che nuovi tormenti, nuove paure e nuovo coraggio!

Nessuna lettera da parte sua dopo il nostro giorno. Anche lui come me ha provato un tremendo sollievo, misto a soddisfazione e fatica.

E poi?

Ieri è venuto a Louveciennes. Un nuovo Henry, o piuttosto, l'Henry intuito dietro a quello che si conosce generalmente, l'Henry al di là di quello che ha scritto, al di là di tutta la conoscenza letteraria, il mio Henry, l'uomo che ora amo tremendamente, pericolosamente, eccessivamente.

Aveva l'aria molto seria. Aveva ricevuto una lettera da June, scritta a matita, irregolare, folle, come quella di un bambino, commovente, semplice, un grido d'amore per lui. "Una lettera così cancella tutto." Sentii che era giunto per me il momento di rivelare la mia June, di dargli la mia June, "Perché," gli dissi, "te la farà amare di più. È una June bellissima. In altri momenti ho pensato che avresti potuto ridere del mio ritratto, canzonarne l'ingenuità. Oggi so che non lo farai."

Gli leggo tutto quello che ho scritto su June nel mio diario. Cosa sta succedendo? È profondamente commosso, lacerato. Ci crede. "È così che avrei dovuto scrivere di June. L'altro ritratto è incompleto, superficiale. Tu l'hai capita, Anaïs." Un momento però, nella sua opera, Henry ha omesso la dolcezza, la tenerezza, ha registrato soltanto la violenza. Io ho inserito solo quello che lui ha trascurato. Ma non l'ha trascurato perché non lo prova, o non lo conosce, o non lo capisce (come pensa June), ma solo perché è più difficile da esprimere. Finora la sua scrittura è sgorgata soltanto dalla violenza, è sgorgata da lui a colpi di frusta, e i colpi lo hanno fatto gemere e imprecare. E ora che è qui seduto io confido in lui completamente, nell'Henry profondo, l'Henry che capisce. È abbattuto.

Dice: "Un'amore così è meraviglioso, Anaïs. Questo non posso né odiarlo né disprezzarlo. Capisco quello che vi date a vicenda. Lo capisco così bene. Leggi, leggi ancora, questa per me è una rivelazione."

Io leggo, e tremo mentre leggo, fino al momento del nostro bacio. Lui capisce fin troppo bene.

All'improvviso dice: "Anaïs, ho appena capito che quello che ti do io è una cosa piatta e volgare in confronto a questo. Capisco che quando June ritornerà..."

Lo interrompo. "Tu non sai cosa mi hai dato! Non è affatto piatto e volgare! Oggi, per esempio..." Trabocco di sentimenti che sono troppo intricati. Voglio dirgli quanto mi ha dato. Siamo oppressi dalla stessa paura. "Adesso vedi una June bellissima," gli dico.

"No, la odio!"

"La odi?"

"Sì, la odio," dice Henry, "perché dai tuoi appunti capisco che siamo i suoi pupazzi, che tu ti sei fatta gabbare, che c'è qualcosa di pernicioso, di distruttivo nelle sue bugie. Insinuosamente, intendono deformarmi ai tuoi occhi, e deformare te ai miei. Se June ritorna, ci metterà l'uno contro l'altra. E di questo ho paura."

"Tra noi, Henry, c'è qualcosa, un legame che June non può né comprendere né afferrare."

"La mente," mormorò Henry.

"Per questo ci odierà, sì, e combatterà con i suoi mezzi."

"E i suoi mezzi sono le bugie," disse lui.

Eravamo entrambi consapevoli del suo potere su di noi, dei nuovi legami che vincolavano tutti e tre.

"Se io avessi i mezzi per riportare indietro June, vorresti che lo facessi?" gli dissi.

Henry aggrottò il viso e tutt'a un tratto si lanciò verso di me. "Ah, non farmi queste domande, Anaïs, non chiedermelo."

Un giorno stavamo parlando della sua scrittura. "Forse tu non riusciresti a scrivere qui a Louveciennes," gli dissi. "È un posto troppo pacifico, niente ti ispirerebbe."

"Sarebbe solo una scrittura diversa," disse lui. Stava pensando a Proust, e al modo in cui descrive Albertine, che lo ossessiona.

Come siamo lontani dalla sua lettera ebbra. Ieri sera disarmante; era così intero. Com'era percettivo! June raramente si è confidata con lui. Chissà se Henry ci ripenserà e negherà tutti i suoi sentimenti? Lo stuzzicai. "Forse tutto quello che ho scritto non è vero, non è vero né di June, né di me. Forse è solo tutta ipocrisia." "No! No!" Lui sapeva. Le passioni erano reali, come gli amori, gli impulsi.

"Per la prima volta vedo della bellezza in tutto questo," dice Henry.

Ho paura di non essere stata abbastanza sincera. Sono sconcertata dalle emozioni di Henry.

"E dunque non sono l'*Idiota*?" chiedo.

"No, tu capisci, capisci di più," dice Henry. "Quello che tu capisci c'è, esiste. Sì." Riflette mentre parla. Ripete sempre una frase, per darsi tempo di riflettere. Quello che succede dietro a quella fronte compatta mi affascina.

La stravaganza del linguaggio di Dostoevskij ci ha liberato entrambi. È stato un autore portentoso per Henry. Ora che viviamo con lo stesso fervore, la stessa stravaganza, sono al colmo della felicità. Questa è la vita, questo il linguaggio, queste sono le emozioni che mi appartengono. Adesso respiro liberamente. Mi sento a casa. Sono me stessa.

Dopo essere stata con Henry, vado a un appuntamento con Eduardo. "Ti voglio, Anaïs! Dammi un'altra possibilità! Tu mi appartieni. Quanto ho sofferto questo pomeriggio, sapendo che eri con Henry. Non ho mai conosciuto la gelosia prima; e adesso è così forte che mi sta uccidendo." Ha la faccia terribilmente bianca. Sorride sempre, come faccio io. Ora non ci riesce. Non sono abituata a vedere un'infelicità di cui sono responsabile; e ancor peggio, in Eduardo. Mi turba. Tuttavia, nel profondo, sono fredda. Sono lì seduta e vedo la faccia di Eduardo stravolta dal dolore, e non provo nient'altro che pietà. "Verrai con me?"

"No." Mi valgo di tutte le scuse che non lo feriscano. Gli dico tutto salvo che amo Henry.

Alla fine, riesco a vincere. Lascio che mi accompagni alla stazione per andare incontro a Hugo. Lascio che mi baci. Gli prometto di venire a vederlo lunedì. Sono debole. Ma non voglio danneggiare la sua vita, fargli del male, privarlo della fiducia in sé appena conquistata. Il mio antico amore sopravvive in misura sufficiente per questo. L'ho avvertito che potrei distruggerlo, anche se odio distruggere, e che ho trovato un uomo che non potrei distruggere, che era l'uomo giusto per me. Ho cercato di indurlo a odiarmi. Ma lui ha detto soltanto: "Ti voglio, Anaïs." E l'oroscopo dice che siamo complementari.

La cosa importante è la risposta alla vita. June e Henry rispondono in modo stravagante, come me. Hugo è più opaco, più sbadato. Oggi è uscito dalla sua opacità arrivando a una comprensione dei *Demoni*. Gli ho fatto scrivere i suoi pensieri, sono così meravigliosi! I suoi momenti migliori sono molto profondi.

Lui rappresenta la verità. È Šhatov, capace di amore e di fede. E io chi sono allora? Venerdì, quando mi abbandonai all'abbraccio di tre uomini, chi ero io?

A Eduardo: "Ascolta *cousin chéri*, ti scrivo sul treno, andando a casa. Tremo di dolore per questa mattina. La giornata mi è sembrata così pesante che non riuscivo a respirare...

"Sei stato meraviglioso, pieno di attività, di vita, di emozioni e di forza. È per me una tragedia che tu sia nel tuo momento migliore proprio quando ti amo di più, ma non sensualmente, non sensualmente. Siamo destinati a non incontrarci mai con i sentimenti uguali. Ora è Henry il padrone del mio corpo. *Cousin chéri*, oggi ho cercato per l'ultima volta di dare una direzione alla vita, secondo un ideale. Il mio ideale era aspettarti per tutta la vita, ma

93

ho aspettato troppo a lungo, e ora devo vivere seguendo l'istinto, e la corrente mi porta da Henry. Perdonami. Non è che tu non abbia la forza di tenermi. Diresti forse che prima non mi amavi perché ero meno amabile? No. Dire che a te mancava la forza sarebbe altrettanto falso che dire che io sono cambiata. La vita non è razionale; è solo pazza e piena di dolore. Oggi non ho visto Henry né lo vedrò domani. Dedico questi due giorni alla memoria delle nostre ore. Sii fatalista, sì, come lo sono io oggi, ma non nutrire pensieri amari o cattivi come l'idea che io abbia giocato con te solo per vanità. Oh, Eduardo, *querido*, io accetto il dolore purché non venga da motivi del genere, ma da fonti reali – un dolore vero, per la slealtà della vita, che ci ferisce entrambi anche se in modo diverso. Non cercare i *perché* – in amore non ci sono perché, non ci sono ragioni, né spiegazioni, né soluzioni."

Sono tornata a casa e mi sono gettata sul divano; non riuscivo a respirare. In risposta alla preghiera di Eduardo l'ho incontrato questa mattina presto. Aveva passato due giorni a provare gelosia per Henry, rendendosi conto che lui, il narcisista, era finalmente posseduto da un'altra. "Come fa bene uscire da se stessi! Ho pensato a te continuamente per due giorni, ho dormito male, ho sognato che ti picchiavo forte, oh, così forte che la tua testa si staccava e io la portavo tra le mie braccia. Anaïs, ti avrò con me per tutto il giorno. Me lo hai promesso. Tutto il giorno." E io desidero solo correre fuori del caffè. Glielo dico. Le sue preghiere, la sua dolcezza e la sua intensità risvegliano vagamente il mio vecchio amore e la mia pietà, l'amore di Richmond Hill, con le sue vaghe speranze, la vecchia abitudine di pensare: certo che voglio Eduardo.

Ho paura che si rinchiuda di nuovo nel narcisismo, perché non sopporta il dolore. "E dire che sono arrivato ad adorare le tue stesse ossa, Anaïs!" Io sono debolmente eccitata, tuttavia più di ogni altra cosa voglio scappare lontano da lui. Non so perché gli obbedisco, e lo seguo.

Mi fa male leggere *Albertine disparue*, perché è pieno di annotazioni di Henry, e Albertine è June. Riesco a seguire ogni amplificazione della sua gelosia, dei suoi dubbi, della sua tenerezza, dei suoi rimpianti, del suo orrore, della sua passione, e sono invasa da una gelosia bruciante per June. Per il momento, questo amore, che è stato tanto equilibrato tra Henry e June da non sentire alcuna gelosia, questo amore è più forte per Henry, e mi sento torturata e timorosa.

Tuttavia ieri sera ho sognato June. June era tornata all'improvviso. Ci chiudemmo in una stanza. Hugo, Henry, e altra gente stavano aspettando che ci vestissimo per andare a cena insieme. Io volevo June. La pregai di spogliarsi. Pezzo per pezzo scoprii il suo corpo, con piccole grida di ammirazione, ma nell'incubo ne vidi anche i difetti, le strane deformazioni. Eppure, sembrava assolutamente desiderabile. La pregai di lasciarmi guardare tra le sue gambe. Lei le aprì e le sollevò, e lì vidi una carne ricoperta da un fitto pelo nero, ispido come quello di un uomo, ma poi la punta estrema della sua carne era bianca come la neve. Quello che mi fece orrore fu che si muoveva freneticamente; e che le labbra si aprivano e si chiudevano rapidamente come la bocca del pesciolino rosso nella vaschetta quando mangia. Io rimasi a guardarla, affascinata e piena di orrore, poi mi buttai su di lei dicendo: "Lascia che ti metta la lingua lì," e lei me lo permise ma non parve soddisfatta mentre la leccavo. Sembrava fredda e irrequieta. Tutt'a un tratto si drizzò a sedere, mi buttò sul letto, e si piegò su di me, e mentre mi si sdraiava sopra sentii un pene toccarmi. Le chiesi come mai, e lei rispose trionfante. "Sì, ho un piccolo pene; non sei contenta?" "Ma come fai a nasconderlo a Henry?" le chiesi. Lei sorrise, con aria sorniona. Tutto il sogno era pervaso da un senso di grande disordine, di movimenti che non arrivavano a niente, e tutto avveniva in ritardo, e tutti aspettavano, irrequieti e sconfitti.

Tuttavia sono gelosa di tutte le sofferenze che Henry prova con lei. Sento che sto affondando, allontanandomi dalla saggezza e dalla comprensione, che i miei istinti stanno ululando come animali nella giungla. Quando ricordo i pomeriggi con Henry all'Hotel Anjou, soffro. Due pomeriggi che hanno lasciato un marchio sul mio corpo e nella mia mente.

Ieri, tornando a casa dopo Eduardo, mi rifugiai nelle braccia di Hugo. Ero gravata da sentimenti di angoscia per Eduardo e di desiderio per Henry, ma allo stesso tempo, tra le braccia di Hugo, semplicemente baciando la sua bocca e il suo collo, provai un sentimento così dolce e così profondo che parve conquistare tutte le tenebre e la bassezza della vita. Mi sembrò di essere una lebbrosa, e che la sua forza fosse talmente grande da potermi guarire istantaneamente con un bacio. Ieri notte l'ho amato con una sincerità che sorpassa tutti gli orgasmi che la mia febbre mi fa desiderare. Proust scrive che la felicità è qualcosa da cui la febbre è assente. Ieri notte ho conosciuto la felicità e l'ho riconosciuta, e posso dire in tutta sincerità che solo Hugo me l'ha data, e continua a scorrere, indisturbata dai sobbalzi del mio corpo e della mia mente febbrile.

Proprio ora che sto vivendo il periodo più intenso della mia vita, la salute mi tradisce. Tutti i dottori dicono la stessa cosa: nessuna malattia, niente di grave, salvo una debolezza generale, poca forza vitale. Il cuore batte a malapena, ho freddo, mi stanco molto facilmente. Oggi ero esausta per via di Henry. Come è stato prezioso il momento nella cucina di Clichy, anche con Fred. Stavano mangiando la prima colazione alle due del pomeriggio. Una pila di libri, quelli che vogliono che io legga e quello che ho portato loro. Poi nella stanza di Henry, soli. Lui chiude la porta, e le nostre chiacchiere si sciolgono in carezze, in una perfetta scopata, che arriva fino al profondo dell'essere.

Il discorso è su Proust, e suscita in Henry questa confessione: "Se devo essere completamente onesto con me stesso devo dire che mi piace stare lontano da June. È il momento in cui mi piace di più. Quando lei c'è sono malato, oppresso, disperato. Con te... be' tu sei la *luce*. Sono sazio di esperienze e di dolore. Forse ti tormento, non lo so, è così?"

Non riesco a rispondergli bene, benché mi sia chiaro che lui per me è l'oscurità. E perché? Forse per gli istinti che ha risvegliato in me? La parola "sazietà" mi terrorizza. Mi è sembrata come la prima goccia di veleno versata dentro di me. A questa sazietà, io oppongo la mia timorosa freschezza, tutto ciò che in me è nuovo, e conferisce intensità a quanto per lui può essere di minor valore. Quella prima goccia di veleno, versata così, per caso, fu come un'anticipazione di morte. Non so attraverso quale crepa il nostro amore scorrerà via all'improvviso e si estinguerà.

Henry, oggi sono triste per i momenti che sto perdendo, i momenti in cui tu parli con Fred fino all'alba, in cui sei eloquente o brillante o violento o esultante. E mi ha intristito che tu abbia perso un momento meraviglioso in me. Ieri sera ero seduta accanto al fuoco e ho parlato come parlo di rado, abbagliando Hugo, sentendomi immensamente e sorprendentemente ricca, mentre elargivo storie e idee che ti avrebbero divertito. Il discorso era sulle bugie, sui diversi tipi di bugie, le bugie speciali che dico per ragioni specifiche, per migliorare la vita. Una volta che Eduardo era eccessivamente analitico, gli raccontai la storia del mio immaginario amante russo. Eduardo ne fu rapito. E con questa storia riuscii a trasmettergli la necessità della follia, la ricchezza di emozioni che a lui manca perché è emotivamente impotente. Quando sono piena di problemi, perplessa, smarrita, invento di conoscere un vecchio saggio con cui converso. Racconto di lui a tutti, dico che aspetto ha, quello che ha detto, e il suo effetto su di me (qualcuno a cui appoggiarmi un momento), e verso la fine della giornata mi sento rafforzata dalla mia esperienza con il vecchio saggio, e soddisfatta come se fosse tutto vero. Ho anche inventato degli amici quando quelli che avevo non erano abbastanza soddisfacenti. E come mi godo le mie esperienze! Come mi riempiono, come mi arricchiscono. Ricami.

Oggi incontro Fred, e mentre c'incamminiamo verso Trinité il sole esce da una nube, accecandoci. Allora incomincio a citare una sua descrizione di una mattina assolata al mercato, e questo lo commuove. Mi ha detto che sono un bene per Henry, che gli do cose che June non potrebbe dargli. Tuttavia ammette che Henry è completamente soggiogato da June quando lei c'è. June è più forte. Sto incominciando ad amare Henry più di June.

Fred si meraviglia che Henry possieda la capacità di amare due donne allo stesso tempo. "Lui è un uomo grande," dice, "c'è tanto spazio in lui, tanto amore. Ma se io amassi te, non potrei amare un'altra donna." E io stavo pensando: anch'io sono come Henry. Posso amare Hugo e Henry e June.

Henry, io capisco che tu riesca a tenere sia me sia June. Una non esclude l'altra. Ma forse June non la pensa così, d'altra parte tu, a suo tempo, non capisti come June potesse stare con te e con Jean allo stesso tempo. No, tu esigi una scelta.

Gusteremo tutto ciò che possiamo darci l'un l'altra. Prima che June arrivi andremo a letto insieme il più spesso possibile. La nostra felicità è in pericolo, sì, ma noi la divoreremo rapidamente, completamente. Per ogni giorno di questa felicità, io ringrazio il cielo.

Lettere a June: "Questa mattina mi sono svegliata con un profondo e disperato bisogno di te. Faccio strani sogni. A momenti sei piccola, morbida e malleabile tra le mie braccia, a momenti sei potente e dominante, sei il capo. Al tempo stesso fragile e indomabile. June, cosa sei? So che hai scritto una lettera d'amore a Henry, e ne ho sofferto. Finalmente ho scoperto almeno una gioia ed è di riuscire a parlare apertamente di te con Henry. L'ho fatto perché sapevo che ti avrebbe amato di più. Gli ho dato la *mia* June, il tuo ritratto che ho scritto nei giorni in cui eravamo insieme... Ora posso dire a Henry, 'Io amo June,' e lui non si oppone ai nostri sentimenti, non li aborrisce. È commosso, e tu, June? Cosa significa che tu non mi abbia ancora scritto?... Sono forse un sogno per te, non sono abbastanza reale e calda per te? Quali nuovi amori, quali nuove estasi e nuovi impulsi ti muovono ora? So che non ti piace scrivere, non ti chiedo lunghe lettere, solo qualche parola, quello che senti. Hai mai desiderato di essere qui, di nuovo, nella mia casa, nella mia stanza, o ti dispiace che fossimo così sopraffatte dall'emozione? Desideri mai rivivere quelle ore in modo diverso, con più abbandono? June, esito a scrivere tutto, come se temessi che tu possa scappare via, come hai fatto quel giorno, o quasi.

"Ti spedisco il mio libro su Lawrence e la mantella che ti avevo promesso. Ti amo, June, e tu sai quanto sia profondo e disperato il mio amore. Sai che nessuno può dire o fare niente per scuotere il mio amore. Ti ho accolta dentro di me, totalmente. Non devi temere di essere smascherata, ma solo amata."

A Fred: "Se vuoi essere buono con me, non parlare più male di June. Oggi mi sono resa conto che difendendo me non hai fatto che scolpire June ancora più nel profondo del mio essere. E sai come l'ho capito? Ieri ti ho ascoltato, ricordi, con una specie di gratitudine. Non ho detto granché in difesa di June. Poi questa mattina le ho scritto una lettera d'amore, spinta da un altruistico istinto di protezione, come se stessi punendo me stessa per aver ascoltato le mie lodi che sminuivano il valore di June. E Henry, lo so, ha la stessa reazione e agisce nello stesso modo. Tuttavia capisco tutto quel che hai detto, quello che senti e quello che sei, e mi piaci per questo, immensamente."

Eduardo dice al dottor Allendy, il suo psicoanalista: "Non so se Anaïs mi abbia amato o no, se abbia ingannato me o abbia ingannato se stessa sui suoi sentimenti."

"Ti ha amato," dice Allendy. "Lo capisco dalla sua preoccupazione per te."

"Ma lei non la conosce," dice Eduardo. "Non sa fino a che punto può spingere la sua comprensione per gli altri, la sua capacità di sacrificarsi."

A me Eduardo dice: "Cos'è successo in realtà, Anaïs? Che intuizione hai avuto nel momento in cui mi hai chiesto di lasciarti andare? Che cosa hai capito?"

"È esattamente come ti ho scritto – ho capito quanto per te fosse importante conquistarmi, per trovare una fiducia in te stesso che ti mancava, per risvegliare un vecchio amore, che abbiamo scambiato per..."

Oh, come sono sfuggente.

E così lui razionalizza, per proteggersi. "Allora anche tu hai la sensazione dell'incesto." La fragilità della sua sicurezza (se conquisto Anaïs, ho conquistato tutto) è così pietosa. Io ho agito per i suoi bisogni, non ho obbedito ai miei istinti, alla mia imperativa certezza di volere solo Henry. Ma mentre penso di avergli fatto del bene e di essere stata completamente onesta, sembra che gli abbia fatto del male, in un modo insidioso e sottile. Ho insinuato in Eduardo un dubbio sulla sua passione, che è stata alimentata dalla psicoanalisi, stimolata artificialmente. Giochetti scientifici con le emozioni. Per la prima volta sono contro l'analisi. Forse ha davvero aiutato Eduardo a capire la sua passione, ma questa non lo ha rafforzato, fondamentalmente. Sento che è cosa di breve durata, una cosa spremuta fuori a fatica, un'esile essenza estratta dalle erbe.

Vedo delle somiglianze tra Henry e me nei rapporti umani. Vedo la nostra capacità di sopportare il dolore quando amiamo, la nostra natura facilmente influenzabile, il nostro desiderio di credere in June, la nostra prontezza a difenderla dall'odio degli altri. Parla di picchiare June, ma non oserebbe mai. È solo la realizzazione del desiderio di dominare ciò da cui è dominato. In *Bubu de Montparnasse* si dice che una donna si sottomette all'uomo che la picchia perché questi è come un governo forte che può anche proteggerla. Ma le botte di Henry sarebbero futili perché lui non è un protettore delle donne. Lui si è lasciato proteggere. June ha lavorato per lui come un uomo, è per questo che può dire: "L'ho amato come un bambino." Sì, e questo sminuisce la sua passione. Henry le ha permesso di sentire la propria forza. E niente di tutto questo può essere mutato, perché è un segno indelebile in entrambi. Per tutta la vita Henry affermerà la sua virilità attraverso la distruzione e l'odio, ma solo nel suo lavoro e ogni volta che June apparirà lui piegherà la testa. Ora solo l'odio lo determina. "La vita è schifosa, schifosa," grida. E con queste parole mi bacia e mi risveglia, sveglia me che ho dormito più di cento anni con le allucinazioni che pendevano sul mio letto come tende di ragnatele. Ma l'uomo che si piega sul mio letto è debole. E non scrive niente di questi momenti. Non prova nemmeno a strappare le ragnatele. Come faccio a convincermi che il mondo è schifoso? "Non sono un angelo. Hai visto soltanto la parte migliore di me, ma aspetta..."

Stavo sognando di leggere tutto questo a Henry, tutto quello che ho scritto su di lui. Poi ne ho riso perché mi è parso di sentirlo mentre diceva: "Che strano, come mai c'è tanta gratitudine in te?" Non ne capii la ragione finché non lessi quello che Fred aveva scritto di Henry: "Povero Henry, mi spiace tanto per te. Tu non provi gratitudine perché non provi amore. Per essere grati bisogna prima sapere come amare."

Le parole di Fred sull'odio di Henry unite alle mie mi fanno male. Ci credo o non ci credo? Spiegano forse la profonda sorpresa che provai, mentre leggevo il suo romanzo, per l'impietosità dei suoi attacchi a Beatrice, la sua prima moglie? Allo stesso tempo pensai che ero io ad avere torto, che la gente deve combattere e deve odiarsi,

e che l'odio è un bene. Ma io do sempre per scontato l'a-
more: l'amore può includere l'odio.

Faccio continui lapsus e dico "John" invece di "Henry"
a Hugo. Non c'è nessuna somiglianza tra loro, e non riesco a capire la mia associazione mentale.

"Senti," dico a Henry, "non escludermi dal tuo libro
per delicatezza. Includimi. Poi vedremo che succede. Mi
aspetto molto."

"Intanto però," dice Henry, "è Fred che ha scritto tre
pagine meravigliose su di te. Va pazzo di te, ti adora. Sono geloso di quelle tre pagine. Vorrei averle scritte io."

"Lo farai," dico con sicurezza.

"Le tue mani, per esempio, non le ho mai notate. Fred
attribuisce loro tanta importanza. Fammele vedere. Sono
davvero belle? Sì, davvero." Rido. "Forse tu apprezzi altre cose."

"Cosa?"

"L'ardore, per esempio." Sto sorridendo, ma le parole
di Henry aprono molte lacerazioni sottili. "Quando Fred
mi sente parlare di June, dice che non ti amo."

Eppure non vuole lasciarmi andare. M'invoca nelle sue
lettere. Le sue braccia, le sue carezze, e le sue scopate sono voraci. Dice, insieme a me, che nessun pensiero (le parole di Proust o quelle di Fred, o le mie) ci impedirà di
vivere. E che cos'è vivere? Il momento in cui suona alla
porta di Natasha (lei è via e mi ha lasciato la sua casa) e
immediatamente mi desidera. Il momento in cui mi dice
che non ha avuto un pensiero per le puttane. Nei confronti di June sono onesta e leale fino all'idiozia, in ogni
parola che pronuncio su di lei. Come faccio a ingannarmi
sull'amore di Henry per lei quando capisco e condivido
i suoi sentimenti per June?

Henry dorme tra le mie braccia, siamo saldati, il suo
pene è ancora dentro di me. È un momento di vera pace,
è un momento di sicurezza. Apro gli occhi, ma non penso. Ho una delle mani sui suoi capelli grigi. L'altra è al-

lungata sulla sua gamba. "Oh, Anaïs," aveva detto, "sei così calda, così calda che non posso aspettare. Devo venire dentro di te presto, presto."

È sempre così importante come si viene amati? È davvero così imperativo che si debba essere amati in modo grande e assoluto? Fred direbbe di me che posso amare perché amo gli altri più di me stessa? O è invece Hugo che ama davvero, lui che viene a prendermi alla stazione tre volte di seguito perché ho perso tre treni? O è Fred con la sua comprensione nebulosa, poetica, delicata? E io, non amo forse più che mai quando dico a Henry: "I distruttori non sempre distruggono. June non ti ha distrutto, in ultima analisi. Il tuo centro è lo scrittore. E lo scrittore vive."

"Henry, di' a Fred che possiamo andare a prendere le tende domani."

"Verrò anch'io," disse Henry, improvvisamente geloso.

"Ma sai che Fred vuole vedermi, vuole parlare con me." La gelosia di Henry mi fece piacere. "Digli che ci incontreremo nello stesso posto dell'ultima volta."

"Verso le quattro."

"No, alle tre." Stavo pensando che l'ultima volta che ci eravamo visti non avevamo passato abbastanza tempo insieme. La faccia di Henry è impenetrabile. Non lascia mai trasparire il minimo segno che mi lasci capire quel che prova. Ci sono dei cambiamenti, certo, quando è infervorato ed eccitato, o serio e casto, o pensieroso e introspettivo. Gli occhi azzurri sono analitici, come quelli di uno scienziato, o umili di sentimento. Quando sono umili, sono commossa fino alle lacrime perché mi ricordo una storia sulla sua infanzia. I suoi genitori (suo padre faceva il sarto) se lo portavano appresso durante le loro uscite domenicali, a fare visita agli amici, trascinandosi dietro il bambino per tutto il giorno, fino a notte tarda. Sedevano nelle case dei loro amici a giocare a carte e a fumare. Il fumo diventava denso e faceva male agli occhi di Henry. Allora lo mettevano sul letto nella stanza accanto al salotto, con degli asciugamani bagnati sugli occhi infiammati.

E adesso si stanca gli occhi correggendo le bozze al giornale, e a me piacerebbe tanto poterlo liberare da questo compito, e non posso.

La notte scorsa non riuscivo a dormire. Immaginavo di essere nell'appartamento di Natasha, ancora con Henry. Volevo rivivere il momento in cui era entrato in me mentre eravamo ancora in piedi. Mi ha insegnato a circondarlo con le gambe. Simili pratiche mi sono così poco familiari che mi confondono. In seguito la gioia esplode nei miei sensi, perché Henry ha scatenato in me un nuovo tipo di desiderio.

"Anaïs, ti sento, ti sento calda, con tutto il mio corpo." Anche in lui, è come un fulmine. È sempre sorpreso dai miei umori e dal mio ardore.

Spesso, tuttavia, la passività del ruolo femminile mi pesa, mi soffoca. Invece di aspettare il suo piacere, mi piacerebbe prendermelo, scatenarmi. È questo che mi spinge verso il lesbismo? La cosa mi terrorizza. È così che si comportano le donne? June va da Henry quando lo vuole? Lo monta? Lo aspetta? Lui guida le mie mani inesperte. È come un incendio in una foresta, stare con lui. Nuovi posti del mio corpo vengono risvegliati e bruciati. È un incendiario. Lo lascio con una febbre inestinguibile.

Sono appena stata davanti alla finestra aperta della mia camera e ho respirato profondamente tutta la luce del sole, i bucaneve, i crochi, le primule, il tubare dei piccioni, i trilli degli uccelli, l'intera processione di venti soffici e di profumi freschi, di fragili colori e cieli morbidi come petali, la nodosità grigio-marrone di vecchi alberi, di germogli verticali di giovani arbusti, la terra bruna e bagnata, le radici contorte. È tutto così pieno di sapore che la mia bocca si apre, ed è il sapore della lingua di

Henry che sento, e l'odore del suo respiro, quando dorme, circondato dalle mie braccia.

Mi aspetto di vedere Fred, ma è Henry che viene all'appuntamento. Fred sta lavorando. I miei occhi finalmente si spalancano su Henry, l'uomo che ieri ha dormito tra le mie braccia, e ho dei pensieri gelidi. Vedo il suo cappello macchiato e il buco nel suo cappotto. In un altro momento questo mi avrebbe commosso, ma oggi mi rendo conto che è povertà voluta, calcolata, intenzionale, dettata dal disprezzo per i borghesi che stringono i cordoni della borsa. Parla in modo splendido di Samuel Putman e di Eugene Jolas, e del suo lavoro, e del mio lavoro e di quello di Fred. Ma poi il Pernod lo altera e mi racconta che dopo il lavoro, ieri sera è stato in un caffè con Fred, e mi racconta delle puttane che hanno parlato con lui, e delle occhiatacce di Fred, perché era stato con me quel pomeriggio e non avrebbe dovuto parlare a quelle donne; ed erano anche brutte. "Ma Fred ha torto," dico io con grande sorpresa di Henry. "Le puttane mi completano. Posso capire il sollievo che deve provare un uomo rivolgendosi a una donna senza richieste sulle sue emozioni e i suoi sentimenti." E Henry aggiunge: "Non le devi scrivere quelle lettere." Mentre rido si rende conto che capisco perfettamente. Capisco persino la sua preferenza per i corpi alla Renoir. *Voilà.* Però conservo queste immagini di un Fred oltraggiato che mi adora. E Henry dice: "Questo è il massimo del tradimento a cui arrivo con te."

Non so se desidero tanto la fedeltà di Henry, perché sto incominciando a capire che la parola stessa "amore" oggi mi stanca. Amore o non amore. Fred che dice che Henry non mi ama. Capisco il bisogno di sollievo dalle complicazioni, e lo desidero anche per me, solo che le donne non riescono a raggiungere una condizione del genere. Le donne sono romantiche.

Supponiamo che io non voglia l'amore di Henry. Supponiamo che gli dica: "Senti, siamo entrambi adulti. Sono stufa di fantasie e di emozioni. Non nominiamo la parola 'amore.' Parliamo finché vogliamo e facciamo l'amore solo quando ne abbiamo voglia, ma lasciamo l'amore fuori da tutto questo." Sono tutti così seri. In questo momento mi sento proprio vecchia, cinica. Anch'io sono stanca di richieste. Oggi per un'ora non sono sentimentale. Da un momento all'altro potrei distruggere tutta la leggenda, dall'inizio alla fine, distruggere tutto salvo le fondamenta: la mia passione per June e la mia adorazione per Hugo.

Forse il mio intelletto mi sta giocando un altro tiro. È dunque questo che si intende per "senso di realtà"? Dove sono i sentimenti di ieri, e quelli di stamattina, e che dire della mia intuizione che all'appuntamento sarebbe venuto Henry invece di Fred? E cosa c'entra tutto questo con il fatto che Henry era ubriaco, e che io, non rendendomene conto, gli ho letto le pagine sul suo potere di "rompermi". Lui naturalmente non ha capito, mentre nuotava nel sulfureo Pernod.

L'aspetto grottesco di tutto ciò mi fece male. Gli chiesi: "Com'è Fred quando è ubriaco?"

"Allegro, sì, ma sempre un po' sprezzante con le puttane. Loro se ne accorgono."

"Tu invece sei cordiale?"

"Sì, io gli parlo come un carrettiere."'

Be', tutto questo non mi dà nessuna gioia. Mi rende fredda e vuota dentro. Una volta, scherzando, dissi che un giorno o l'altro gli avrei mandato un telegramma così: "Non vediamoci più perché tu non mi ami." Tornando a casa, pensai, domani non ci vedremo. O se ci vedremo, non andremo più a letto insieme. Domani dirò a Henry di lasciare perdere l'amore. Ma il resto?

Hugo dice che stasera ho una faccia radiosa. Non riesco a trattenere il sorriso. Dovremmo dare un banchetto. Henry ha ucciso la mia serietà. Non avrebbe potuto sopravvivere ai suoi umori mutevoli, da mendicante a dio, da satiro a poeta, da pazzo a realista.

Quando lui mi attacca, riesco a non piangere o a non ribattere a causa della mia maledetta comprensione. Quando capisco qualcosa, qualunque cosa sia, come Henry e le puttane, non riesco a combatterla molto bene. Quello che capisco, simultaneamente lo accetto.

Henry è un mondo talmente a sé che non mi stupirei se volesse rubare, uccidere o violentare. Finora ho capito tutto.

Ieri, all'appuntamento, per la prima volta ho visto un Henry malevolo. Era venuto più per ferire Fred che per vedere me. Lo rivelò quando disse: "Fred sta lavorando. Chissà come gli rode."

Io non volevo scegliere le tende senza Fred ma Henry insistette per comprarle. Non so se lo immaginai, ma mi parve che esultasse della sua cattiveria. "Io provo altrettanto piacere nel fare del male..." diceva Stavrogin. Per me, è un piacere sconosciuto.

Avevo pensato di mandare un telegramma a Henry mentre ero con Fred, per dirgli "ti amo". E invece ora avevo voglia di vedere Fred e cancellare l'offesa. Il piacere di Henry mi sconcertava. Disse: "Una volta mi divertivo a farmi dare dei soldi in prestito da un tizio per poi spendere metà della somma per spedirgli un telegramma." Quando dalle nebbie dell'ubriachezza escono delle storie del genere, vedo in lui un lampo di diavoleria, un piacere segreto per la crudeltà. June che compra il profumo per Jean mentre Henry muore di fame, o si diverte a nascondere una bottiglia di madera nel suo baule, mentre Henry e i suoi amici, senza una lira, muoiono dalla voglia di bere qualcosa. Quello che mi sconcerta non è tanto l'azione ma il piacere che l'accompagna. Henry aveva voglia di tormentare Fred. June si spinge anche più in là, sfacciatamente, come quando si mette a lottare con Jean a casa dei genitori di Henry. Questo amore per la crudeltà li lega indissolubilmente. Proverebbero entrambi piacere nell'umiliarmi, nel distruggermi.

Sento il mio passato come un peso intollerabile che grava su di me, come una maledizione, l'origine di ogni mossa che faccio, di ogni parola che pronuncio. In alcuni momenti il passato mi sommerge, e Henry indietreggia nell'irrealtà. Mi avvolgo in un terribile riserbo, in un'innaturale purezza, e chiudo fuori il mondo completamente. Oggi sono la *jeune fille* di Richmond Hill, che scrive di niente su una bianca scrivania d'avorio.

Non ho paura di dio, tuttavia la paura mi tiene sveglia di notte, la paura del diavolo. E se credo nel diavolo, devo credere anche in dio. E se aborrisco il male, devo essere una santa.

Henry, salvami dalla beatificazione, dagli orrori di una perfezione statica. Precipitami nell'inferno.

Vedere Eduardo ieri ha cristallizzato il mio gelo mentale. Ascolto la sua spiegazione dei miei sentimenti. Sembra molto plausibile. Sono diventata improvvisamente fredda nei confronti di Henry perché ho assistito alla sua crudeltà verso Fred. La crudeltà è sempre stato il grande conflitto della mia vita. Ho visto la crudeltà durante la mia infanzia – la crudeltà di mio padre verso mia madre e le punizioni sadiche che infliggeva a me e ai miei fratelli – e la solidarietà che provavo per mia madre sfiorava l'isteria, quando lei e mio padre litigavano, liti che in seguito mi paralizzarono. Sono cresciuta con una tale incapacità di essere crudele che è quasi una debolezza.

Vedere in Henry un piccolo aspetto di crudeltà mi ha portato a capire altre sue crudeltà. In più, Fred ha risvegliato in me tutte le riserve mentali, facendo riemergere i ricordi della mia infanzia, che è quanto Eduardo descrive come regressione, un ritorno a uno stadio infantile, il che potrebbe impedirmi di progredire ulteriormente in una vita più matura.

Volevo fidarmi di qualcuno, volevo persino lasciarmi guidare. Eduardo disse che era venuto per me il momento di sottopormi alla psicoanalisi. Lo aveva sempre voluto. Lui poteva aiutarmi discutendo alcuni problemi con me, ma solo il dottor Allendy avrebbe potuto essere una guida, un *padre* (Eduardo adora tentarmi con una figura paterna). Perché insistevo a fare di Eduardo il mio psicanalista? Questo era solo un rinvio dell'impegno vero e proprio. "Forse mi piace provare dell'ammirazione per te," dissi.

"Invece dell'altro rapporto, che non vuoi?"

In qualche modo la conversazione mi parve assolutamente efficace. Stavo già cantando. Hugo era fuori per un impegno per conto della banca. Eduardo continuò ad analizzare. Aveva un aspetto straordinariamente attraente. Per tutta la cena rimasi colpita dalla sua fronte e dai suoi occhi, dal suo profilo, dalla sua bocca, dalla sua espressione sorniona – l'introverso che gode dei suoi segreti. Questa grande avvenenza l'accolsi dentro di me più tardi, quando lui mi desiderò, ma l'assorbii come si respira una boccata d'aria, o s'inghiotte un fiocco di neve, o ci si arrende al sole. La mia risata lo liberò dalla serietà. Gli parlai dell'espressione della sua faccia e dei suoi occhi verdi. Lo volevo e lo presi, un amante occasionale. Ma un cattivo psicanalista, gli dissi scherzosamente, visto che faceva l'amore con la sua paziente.

Mentre correvo di sopra a pettinarmi, sapevo che il giorno dopo mi sarei precipitata a vedere Henry. Per combattere i miei fantasmi non fa altro che spingermi contro il muro della sua stanza e baciarmi, dirmi in un sussurro quello che vuole oggi dal mio corpo, quali gesti, quali posizioni. Io obbedisco, e mi piace alla follia. Corriamo insieme superando ostacoli fantasmagorici. Adesso so perché l'ho amato. Persino Fred, prima di lasciarci, sembrava meno tragico e io confidai a Henry che non volevo un amore perfetto da lui, che sapevo che era stanco di tutto questo, come del resto, che ero in preda a un'ondata di saggezza e di umorismo, e che niente avrebbe interrotto la nostra relazione finché non avessimo più voluto fare l'amore. Per la prima volta, credo di sapere cosa sia il piacere. E sono felice di aver riso tanto ieri sera, e di aver cantato questa mattina, e di essermi mossa irresistibilmente verso Henry. (Eduardo era ancora qui quando partii, portando con me il pacco che conteneva le tende di Henry.)

Subito prima, mio fratello Joaquin ed Eduardo stavano parlando di Henry, in mia presenza. (Joaquin ha letto il mio diario.) Pensano che Henry sia una forza distruttiva che ha scelto me, la più creativa delle forze, per sperimentare il suo potere, che ho soggiaciuto a tonnellate di letteratura (è vero che amo la letteratura), e che mi salverò, ho dimenticato come, ma in un modo o nell'altro a dispetto di me stessa.

E io me ne restai lì, già felice perché avevo deciso che oggi avrei avuto il mio Henry, sorridente.

Sulla prima pagina di un bellissimo diario dalla copertina violetta regalatomi da Eduardo, con una dedica, ho già scritto il nome di Henry. Nessun dottor Allendy per me. Niente analisi paralizzanti. Solo vita.

APRILE

Quando Henry sente al telefono la voce di Hugo, bella, vibrante, leale e commovente, s'infuria per l'amoralità delle donne, di tutte le donne, di donne come me. Lui pratica ogni genere di infedeltà e di tradimento, ma l'infedeltà di una donna lo offende. E sono terribilmente angosciata quando la pensa così, perché io ho la sensazione di essere fedele al legame tra Hugo e me. Niente che viva fuori del cerchio del nostro amore lo altera o lo sminuisce. Al contrario, lo amo di più perché lo amo senza ipocrisia. Ma il paradosso mi tormenta profondamente. Che io non sia più perfetta, o più simile a Hugo, equivale a essere disprezzata, sì, ma è soltanto l'altro aspetto del mio essere.

Henry capirebbe se io lo abbandonassi per rispetto a Hugo, ma farlo sarebbe ipocrita da parte mia. Una cosa è certa, però: se un giorno fossi costretta a scegliere tra

Hugo e Henry, sceglierei Hugo senza esitazione. La libertà che mi sono concessa in nome di Hugo, come un suo dono, non fa che aumentare la ricchezza e la potenza del mio amore per lui. L'amoralità, o una moralità più complicata, tende a una lealtà fondamentale che trascura quella immediata e letterale. Con Henry condivido la rabbia, ma non per le imperfezioni delle donne, bensì per la bruttezza della vita stessa, che forse questo libro proclama a voce più alta di quanto non facciano le imprecazioni di Henry.

Henry ieri ha minacciato di farmi ubriacare completamente, cosa che si è verificata solo quando ho letto le lettere di Fred a Céline, impolverate e cristallizzate. La nostra conversazione si spezza e si moltiplica come un caleidoscopio. Quando Henry va in cucina, Fred e io parliamo come se avessimo lanciato un ponte da fortezza a fortezza e non riusciamo a nascondere niente. Le parole, come una processione, si precipitano dall'altra parte del ponte che di solito è alzato ed è persino arrugginito da tanto amore di solitudine. Poi c'è Henry, costantemente in comunicazione con il mondo, come se fosse eternamente seduto a capotavola in un gigantesco banchetto.

Nella piccola cucina, senza muoverci, noi tre quasi ci tocchiamo. Henry si sposta per mettermi una mano sulla spalla e baciarmi, e Fred non vuole assistere al bacio. Io siedo lì piegata sotto due tipi d'amore. C'è il calore di Henry, la sua voce, le sue mani, la sua bocca. E ci sono i sentimenti di Fred per me, che toccano una regione più delicata, cosicché mentre Henry mi bacia vorrei allungare una mano verso Fred per stringere entrambi gli amori.

Henry scoppiava di generosità universale: "Ti do Anaïs, Fred. Vedi come sono, voglio che tutti amino Anaïs. È meravigliosa."

"È troppo meravigliosa," dice Fred. "Tu non la meriti proprio."

"Tu sei uno *wasp*," grida Henry, il gigante offeso.

111

"Inoltre," dice Fred, "tu non mi hai dato Anaïs. Io ho la mia Anaïs, ed è diversa dalla tua. Io l'ho presa senza chiederlo a nessuno dei due. Resta per tutta la notte, Anaïs. Abbiamo bisogno di te."

"Sì, sì," grida Henry.

Io siedo come un idolo, ed è Fred che critica il gigante perché il gigante non mi adora.

"Al diavolo, Anaïs," dice Henry, "io non ti adoro, ma ti amo. Penso di poterti dare tutto quello che ti dà Eduardo, per esempio. Non potrei farti del male. Quando ti vedo seduta lì, così fragile, so che non potrò mai farti del male."

"Io non voglio adorazione," dice l'idolo. "Tu mi dai... Ebbene, quello che mi dai tu è meglio dell'adorazione."

La mano di Fred trema quando mi offre un bicchiere di vino. Il vino rimescola il profondo del mio corpo, ed è palpitante. Henry esce per un momento. Fred e io restiamo in silenzio. È Fred che ha detto: "No, non mi piacciono i grossi banchetti. Mi piacciono le cene come questa, per due o tre persone." Ma adesso il silenzio è pesante, e io mi sento abbattuta. Henry torna e chiede a Fred di lasciarci. Non ha ancora chiuso la porta alle sue spalle, che Henry e io stiamo già assaporando le nostre carni. Affondiamo insieme nel nostro mondo scatenato. Mi morde. Mi fa scricchiolare le ossa. Mi fa sdraiare a gambe aperte e scava dentro di me. La nostra voglia è scatenata. I nostri corpi convulsi.

"Oh, Anaïs," mi dice, "non so come l'hai imparato, ma sai scopare, sai scopare. Non te l'ho mai detto prima, con tanta forza, ma te lo dico adesso, ti amo pazzamente. Mi hai preso, mi hai preso. Sono pazzo di te."

Poi qualcosa che dico suscita in lui un dubbio improvviso. "Non è solo per scopare, vero? Tu mi ami, vero?"

La prima bugia, bocche che si toccano, respiri mescolati; io, con il suo pene bagnato e caldo dentro di me, dico che lo amo.

Ma mentre lo dico, so che non è vero. Il suo corpo ha un modo di risvegliare il mio, di rispondere al mio.

Quando penso a lui mi viene voglia di aprire le gambe. Adesso è addormentato tra le mie braccia, pesantemente addormentato. Sento una fisarmonica. È domenica sera, a Clichy. Penso a *Bubu de Montparnasse*, la stanza d'albergo, a come Henry mi spinge in alto le gambe, alla sua passione per le mie natiche. Non sono me stessa in questo momento, la vagabonda. La fisarmonica mi gonfia il cuore, il sangue bianco di Henry mi ha riempito. Giace addormentato tra le mie braccia e io non lo amo.

Penso di aver detto a Fred che non amavo Henry, quando eravamo lì seduti in silenzio. Gli ho detto che amavo le sue qualità visionarie, le sue allucinazioni. Henry è capace di scopare, di lasciarsi andare alla corrente, di imprecare, di ampliare e vitalizzare, di distruggere e creare sofferenza. È il demone in lui che ammiro, l'indistruttibile idealista, il masochista che ha trovato il modo di infliggere dolore a se stesso, perché soffre dei suoi tradimenti, delle sue volgarità. Mi commuove quando lo vedo umile di fronte a qualcosa, come succede con la mia casa. "So che sono uno zoticone e non so come comportarmi in una casa del genere, e così faccio finta di disprezzarla, ma la adoro. Ne amo la bellezza e la raffinatezza. È così accogliente che quando ci entro mi sento cingere dalle braccia di Cerere, sono stregato."

Poi Hugo mi porta a casa in macchina e dice: "La notte scorsa ero sveglio, e ho pensato che c'è un amore più grande e meraviglioso della scopata." Poiché era stato malato, per qualche giorno non avevamo fatto l'amore, ma avevamo dormito abbracciati.

Avevo l'impressione di scoppiare dal mio fragile guscio. Mi sentivo i seni pesanti e pieni. Ma non ero triste. Pensai, tesoro, sono così ricca stanotte, ma è anche per te. Non è tutto per me. Ormai ti mento ogni giorno, ma cerca di capire, ti do le gioie che vengono date a me. Più accolgo dentro di me, più aumenta il mio amore per te. Più io nego me stessa, più io sarei povera per te, tesoro mio. Non c'è nessuna tragedia, se riesci a seguirmi in questa equazione. Ci sono equazioni che sono più evidenti. Una potrebbe essere questa: io ti amo e pertanto rinuncio al mondo e alla vita per te. E tu ti troveresti con una suora prostrata davanti a te, avvelenata dalle richieste che tu non potresti esaudire e che ti ucciderebbero. Ma guardami stasera. Stiamo andando a casa insieme. Io ho conosciuto il piacere. Ma non ti chiudo fuori. Entra nel mio corpo dilatato e gustalo. Io porto la vita. E tu lo sai. Non puoi vedermi nuda senza desiderarmi. La mia carne ti sembra innocente e completamente tua. Potresti baciarmi dove Henry mi ha morso e provare piacere. Il nostro amore è inalterabile. Solo la conoscenza potrebbe farti male. Forse sono un demone, a riuscire a passare dalle braccia di Henry alle tue, ma una fedeltà letterale per me è priva di significato. Non posso vivere rispettandola. La vera tragedia è che noi viviamo insieme e vicini senza che tu riesca a indovinare questa conoscenza, che siano possibili questi segreti, che tu sappia solo quello che io decido di dirti, che non ci sia traccia sul mio corpo di quello che ho vissuto. Ma anche mentire è vivere, mentire come faccio io.

La presenza di Fred mi frena, come se fossero i miei stessi occhi a osservare le estensioni di me stessa in sfere a cui dovrei rinunciare. Con Fred potrei vivere qualcosa di delicato e di intricato. Ma non voglio vivere con me stessa. Sto cercando di fuggire da me stessa. Eppure, non deformo la mia vera natura manifestando la sensualità che esiste in me. Henry esaudisce una forza in me che non era mai stata esaudita prima. La sua vitalità sessuale è in accordo con la mia. Quando mi dedicai alla danza, era un Henry che desideravo. Era un Henry che cercavo, erroneamente, in John.

I miei pensieri, come un elastico, sono tesi al massimo del loro significato. Con Henry non si parla per raggiungere la profondità delle cose. Lui non è Proust, che si attarda e dilata. Lui è in movimento. Vive di impeti. Sono gli impeti che mi piacciono in Henry. Dopo un impeto, come dopo una raffica di vento, potrei restare seduta per un giorno intero e navigare lentamente sulla mia barchetta lungo il fiume giù per i sentimenti che lui ha versato con tanta prodigalità.

Eduardo dice che non mi sono mai concessa interamente, ma questo mi sembra impossibile quando vedo come mi sottometto alla nobiltà e alla perfezione di Hugo, alla sensualità di Henry, alla bellezza di Eduardo stesso. L'altra sera al concerto rimasi trasecolata davanti a lui. Ha imparato a non sorridere, che è ciò che devo imparare anch'io. Basta il colore della sua pelle per attirarmi. Ha il pallore dorato dello spagnolo ma con una luce nordica, un che di rosato sotto l'abbronzatura. E il colore dei suoi occhi, quel verde mutevole, insopportabilmente freddo. E sono la bocca e le narici che promettono. Ma di nuovo ho questa immagine di Eduardo e me che camminiamo per il mondo con le teste che cozzano una contro l'altra. Solo le nostre teste s'incontrano e cozzano l'una contro l'altra. Non avrei nient'altro. Mi piace la sua mente, che è come un santuario, con tutte le sue ricerche in profondità e le sue analisi. Sembra privo di volontà perché obbedisce al suo inconscio, e, come Lawrence, non riesce sempre a spiegare il perché.

Henry ha notato quello che né Hugo né Eduardo avrebbero notato. Ero sdraiata a letto e lui disse: "Sembra sempre che tu assuma delle pose, in un modo quasi orientale."

Esige parole forti quando scopa, e io non posso dirgliele. Non posso dirgli quello che provo. Mi insegna nuovi gesti, prolungamenti, variazioni.

L'altro giorno Eduardo mi chiede se mi sarebbe piaciuto provare la strada di June: tuffarmi in una negazione assoluta degli scrupoli, mentire (a se stessi, principalmente), deformare la propria natura per consentire l'assenza di impedimenti, come la mia incapacità di essere crudele. Ieri, nel parossismo della gioia sessuale, non sono riuscita a mordere Henry come lui avrebbe voluto.

Eduardo ha paura del mio diario. Ha paura di un'accusa, e che io possa non aver capito. Confessa questo timore al suo psicanalista.

Ho coscienza di tutto quello che tralascio: le lacune, specialmente i sogni, le allucinazioni. E in più, anche le bugie vengono tralasciate, per un disperato bisogno di abbellire. Così non le scrivo. Il diario pertanto è una bugia. Quello che viene omesso nel diario viene omesso anche nella mia mente. Nel momento stesso in cui comincio a scrivere mi pre ipito a cercare la bellezza. Il resto lo scarto, dal diario, dal mio corpo. Mi piacerebbe tornare come un investigatore, sondare la credulità di Hugo. Penso a quello che avrebbe potuto notare. La volta che tornai dalla stanza di Henry e mi lavai, avrebbe potuto vedere le gocce d'acqua cadute sul pavimento; macchie sulle mie mutandine; il rossetto sbavato sui miei fazzoletti. Avrebbe potuto farmi delle domande quando gli dissi: "Perché non provi a venire due volte?" (come fa Henry), o chiedersi il perché della mia eccessiva stanchezza, dei miei occhi cerchiati.

Il mio diario lo tengo molto segreto, ma quante volte ci ho scritto seduta ai suoi piedi accanto al fuoco, e lui non ha cercato di leggerlo alle mie spalle. Quando Eduardo fece sdraiare Hugo, gli fece chiudere gli occhi e gli chiese di rispondere alle parole: "amore", "gatto", "neve", "gelosia"; le sue reazioni furono sorprendentemente lente e vaghe. Solo la gelosia suscitò una risposta immediata. Sembra che si rifiuti di registrare, di capire. E questo è un bene. È il suo modo di proteggersi. È il fondamento della strana libertà di cui godo a dispetto della sua potente gelosia. Lui non vuole vedere. Questo suscita in me tanta pietà che a volte mi fa impazzire. Vorrei che mi punisse, che mi picchiasse, che mi imprigionasse. Mi solleverebbe.

Vado a un appuntamento con il dottor Allendy per parlare di Eduardo. Vedo un uomo attraente, sano, con occhi chiari e intelligenti da veggente. La mia mente è all'erta, in attesa di sentirgli dire qualcosa di dogmatico, riducibile a delle formule. Vorrei che lo dicesse, e se lo farà, sarà uno dei tanti uomini a cui non potrò appoggiarmi, dovrò continuare a conquistare me stessa da sola.

Parlammo prima di Eduardo, di come fosse diventato più forte. Allendy fu contento che io avessi notato una differenza notevole. Ma ora arrivò al punto dolente. "Lo sapeva," mi chiese Allendy, "di essere stata la donna più importante della sua vita? Eduardo aveva una vera e propria ossessione per lei. Lei è la sua immagine. L'ha vista come una madre, una sorella, una donna irraggiungibile. Conquistare lei significa per Eduardo conquistare se stesso, la sua nevrosi."

"Sì, lo so. Voglio che guarisca. Non voglio privarlo della sua fiducia appena nata dicendogli che non lo amo fisicamente."

"Come lo ama allora?"

"Sono sempre stata attaccata a lui idealmente. Lo sono anche adesso, ma non sessualmente. C'è un altro uomo, un uomo più animalesco, che riesce davvero a prendermi."

Gli parlo un po' di Henry. È sorpreso che io divida così i miei amori. Mi chiede quali siano i miei veri sentimenti a proposito della mia esperienza con Eduardo.

"Sono stata completamente passiva," gli dico. "Non ho provato piacere. E temo che lui possa capirlo e dare la colpa a se stesso. Sarebbe la cosa peggiore, peggio che se gli dicessi: 'Adesso ascolta: io amo Henry e quindi non posso amare te', perché se la cosa continua diventerà una competizione, come se io avessi scatenato rivalità e paragoni per poi abbandonarlo. Mi sembra ancora più pericoloso. Ma," chiedo ridendo, "gli uomini lo sanno quando danno piacere a una donna o no?"

Ride anche il dottor Allendy. "L'ottanta per cento degli uomini non lo sa mai," dice. "Alcuni uomini sono sensibili, molti sono vanitosi e vogliono convincersi che ci riescono, e molti altri non lo sanno realmente." (Mi tornano in mente le domande di Henry in albergo: "Ti soddisfo?")

Allora gli dico: "Invece di continuare la commedia sessuale, non sarebbe meglio che gli dicessi che *io* sono malata, nevrotica, che c'è qualcosa di sbagliato in me?"

"E, naturalmente, potrebbe anche essere vero," dice Allendy. "C'è qualcosa di strano nel modo in cui lei divide i suoi amori. È come se le mancasse la sicurezza."

Ora tocca un punto sensibile. Qualche minuto fa aveva fatto un errore, quando avevo parlato della separazione tra l'amore animale e quello ideale. Era arrivato alla conclusione banale che in età puberale potessi aver assistito a degli aspetti brutali dell'amore che mi avevano disgustata inducendomi a rimanere eterea. Ma ora si avvicina alla verità: mancanza di sicurezza. Mio padre non voleva una femmina. Diceva che ero brutta. Quando scrivevo o disegnavo qualcosa, non credeva che l'avessi fatto io. Non ricordo una sola carezza o un complimento da lui, salvo quando per poco non morii all'età di nove anni. C'erano sempre delle scenate, botte, i suoi duri occhi azzurri su di me. Ricordo la gioia innaturale che provai quando mio padre mi scrisse un bigliettino qui a Parigi che incominciava con: "Ma jolie." Non ho ricevuto amore da lui. Ho sofferto insieme a mia madre. Mi ricordo il nostro arrivo ad Arachon, dove lui era in vacanza, dopo la mia malattia. La sua faccia mostrava chiaramente che non ci voleva. Quello che lui riservava a mia madre pensavo lo riservasse anche a me. Eppure quando ci abbandonò provai un dolore isterico. E per tutto il tempo della scuola a New York mi mancò terribilmente. Avevo sempre paura della sua durezza e della sua freddezza. Eppure fui io a ripudiarlo a Parigi. Fui io a essere severa e assolutamente non sentimentale.

"E così," disse Allendy, "lei si chiuse in se stessa e divenne indipendente. Invece di darsi interamente a un solo amore, con fiducia, lei cerca molti amori. Cerca persino la crudeltà in uomini più vecchi di lei, come se non potesse godersi l'amore senza il dolore. E lei non è sicura..."

"Solo dell'amore di mio marito."

"Ma lei ha bisogno di più di un amore."

"Sempre il suo, e quello di un uomo più vecchio."

Ero sconcertata che la sicurezza di un bambino, una volta scossa e distrutta, avesse tali ripercussioni su tutta una vita. L'amore insufficiente di un padre e il suo abbandono rimangono indelebili. Come mai non è stato cancellato da tutti gli amori che ho suscitato da allora?

Eduardo voleva che il dottor Allendy e io parlassimo per il bene di quello che avrei scritto. E io sono disponibile, ma soltanto alle mie condizioni e cioè: vado da lui in modo irregolare, il che mi lascia il tempo di assorbire il materiale e lavorare con la mia ispirazione e mi rende anche meno dipendente. Tuttavia ieri quando il dottor Allendy disse: "Lei mi sembra molto ben equilibrata, non credo che abbia bisogno di me," improvvisamente provai una grande angoscia all'idea di essere lasciata di nuovo sola. Il mio lavoro mi stabilizza, utilizza le mie sofferenze, ma mi piacerebbe confidare a un essere umano quello che confido al mio diario. C'è sempre qualcosa di escluso dai miei rapporti. Con Eduardo non posso parlare di Henry. Posso solo parlare del mio malessere. Con Henry non posso parlare dell'analisi. Lui non è un analista, è uno scrittore epico, un Dostoevskij inconscio. Con Fred posso essere surrealista ma non la donna che ha scritto un saggio su Lawrence.

Allendy disse: "Lei si è comportata in modo splendido nei confronti di Eduardo in questa vicenda, come avrebbero fatto poche donne, perché in generale, una donna considera un uomo come un nemico, ed è contenta quando riesce a umiliarlo e a demolirlo."

Joaquin dice che quando ha letto il mio diario si è reso conto che nel dono di Henry c'era qualcosa di più che una semplice esperienza sessuale; che in effetti Henry esaudiva bisogni che Hugo non era in grado di soddisfare. Continua a pensare che mi perdo in Henry, che mi abbandono a esperienze che non sono veramente consone alla mia natura.

Anche Allendy incomincia a lasciarmi capire che normalmente non amerei un Henry, e che la causa del mio amore deve essere rimossa. E qui io mi ribello con tutte le mie forze alla scienza e sento una grande lealtà verso i miei istinti.

La psicoanalisi può costringermi a essere più sincera. Già mi rendo conto di certi sentimenti che provo, come la paura di essere ferita. Quando Henry mi chiama, ascolto attentamente ogni inflessione della sua voce. Se è occupato nell'ufficio del giornale, se c'è qualcuno con lui, o se ha un'aria noncurante, sono immediatamente angosciata.

Oggi Henry si è svegliato e ha detto a se stesso: "All'inferno le donne angeliche o letterate!" Poi dice di avermi già scritto due lettere da domenica, che mi aspettano da Natasha, e io divento euforica. Disprezzo la mia stessa ipersensibilità, che esige tanta rassicurazione, ma che allo stesso tempo mi rende così consapevole della sensibilità altrui. Il grande amore di Hugo avrebbe dovuto darmi sicurezza, e il mio continuo bisogno di essere amata e capita è certamente anormale.

Forse io ritrovo la fiducia in me stessa cercando di conquistare uomini più anziani. O invece sto corteggiando il dolore? Cosa provo quando vedo gli occhi azzurri di Henry su di me, freddi? (Mio padre aveva occhi azzurri glaciali.) Voglio che si sciolgano di desiderio per me.

Ormai c'è una grande tensione tra Fred e me; non riusciamo neanche a guardarci negli occhi. Ha scritto delle cose su di me talmente esatte, talmente penetranti che sento che ha invaso i luoghi più protetti e segreti del mio essere. Anche ciò che ha scritto su Henry mi terrorizza, come se si fosse avvicinato troppo alle mie stesse paure e ai miei dubbi. Fred scrive in modo occulto. Non riuscivo quasi a parlare dopo aver letto quelle pagine. E lui stava leggendo il mio diario. Mi disse: "Non dovresti lasciarmelo leggere, Anaïs." Gli chiesi perché. E lui sembrò sconcertato. Piegò la testa, la sua bocca tremò. È come un mio fantasma. Perché era sconcertato? Ho forse rivelato la somiglianza, il fatto che l'ho riconosciuta? Lui è una parte di me. Potrebbe capire la mia vita intera. Metterei tutti i miei diari nelle sue mani. Non ho paura di lui. È così tenero con me.

Henry mi parla in modo splendido, come un sapiente. Dice "Ti amo" mentre giaccio tra le sue braccia, e io dico "Non ti credo." Si rende conto che sono di un umore infernale. Insiste: "Mi ami o no?" E io rispondo vagamente. Quando siamo legati l'uno all'altra sensualmente non riesco a credere che siamo vicini solo fisicamente. Quando mi risveglio dal delirio e parliamo tranquillamente, mi sorprende che lui parli con tanta serietà del nostro amore.

"Domenica sera dopo che te ne sei andata ho dormito per un po', poi sono uscito a fare una passeggiata, e mi sono sentito così felice, Anaïs, più felice di quanto non mi sia mai sentito prima. Ho capito una terribile verità: che non voglio che June torni. Ho un bisogno terribile di te, assoluto. In certi momenti penso persino che se June tornasse e non dovessi più preoccuparmi per lei, ne sarei quasi contento. Domenica sera volevo mandarle un telegramma dicendole che non la voglio più."

Ma la mia saggezza m'impedisce di credergli. E anche lui lo sa, perché aggiunge: "Sono debole nelle mani di June, Anaïs. Se, quando tornerà, io mi comporterò esattamente come lei vuole che mi comporti, tu non dovrai pensare che ti deluda e ti tradisca." Questo mi sorprende, perché mi pare che fin dall'inizio, quando mi lanciai in questa mia passione, con la mia intensità caratteristica, appena intuii l'instabilità, la tragicità della situazione, mi ritrassi e sminuii l'importanza del nostro rapporto. Ho bruciato la mia capacità di reggere alla tragedia con John Erskine. Allora ho sofferto fino al limite. Non so se potrò ancora soffrire tanto, e credo che i sentimenti di Henry siano simili ai miei. Voglio godermi il presente fino in fondo, senza pensieri. Henry che si piega su di me pieno di desiderio, la lingua di Henry tra le mie gambe, il suo possesso vigoroso, torrenziale.

"Tu sei l'unica donna a cui posso essere fedele. Io voglio proteggerti."

Quando vedo la fotografia di June nella stanza di Henry, odio June, perché in questo momento amo Henry. Odio June, eppure so che sono anche in suo potere e che quando tornerà...

"Quello che provo con te e che non provo con June è che oltre all'amore, noi siamo amici. June e io non siamo amici."

Nessuno può sfuggire alla propria natura, benché ieri Henry abbia detto: "Ci sono dei difetti nella tua bontà." Difetti. Che sollievo! Fessure. E da queste potrei scappare. Una certa perversità mi fa uscire dal ruolo che sono costretta a giocare. Sempre a immaginare un altro ruolo. Mai statica. Quando Henry vuole leggere il mio diario, tremo. So che mi sospetta di tradirlo costantemente. Mi piacerebbe, ma non posso. Da quando è venuto a me ho praticato istintivamente la fedeltà delle puttane: non provo alcun piacere se non con lui. La mia peggiore paura è che Hugo mi desideri lo stesso giorno, e succede di frequente. Ieri sera è stato focoso, estatico, e io, obbediente e ingannevole. Simulavo piacere. Per lui è stata una notte eccezionale. Il suo piacere è stato tremendo.

Quando sono esuberante e desidero tutto il piacere sensuale ottenibile, faccio sul serio? Se mi sentissi attratta da una donna per strada o da un uomo con cui ho ballato, sarei davvero capace di soddisfare il mio desiderio? C'è davvero un desiderio? La prossima volta che sarò in preda a questa sensazione non mi ci opporrò. È necessario che io sappia.

Stanotte mi arrendo a un ardente desiderio di Henry. Lo voglio, e voglio June. È June che mi ucciderà, che mi porterà via Henry, che mi odierà. Io voglio essere tra le braccia di Henry. Voglio che June mi trovi lì: sarà l'unica volta in cui soffrirà. E dopo sarà Henry a soffrire, nelle mani di lei. Voglio scriverle pregandola di tornare, perché io l'amo, perché voglio lasciarle Henry come il più grande dono che possa farle.

Hugo mi spoglia tutte le sere come se fosse la prima volta e io fossi per lui una donna nuova. I miei sentimenti sono in preda a un caos che non riesco a chiarire, non riesco a ordinare. I miei sogni non mi dicono niente se non che ho il terrore di essere spinta sull'orlo del suicidio.

Non si guarisce semplicemente vivendo e amando, altrimenti io sarei già guarita. Hugo mi guarisce a volte. Oggi abbiamo fatto una passeggiata nei campi, fino a un ciliegio, ci siamo seduti sull'erba, al sole, parlando come due innamorati giovanissimi. Henry mi guarisce, mi prende tra le sue braccia vitali, le sue braccia da gigante. Così ci sono giorni in cui penso di stare bene.

Hugo è partito per un viaggio, e mi ha baciato disperatamente, pieno di dolore. Sono circondata dai segni della sua presenza, piccole cose che segnalano le sue abitudini, i suoi difetti, la sua divina bontà: una lettera che ha dimenticato d'imbucare, la sua biancheria logora (perché non si compra mai niente per sé), i suoi appunti sul lavoro da fare, una palla da golf – che mi ricorda che ieri ha detto: "Nemmeno il golf è un piacere per me, perché preferisco stare con te. Fa solo parte del mio dannato lavoro" – uno spazzolino da denti, un vasetto aperto di brillantina, una sigaretta fumata a metà, il suo abito, le sue scarpe. A malapena gli ho dato il bacio di addio, a malapena il cancello verde si è chiuso alle sue spalle, che dico a Emilia: "Pulisci il mio vestito rosa e lavami la biancheria di pizzo. Forse andrò a trovare un'amica per qualche giorno."

Ieri non ho dimenticato di essere buona con Eduardo, tanto che deve essere cresciuto perlomeno di due spanne. E la stessa sera volevo fondermi nel corpo di Hugo, essere imprigionata tra le sue braccia, nella sua bontà. In momenti del genere passione e febbre non sembrano importanti. Non riesco a sopportare di vederlo geloso, ma lui è sicuro del mio amore. Dice: "Non ti ho mai amata tanto, non sono mai stato così felice con te. Sei tutta la mia vita." E ora so che lo amo quanto posso amarlo, che è l'unico che mi potrà possedere eternamente. Tuttavia ho immaginato tre giorni di vita insieme a Henry a Clichy. Dico a Hugo: "Mandami un telegramma tutti i giorni, per favore." E forse non sarò a casa a leggerli.

Sono scappata. Il mio pigiama, il mio pettine, la cipria e il profumo sono nella stanza di Henry. Trovo un Henry così totalmente profondo che sono stupefatta.

Stiamo camminando verso Place Clichy, con passo ritmato. Lui mi fa accorgere della strada, della gente, della realtà. Cammino come una sonnambula, ma lui annusa la strada, osserva, ha gli occhi spalancati. Mi mostra la puttana con una gamba di legno che batte vicino al Gaumont Palace. Lui non sa cosa sia vivere in un mondo dove l'unico personaggio distinto è la propria persona, come lo sappiamo Eduardo e io.

Ci sediamo in parecchi caffè e parliamo della vita e della morte, nella visione di Lawrence.

Henry dice: "Se Lawrence fosse vissuto..." Sì, conosco la fine della frase. Io lo avrei amato. E lui avrebbe amato me. Henry riesce a visualizzare i vari aspetti che mutano man mano nel mio studio. Le fotografie di John. I libri di John. La fotografia di Lawrence. I libri di Lawrence. Gli acquerelli di Henry e i manoscritti di Henry.

Per qualche minuto Henry e io restiamo seduti a riflettere sardonicamente sullo spettacolo delle nostre vite.

Eduardo ha detto che non c'è una trama nella scrittura di Henry o nella sua vita. Esattamente. Se ci fosse, sarebbe un analista. Se lui fosse un analista, non sarebbe una forza vitale e caotica.

Quando racconto di John Erskine a Henry, lui si sorprende del mio sacrilegio. John, l'uomo che Hugo riveriva. Gli rispondo tranquillamente: "Potrebbe sembrare sacrilego, tuttavia, guarda quanto è naturale: in John ho amato quanto legava Hugo a lui."

Eravamo seduti nella cucina di Clichy alle due del mattino, con Fred, a mangiare e a bere, e a fumare freneticamente. Henry dovette alzarsi per lavarsi gli occhi con l'acqua fredda, gli occhi irritati del bambino tedesco. Non riuscii a sopportarlo e gli dissi: "Henry, brindiamo alla fine del tuo lavoro al giornale. Non lo farai mai più. Ho deciso."

Questo parve ferire Fred. Divenne di umore nero. Gli augurammo la buona notte. Andai nella stanza di Henry.

Ci godevamo il nostro essere insieme, spogliarsi insieme, chiacchierare, mettere i nostri vestiti sulla seggiola. Henry era in ammirazione del mio pigiama giapponese di seta rosso, che sembrava così strano nella stanza spoglia, sulla coperta ruvida.

Il giorno dopo scoprimmo che Fred non aveva dormito lì. "Non prenderlo troppo sul serio," disse Henry. Facemmo la prima colazione insieme alle cinque del pomeriggio. Poi cucii le tende grigie e Henry inchiodò al muro i bastoni per reggerle. Più tardi Henry preparò una cena robusta; bevemmo Anjou, e passammo un'allegra serata. Il mattino presto tornai a Louveciennes.

Quando tornai a Clichy, Fred era a casa ed era molto triste. Consumammo la nostra cena, ma in silenzio, e io mi sentii molto infelice. Fred cambiò umore per compiacermi ed esclamò: "Facciamo qualcosa; andiamo a Louveciennes."

Partiamo.

Sento la magia della mia casa che mi culla. Sediamo tutti davanti al camino. Questo è il momento in cui la casa diffonde un incantesimo, e il fuoco scioglie la tensione. Posso restare seduta immobile, come se fossi parte di un affresco. La loro ammirazione e il loro amore è dolce per me. Perdo il senso della mia segretezza. Apro le scatole di ferro e mostro loro i primi diari. Fred afferra il primo volume e incomincia a ridere e piangere leggendolo. Ho dato a Henry il diario rosso, tutto su di lui, una cosa che non avrei mai fatto con nessun altro. Leggo al di sopra della sua spalla.

Henry e io stiamo aspettando il treno su una piattaforma sopraelevata. La pioggia ha lavato gli alberi. La terra emana essenze come una donna che un uomo ha arato e seminato. I nostri corpi sono molto vicini.

Al momento non penso a come June e io eravamo state attaccate l'una all'altra nello stesso modo. Ci penso adesso, perché ieri, per la prima volta, Henry mi ha ferito, benché fossi preparata al suo sarcasmo e al suo senso del ridicolo. Conoscevo la sua mania di scoprire i difetti, per via di tutto quello che aveva scritto su June. Stavamo leggendo il mio diario rosso. Arrivò a un passo in cui Fred aveva detto che ero bellissima. "Vedi," disse Henry, "Fred pensa che tu sia bella, ma io no. Penso che tu abbia un grande fascino, questo sì." Ero seduta vicino a lui. Lo guardai sconcertata e subito posai la testa sul cuscino e piansi. Quando lui mise la mano sul cuscino e sentì le lacrime, rimase sorpreso. "Oh, Anaïs, non avrei mai pensato che avesse importanza per te. Mi odio per averlo detto così crudelmente. Ma ricordi, ti ho anche detto che non pensavo che June fosse bella. Le donne più forti non sono sempre le più belle. Ma non volevo farti piangere, non volevo proprio. Farti soffrire è l'ultima cosa che voglio."

Adesso era seduto di fronte a me, e io ero affondata nei cuscini, con i capelli arruffati e gli occhi affogati nelle lacrime. In quel momento ricordai quel che pensavano di me i pittori, e glielo dissi. E di colpo incominciai a prenderlo a calci. Lo graffiai, come un gatto, disse lui. E quando fu finito, e la cosa lo divertì, ci sentimmo stranamente più vicini, finché, sul treno, per stuzzicarlo – perché mi stava dicendo che il primo giorno che mi aveva visto mi aveva considerato bella ma poi ci aveva ripensato perché Fred insisteva tanto e anche per via di June; gli dissi: "Hai cattivo gusto."

Ma ormai tutte le cose meravigliose che aveva detto del mio diario erano impallidite. La mia sicurezza vacillava. Non mi confortava pensare quanto sia relativa la bellezza e che ogni uomo ha una sua risposta individuale a essa. È innaturale essere così offesi. Tuttavia chiusi questo dolore dentro di me e mi dissi: "Lo sopporterò. Lo soffocherò, non ci farò caso." E per qualche ora sbandierai il mio coraggio, fino al momento in cui ci stavamo spogliando quella notte e Henry disse: "Voglio guardarti mentre ti spogli. Non l'ho mai fatto." Io mi misi a sedere sul suo letto, e fui sopraffatta dalla timidezza. Feci qualcosa per distrarre la sua attenzione mentre mi spogliavo, e mi infilai nel letto. Avevo voglia di piangere. Solo un momento prima, lui aveva detto: "Ho l'impressione di essere un uomo molto brutto. Non ho mai voglia di guardarmi allo specchio." E io avevo trovato qualcosa di vago e gradevole da dirgli. Gli avevo raccontato che cosa mi piaceva in lui. Non gli dissi: "In questi giorni ho avuto bisogno della bellezza di Eduardo come mai prima d'ora."

Il giorno dopo alle tre e mezzo ero nella sala di Allendy, con un terribile bisogno di lui.

Andai da Henry e lo trovai al lavoro. Mi accolse con un bacio gioioso. Lavorammo insieme. Mi sedetti al mio tavolo accanto al suo, controllando i frammenti da inserire nel mio libro. Traboccavo della forza della sua scrittura. Quando gli venne fame, gli offrii di cucinare la cena.

"Lasciami giocare a fare la moglie di un genio." E andai in cucina con il mio sontuoso vestito rosa.

Basta la voce di Henry per sollevarmi. Rifletto su quello che mi ha detto: "Quando scriverò di te, dovrò descriverti come un angelo. Non posso metterti su un letto."

"Ma io non mi comporto come un angelo. E tu lo sai."

"Lo so, lo so. Mi hai sfinito in questi ultimi giorni. Sei un angelo sessuale, ma sei comunque un angelo. La tua sensualità non mi convince."

"Ti punirò per questo," dissi io. "D'ora in avanti mi comporterò come un angelo."

Due ore dopo Fred è andato al lavoro e Henry mi sta baciando in cucina. Voglio giocare a resistergli, ma persino un bacio sul collo mi scioglie. Dico di no, ma lui mi mette la mano tra le gambe. Mi carica come un toro.

Quando siamo sdraiati in silenzio, lo amo, così immobile, amo le sue mani, i suoi polsi, il suo collo, la sua bocca, il calore del suo corpo, e i balzi improvvisi della sua mente. Dopo ci sediamo a mangiare e a parlare di June e di Dostoevskij mentre i galli cantano. Che Henry e io possiamo chiacchierare serenamente del nostro amore per June, dei suoi momenti grandiosi, è per me la più grande delle vittorie.

Le lunghe ore tranquille trascorse con Henry sono le più cariche. Lui si immerge in un pensoso silenzio quando si siede a lavorare, e talvolta ridacchia. C'è in lui qualcosa di uno gnomo, di un satiro, e di uno studioso tedesco. Ha dei bernoccoli sulla fronte che sembrano sul punto di scoppiare. Il suo corpo appare all'improvviso fragile, curvo.

Quando è lì seduto, ho la sensazione di poter vedere la sua mente come vedo il suo corpo, ed è labirintica, fertile, sensibile. Sono carica di adorazione per tutto ciò che contiene la sua testa e per gli impulsi che esplodono improvvisi, a raffica.

È a letto, con il corpo piegato contro la mia schiena, le braccia intorno al mio seno. E nella circonferenza della mia solitudine so di aver trovato un momento di amore assoluto. La sua grandezza riempie le ferite e le chiude, zittisce i desideri. È addormentato. Quanto lo amo! Mi sento come un fiume in piena.

"Anaïs, ieri sera quando sono tornato a casa ho pensato che tu fossi qui, perché ho sentito il tuo profumo. Mi sei mancata. Mi sono accorto di non averti detto come era meraviglioso averti accanto, intanto che tu eri qui. Non dico mai queste cose. Ascolta, c'è qui un cassetto pieno dei tuoi vestiti, delle tue calze. Voglio che tu lasci il tuo profumo dappertutto."

Penso che mi ami con tenerezza, con sentimento. È June che ispira le passioni. E io sono lì a scegliere i suoi pensieri, le sue riflessioni, i suoi ricordi, le sue confidenze. Io sto accanto a Henry lo scrittore, e mi viene data l'altra faccia del suo amore.

Ora, sola a Louveciennes, sento ancora l'impronta del suo corpo addormentato contro il mio. Vorrei che oggi fosse l'ultimo giorno. Desidero sempre che il momento più intenso sia l'ultimo. June potrebbe tornare e soffiare su di noi come un vento del deserto. Henry sarà tormentato da lei, e io ipnotizzata

Ma qui, sul mio diario, rimarranno le cose che Henry ha detto. Le accolgo come doni di gioielli, incensi e profumi. Le parole di Henry cadono, e io le acchiappo con tanta attenzione che dimentico di parlare. Sono la schiava che gli fa vento con piume di pavone. Lui parla di dio, di Dostoevskij, della raffinatezza della scrittura di Fred. Lui sa distinguere tra quella raffinatezza e la sua scrittura drammatica, sensazionale e potente. Riesce a dire con u iltà: "Fred ha una raffinatezza, un'erudizione che a me mancano. Ha le qualità di un Anatole France."

E io dico: "Ma non ti accorgi che a lui manca la passione, come mancava a France. È quello che hai tu!"

Pensando a questo, mentre camminiamo lungo il boulevard, vorrei baciare l'uomo la cui passione scorre come lava su un freddo mondo intellettuale. Vorrei rinunciare alla mia vita, alla mia casa, alla mia sicurezza, alla mia scrittura, per vivere con lui, lavorare per lui, essere una prostituta per lui, qualsiasi cosa, persino essere fatalmente ferita da lui.

A notte tarda mi parla di un libro che non ho letto, *Hill of Dreams* di Arthur Machen. E io lo ascolto con l'anima. Lui mi dice dolcemente: "Ti sto parlando in modo quasi paterno."

In quel momento so di essere mezza donna e mezza bambina. Che una parte di me nasconde una bambina che ama essere sorpresa, essere istruita, essere guidata. Quando ascolto sono una bambina e Henry assume un atteggiamento paterno. L'immagine ossessiva di un padre erudito, letterato si riafferma, e la donna ridiventa bambina. Ricordo altre frasi come "Non potrei farti del male – non a te," la sua delicatezza insolita con me, la sua protettività. Mi sento tradita. Sopraffatta dalla meraviglia del lavoro di Henry, sono diventata una bambina. E immagino un altro uomo che mi dice: "Non posso fare l'amore con te. Tu non sei una donna, sei una bambina."

Mi risveglio da sogni di totale sensualità. Poi, infuriata, voglio dominare come un uomo, mantenere Henry, fargli pubblicare il suo libro. Desidero più che mai scopare ed essere scopata, affermare la donna sensuale. Un giorno Henry mi dice: "Senti, credo che tu potresti tranquillamente avere tre amanti e riusciresti a tenerli a bada tutti. Sei insaziabile." E un altro giorno: "La tua sensualità non mi convince del tutto."

Ha visto la bambina!

Che cosa odiosa, insopportabile! Scappo da Clichy pensando di portar via con me il mio segreto. Ho la speranza che Henry non l'abbia afferrato troppo bene. Temo l'analisi inquietante dei suoi occhi. Sguscio fuori del suo letto e scappo mentre lui dorme. Mi precipito a casa e mi addormento, profondamente, per molte ore: devo soffocare la bambina. Domani potrò rivedere Henry, affrontarlo, essere donna.

Questo poteva rimanere un incidente vago e insignificante. Ma ora, per via della psicoanalisi, è carico di significati. L'analisi mi dà l'impressione di masturbarmi invece che di scopare. Essere con Henry è vivere, abbandonarsi, soffrire persino. Non mi piace essere con Allendy e schiacciare con dita asciutte i segreti del mio corpo.

Basta che accenni appena al problema della paura e della crudeltà a Eduardo, che lui dice quel che dico io: "Ma bisogna usare le proprie debolezze. Si può trarne vantaggio." E io l'ho fatto. Tuttavia non riesco a vedere alcun bene nella mia ammirazione infantile di uomini più adulti, la mia adorazione per John e per Henry. Non ci vedo nient'altro che un'interferenza con il progredire della maturità, un'abdicazione della mia personalità. Come dice Henry: "È bello vederti dormire. Resti sdraiata come una bambola, dove uno ti ha messo. Persino nel sonno non ti allarghi e non prendi troppo spazio."

Le domande di Allendy mi aggrediscono. "Che cosa ha pensato del nostro primo dialogo?"

"Ho pensato che avevo bisogno di lei, che non volevo essere lasciata sola a ripensare alla mia vita."

"Lei amava suo padre devotamente, in modo anormale, e ha odiato i motivi sessuali che lo hanno portato ad abbandonarla. Ciò potrebbe aver creato in lei un certo oscuro sentimento contro il sesso. Questo sentimento emerge nel suo inconscio in quella scena con John. Lei gli ha augurato una specie di castrazione."

"E allora perché mi sono sentita tanto infelice, e tanto disperata, quando è successo, e perché l'ho amato per due anni?"

"Forse lo ha amato di più proprio a causa di quello che è successo."

"Ma da allora l'ho disprezzato per la sua mancanza di passione impulsiva."

"Per il bisogno ambivalente di un uomo dominante, di essere conquistata da lui e di essergli superiore al tempo stesso. Lei lo amò realmente perché non la dominava, perché lei gli era superiore nella passione."

"No, perché ora che ho trovato un uomo che mi ha conquistato sono tremendamente felice."

Allendy mi fa domande su Henry. Alla fine osserva che io lo domino socialmente. Osserva anche che ho scelto di mettermi nella situazione della rivale di una donna che so che vincerà, e in questo modo sono andata in cerca del dolore. Che ho amato uomini più deboli di me e ho sofferto per questo. Allo stesso tempo ho una paura estrema del dolore, e questo mi fa dividere i miei amori in modo che ciascuno serva da rifugio contro l'altro. Ambivalenza. Voglio amare un uomo più forte e non posso.

Dice che è un senso di inferiorità dovuta alla mia fragilità fisica da bambina. Ero convinta che gli uomini amassero soltanto donne sane e robuste. Eduardo mi parlava di prorompenti ragazze cubane. La prima attrazione che provò Hugo fu per una ragazza grassa. Tutti facevano commenti sulla mia magrezza e mia madre citava il proverbio spagnolo: "Le ossa sono buone per i cani." Quando andai all'Havana, dubitavo di poter piacere perché ero magra. Questo tema continuò e si manifestò anche nel momento in cui Henry mi ferì con la sua ammirazione del corpo di Natasha perché gli sembrava abbondante.

Allendy: "Lo sa che a volte il senso di inferiorità sessuale è dovuto proprio alla consapevolezza della propria frigidità?"

È vero che fino a diciotto o diciannove anni ero piuttosto indifferente al sesso, e persino allora, tremendamente romantica ma non veramente pronta sessualmente. Ma dopo! "E se fossi frigida, sarei così preoccupata del sesso?"

Allendy: "Ancora di più."

Silenzio. Sto pensando che nonostante tutte le gioie tremende che Henry mi ha dato non ho ancora provato un vero orgasmo. La mia reazione non sembra condurre a un vero e proprio apice orgasmico ma è disseminata in uno spasmo meno centrato, più diffuso. Ho avuto degli orgasmi talvolta con Hugo, e quando mi sono masturbata, ma forse questo succede perché a Hugo piace che io chiuda le gambe mentre Henry me le fa aprire tanto. Ma questo, ad Allendy non lo direi.

Dai miei sogni Allendy seleziona il desiderio preciso di essere punita, umiliata, o abbandonata. Sogno un Hugo crudele, un Eduardo timoroso o un John impotente.

"Questo le deriva da un senso di colpa per avere amato troppo suo padre. Sono sicuro che in seguito lei ha amato sua madre molto di più."

"È vero. L'ho amata terribilmente."

"E adesso cerca la punizione. E le piace soffrire, perché le ricorda le sofferenze che ha sopportato con suo padre. In uno dei suoi sogni, quando l'uomo le entra dentro a forza, lei lo odia."

Mi sento oppressa, come se le sue domande fossero delle aggressioni. Ho un terribile bisogno di lui. Tuttavia l'analisi non aiuta. Il dolore di vivere non è niente in confronto al dolore di questa analisi minuziosa.

Allendy mi chiede di rilassarmi e di dirgli che cosa succede nella mia mente. Ma quel che succede nella mia mente è l'analisi della mia vita.

Allendy: "Lei sta cercando di identificarsi con me, di fare il mio lavoro. Non ha forse desiderato di superare gli uomini nel loro lavoro? Di umiliarli con il suo successo?"

"In verità no. Non faccio che aiutare gli uomini nel loro lavoro, faccio sacrifici per loro." Io li incoraggio, li ammiro, li applaudo. No, Allendy ha assolutamente torto.

Mi dice: "Forse lei è una di quelle donne che sono amiche e non nemiche degli uomini."

"Le dirò di più. Il mio sogno originale era di essere sposata con un genio e di servirlo, non di essere io il genio. Quando ho scritto il mio libro su Lawrence, volevo che Eduardo collaborasse con me. Persino ora so che lui avrebbe potuto scriverne uno migliore, solo che sono io che ho l'energia, l'impulso."

Allendy: "Lei conosce il complesso di Diana, la donna che invidia l'uomo e il suo potere sessuale?"

"Questo l'ho provato, sì, sessualmente. Mi sarebbe piaciuto essere in grado di possedere June e altre belle donne."

Ci sono certe idee che Allendy abbandona, come se intuisse la mia suscettibilità. Ogni volta che mette il dito sulla mia mancanza di sicurezza, io soffro. Soffro quando mette il dito sulla mia carica sessuale, sulla mia salute, sul mio senso di solitudine, perché non esiste un solo uomo con cui potrei confidarmi interamente.

Mi lascio andare sul lettino e sento un'ondata di dolore, di disperazione. Allendy mi ha fatto male. Piango. Piango anche di vergogna, di autocommiserazione. Mi sento debole. Non voglio che mi veda piangere e volto la faccia. Poi mi alzo e lo affronto. I suoi occhi sono molto dolci. Voglio che mi consideri una donna superiore. Voglio che mi ammiri. Mi piace quando dice: "Lei ha sofferto molto."

Quando lo lascio, vivo in un sogno, rilassata, calda, come se avessi traversato regioni fantastiche. Eduardo dice che sono come una chioccia seduta sulle sue uova.

Allendy: "Può dirmi, esattamente, perché era così turbata l'ultima volta?"

"Pensavo che alcune delle cose che aveva detto rispondessero a verità."

Mi piacerebbe parlargli semplicemente dei giorni che ho passato con Henry. Dopo Henry, l'analisi mi risulta sgradevole. Incomincio docilmente ma sento una crescente resistenza. Confesso ad Allendy che non l'ho odiato ma anzi, in un modo tutto femminile, mi è piaciuto che lui sia riuscito a farmi piangere. "Lei si è dimostrato più forte di me. E questo mi piace."

Comunque, col passare delle ore incomincio a pensare che sta sollevando delle difficoltà che potrei risolvere vivendo, che risveglia le mie paure e i miei dubbi. Per questo, lo odio. Leggendo i miei sogni osserva che sono scritti con una franchezza più che mascolina. Adesso lo ritrovo a sondare gli elementi mascolini in me. Amo Henry perché mi identifico con lui e con il suo amore e il suo possesso di June? No, questo è falso. Penso alla notte in cui Henry mi insegnò a sdraiarmi su di lui e a come non mi piacque. Ero più felice quando giacevo sotto di lui, passivamente. Penso alla mia incertezza con le donne, al fatto che non sono sicura del ruolo che voglio giocare. In un sogno è June che ha il pene. Allo stesso tempo, ammetto con Allendy che ho immaginato di poter avere una vita più libera come lesbica perché avrei potuto scegliere una donna, proteggerla, lavorare per lei, amarla per la sua bellezza mentre lei avrebbe potuto amarmi come si ama un uomo, per il suo talento, per i suoi successi, per il suo carattere. (Stavo ricordandomi di Stephen in *The Well of Loneliness*, che non era bello, che era persino rimasto sfigurato in guerra, e che era amato da Mary.) Questo lenirebbe il tormento della mia mancanza di sicurezza nei miei poteri femminili. Eliminerebbe tutte le preoccupazioni per la mia bellezza, la mia salute, o la mia potenza sessuale. Mi renderebbe sicura perché tutto dipenderebbe dal mio talento e dalla mia creatività artistica nelle quali io credo.

Allo stesso tempo mi resi conto che Henry mi aveva amato proprio per queste ultime cose, e io mi ci stavo abituando. Henry dava anche poca importanza alle mie attrattive fisiche. Potrei guarire grazie al puro e semplice coraggio di continuare a vivere. Potrei guarirmi da sola. Non ho veramente bisogno di lei, Allendy!

Ogni volta che Allendy mi chiede di chiudere gli occhi, di rilassarmi e parlare, io procedo con la mia analisi. Dico tra me: "Mi sta dicendo ben poco che io non sappia." Ma questo non è vero, perché mi ha chiarito l'idea di colpa. Ho capito all'improvviso perché sia io sia Henry scrivevamo lettere d'amore a June mentre stavamo innamorandoci l'uno dell'altra. Mi ha anche chiarito l'idea di punizione. Porto Hugo in rue Blondel e lo spingo all'infedeltà per punire me stessa per le mie infedeltà. Glorifico June per punire me stessa di averla tradita.

Eludo ulteriori domande di Allendy. Lui procede a tastoni. Non riesce a trovare niente di definito. Suggerisce molte ipotesi. Cerca anche di sondare i miei sentimenti verso di lui, e io gli dico del mio interesse per i suoi libri. Sono malignamente consapevole che si aspetta che mi interessi di lui, e non mi piace fare questo gioco sapendo che è un gioco. Tuttavia il mio interesse è sincero. Gli dico anche che non mi importa più se mi ammiri o no. E che è una vittoria su me stessa.

Mi umilia confessargli i miei dubbi. E così oggi l'ho odiato. Mentre ero in piedi davanti a lui, sul punto di andarmene, ho pensato, in questo momento sono meno sicura che mai. È intollerabile.

Con quale gioia mi sono data a Henry il giorno dopo!

La casa è addormentata. I cani sono silenziosi. Sento il peso della solitudine. Vorrei essere nell'appartamento di Henry, anche solo per asciugare i piatti che lui lava. Vedo il suo panciotto, sbottonato, perché l'abito smesso che gli hanno dato è troppo stretto per lui. Vedo il risvolto liso sotto il quale mi piace infilare la mano, la cravatta con la quale giocherello mentre mi parla. Vedo i capelli biondi sul suo collo. Vedo l'espressione che ha quando porta fuori la spazzatura, surrettizia, quasi vergognosa. Vergognosa, anche, della sua mania per l'ordine, che lo costringe a lavare i piatti, a riordinare la cucina. Mi dice: "Questo June lo criticava, diceva che ero poco romantico." Ricordo, dagli appunti di Henry, il disordine regale di cui lei faceva mostra. Non so cosa dire. Sono entrambi dentro di me: la donna che si comporta come Henry e la donna che sogna di comportarsi come June. Una vaga tenerezza mi attira verso Henry, che lava i piatti con tanta serietà. Non posso tormentarlo per questo. Lo aiuto. Ma la mia immaginazione è fuori della cucina. Mi piace la cucina solo perché c'è Henry. Ho persino desiderato che Hugo rimanesse via molto più a lungo in modo che io potessi vivere a Clichy. È la prima volta che ho desiderato una cosa del genere.

"È andata così," dice Henry, "ho sottolineato eccessivamente gli aspetti crudeli e maligni di June perché mi interessava il male. Il problema è proprio questo; non ci sono delle persone veramente cattive al mondo, June non è veramente cattiva. Fred ha ragione. Lei cerca disperatamente di esserlo. È stata una delle prime cose che mi disse la sera che la incontrai. Voleva che la considerassi una *femme fatale*. Il male mi ispira. Mi preoccupa, come preoccupava Dostoevskij."

I sacrifici che June fece per Henry. Erano sacrifici, o cose che lei faceva per esaltare la sua personalità? Sono io che mi domando questo. Lei non fa sacrifici oscuri. Ne fa di vistosi, però. Di drammatici. Io ho fatto sacrifici oscuri, piccoli o grandi che fossero. Ma preferisco la prostituzione di June, la sua ricerca di denaro, le sue commedie. Nel frattempo, Henry può anche morire di fame. Lei lo serve ma solo in modo incostante e fantastico oppure niente affatto. Ha esortato Henry a lasciare il suo lavoro. Voleva lavorare per lui. (Segretamente ho intuito la prostituzione, e dire che è stato per Henry solo un voler trovare una giustificazione.) E così June ha trovato una magnifica giustificazione. Ha fatto sacrifici eroici per Henry. E tutto questo ha contribuito alla personalità di June. Dico a Henry: "Perché sei così implacabile con i suoi difetti? E perché scrivi meno dei suoi aspetti magnifici?"

"È la stessa cosa che dice June. Non fa che ripetere 'Dimentichi questo, e dimentichi quest'altro. Ti ricordi soltanto delle cose sbagliate.' La verità, Anaïs, è che io do per scontata la bontà. Mi aspetto che tutti siano buoni. È il male che mi affascina."

Mi viene in mente un debole tentativo di vivere una delle mie fantasie. Un pomeriggio, dopo che mi aveva tormentato, tornai da Henry come indemoniata. Gli dissi che la sera dopo sarei uscita con una donna. Alla Gare Saint-Lazare avevo visto una puttana con la quale desideravo moltissimo parlare, e avevo immaginato di uscire con lei. Adesso, entrando come un ciclone nell'appartamento di Henry, come avrebbe fatto June, avrei potuto anticipare un evento curioso, che Henry si sarebbe fatto raccontare volentieri più tardi. Ma mi resi conto istantaneamente che stava scrivendo, e che era in vena di cose serie. Lo avevo disturbato. Aveva sperato che mi sarei seduta con lui ad aiutarlo a organizzare il suo libro. Le mie intenzioni evaporarono. Ero contrita, addirittura.

June avrebbe interrotto la scrittura, precipitando Henry in altre esperienze, per rimandarne la digestione, luminosa come una fata in continuo movimento, e Henry avrebbe imprecato per poi dire: "June è un personaggio interessante."

Così tornai a Louveciennes e dormii. Il giorno dopo quando Henry mi chiede: "Cosa hai fatto ieri sera?", vorrei tanto avere qualcosa da raccontargli. Assumo una strana espressione. Lui pensa che la capirà leggendo il diario più tardi.

Mi chiedo che effetto faccia aver letto tutto il mio diario rosso. Henry non ha detto granché mentre lo stava leggendo, ma di quando in quando ha scosso la testa o ha riso. In effetti ha detto che il mio diario era terribilmente franco, e che le descrizioni dei sentimenti sessuali erano incredibilmente forti. Io non sminuzzo le mie parole. Lo avevo ritratto bene, in modo lusinghiero, ma veritiero. Tutto quello che avevo detto di June era vero. Si era aspettato qualcosa di simile alla mia relazione con Eduardo. Era sessualmente eccitato dal mio sogno di June e da altre pagine. "Naturalmente," ha detto, "sei una narcisista. È questa la *raison d'être* del diario. Tenere un diario è una forma di malattia. Ma va bene lo stesso. È molto interessante. Non conosco un diario più interessante del tuo. E non conosco una donna che scriva così francamente."

Protestai, perché pensavo che il narcisista fosse colui che ama solo se stesso, e mi sembrava...

Era narcisismo comunque, disse Henry. Tuttavia ho la sensazione che abbia apprezzato il diario. Mi ha tormentato a proposito di Fred, dicendo che temeva che mi sarei concessa a lui come avevo fatto con Eduardo, per compassione, e ne era geloso. Mi baciò mentre lo diceva.

138

Hugo ritorna, e mi sembra un giovane figlio. Mi sento vecchia, sciupata, ma tenera e gioiosa. Riposo sul letto carnale di un'enorme fatica. Tutto quello che porto via a Henry è enorme.

Se mi addormento è perché sono sovraccarica. Dormo perché un'ora con Henry contiene cinque anni della mia vita, e una sola frase, una sola carezza, esaudiscono le speranze di cento notti. Quando lo sento ridere, dico: "Ho sentito Rabelais." E inghiotto la sua risata come fosse pane e vino.

Invece di imprecare, ora lui sta germogliando, coprendo tutti gli spazi che gli sono sfuggiti nelle sue corse sensazionali con June. È al riparo dal tormento, dalla velenosità, dal dramma e dalla follia. E, in un tono che non gli ho mai sentito prima, dice come a inciderlo per sempre: "Ti amo."

Mi addormento tra le sue braccia, e dimentichiamo di finire la seconda fusione di noi stessi. Lui si addormenta con le dita intinte nel mio miele. Per dormire in questo modo devo aver trovato la fine del dolore.

Cammino per le strade con passo deciso. Ci sono solo due donne al mondo: June e io.

Anaïs: "Francamente, oggi io la odio. Sono contro di lei."

Allendy: "Ma perché?"

"Sento che lei mi ha tolto quel poco di sicurezza che avevo. Mi sento umiliata perché mi sono confessata con lei, e io mi confesso così raramente."

"Ha paura di essere meno amata?"

"Sì. Decisamente. Io devo avere una specie di guscio intorno a me. Voglio essere amata."

Gli racconto del mio comportamento con Henry, un comportamento da bambina dovuto alla mia ammirazione. Gli dico che avevo temuto che questo sminuisse la sensualità di Henry.

Allendy: "Al contrario, un uomo ama provare questo senso d'importanza che lei gli dà."

"Io ho immaginato immediatamente che mi avrebbe amato di meno."

Allendy era stupito della mia insicurezza. "Per un analista, naturalmente, è molto chiaro, persino nel suo aspetto."

"Nel mio aspetto?"

"Sì. Io mi sono accorto subito che lei ha un portamento e dei modi seducenti. Solo la gente che è insicura si comporta in modo seducente."

Ridiamo entrambi di questo.

Gli dissi che avevo immaginato di vedere mio padre al mio recital di danza a Parigi, mentre era inequivocabilmente dimostrato che all'epoca era a Saint-Jean de Luz. La cosa mi provocò un trauma.

"Lei voleva che ci fosse. Lei lo voleva abbagliare. Allo stesso tempo ne è rimasta spaventata. Ma poiché lei ha sempre desiderato sedurre suo padre fin da quando era bambina e non ci è riuscita, ha anche sviluppato un forte senso di colpa. Vuole abbagliare fisicamente, ma quando ci riesce, qualcosa la fa fermare. Mi ha detto di non aver più ballato da allora."

"No. Ho persino provato una forte avversione verso la danza. La cosa era dovuta anche alla mia cattiva salute."

"Comunque non ho dubbi che se lei avesse successo come scrittrice, smetterebbe anche di scrivere per punire se stessa."

Altre donne, che hanno talento ma sono brutte, sono soddisfatte di sé, sicure, magnifiche, e io che ho talento e sono attraente, almeno così dice Allendy, piango perché non assomiglio a June e non ispiro passione.

Cerco di spiegargli questo. Mi sono messa nella peggior posizione possibile amando Henry e condividendolo con una June che è la mia più grande rivale. Mi sto esponendo a un colpo mortale e decisivo poiché sono sicura che Henry sceglierà June (come farei io se fossi un uomo). E so anche che se June tornerà, non mi preferirà a Henry. E così posso solo perdere in entrambi i casi. E sto rischiando proprio questo. Tutto mi ci spinge (Allendy mi dice che è masochismo). Cerco di nuovo il dolore. Se dovessi lasciare Henry adesso, di mia spontanea volontà, sarebbe solo per soffrire meno.

Provo due impulsi: uno masochista e rassegnato e l'altro che cerca una via di scampo. Anelo a trovare un uomo che mi salvi da Henry e da questa situazione. Allendy ascolta e ci medita sopra.

Una sera nella cucina di Henry – lui e io soli – parliamo fino a svuotarci. Lui intavola il discorso del mio diario rosso, mi dice da quali errori devo guardarmi, e poi aggiunge: "Lo sai cosa mi lascia interdetto? Quando scrivi di Hugo, scrivi delle cose meravigliose, ma allo stesso tempo non sono convincenti. Non dici niente che possa provocare la tua ammirazione o il tuo amore. Sembra tutto forzato."

Io mi sento immediatamente angosciata, come se fosse Allendy che mi mette in discussione.

"Non è affar mio fare domande, Anaïs," continua Henry, "ma ascolta, non ne sto facendo un fatto personale. Devo dire che Hugo mi piace, penso che sia simpatico. Ma sto solo cercando di capire la tua vita. Immagino che tu lo abbia sposato quando il tuo carattere non era ancora completamente formato, o per amore di tua madre o di tuo fratello."

"No, no, non per questo. Io lo amavo. Per mia madre e mio fratello avrei dovuto sposarmi all'Havana, nell'alta società, un matrimonio ricco, e questo non potevo proprio farlo."

"Il giorno che Hugo e io andammo a fare una passeggiata, cercai di capirlo fino in fondo. La verità è che, se avessi visto solo lui a Louveciennes, sarei venuto una volta sola, avrei detto che è un uomo simpatico, e me ne sarei dimenticato del tutto."

"Hugo è inarticolato," dissi io. "Ci vuole tempo per conoscerlo." E intanto la mia vecchia, segreta e immensa insoddisfazione zampilla come un veleno, e io continuo a dire delle cose stupide sulla banca che lo deprime, e su come è diverso in vacanza.

Henry impreca: "È così evidente che tu gli sei superiore." Sempre quella frase odiosa, anche da John. "Solo nell'intelligenza," dico io.

"In tutto," dice Henry. "E ascolta, Anaïs, rispondimi. Non stai semplicemente facendo un sacrificio. Non sei veramente felice, vero? A volte vuoi scappare da Hugo?" Non riesco a rispondere. Piego la testa e piango. Henry mi viene vicino.

"La mia vita è un disastro," dico. "Stai cercando di farmi ammettere una cosa che non ammetterei neanche a me stessa, come hai potuto capire dal diario. Hai intuito quanto io *voglia* amare Hugo e in che modo lo faccia. Adesso non faccio che avere delle visioni di come sarebbe potuto essere qui, con te, per esempio. Come sono stata soddisfatta, Henry."

"Per adesso, solo con me," dice Henry, "ma sbocceresti con tanta rapidità che bruceresti presto tutto quello che posso darti per passare a un altro. Non ci sono limiti a quello che potrebbe essere la tua vita. Ho visto come puoi nuotare in una passione, in una vita più ampia. Ascolta, se chiunque altro facesse le cose che hai fatto tu, io le definirei delle sciocchezze, ma in un modo o nell'altro tu le fai sembrare terribilmente giuste. Questo diario, per esempio, è così ricco, così terribilmente ricco. Tu dici che la mia vita è ricca ma è solo ricca di avvenimenti, di incidenti, di esperienze e di gente. Quel che è veramente ricco, sono queste pagine e con un materiale così scarso."

"Ma pensa che cosa farei con più materiale," dico io. "Pensa a quel che hai detto del mio romanzo, che il tema (la fedeltà) era un anacronismo. Questo mi ha ferito. Era come una critica della mia vita. E dire che io non posso commettere un crimine, e ferire Hugo sarebbe un crimine. E inoltre, lui mi ama come non mi ha mai amato nessun altro."

"Non hai mai dato una vera possibilità a nessun altro."

Mi torna in mente questo mentre Hugo sta curando il

giardino. Ed essere con lui adesso mi dà la sensazione di vivere in uno stato d'animo che provavo a vent'anni. È colpa sua, questa giovinezza della nostra vita insieme? Dio mio, posso chiedermi su Hugo quello che Henry si chiede su June? Lui l'ha completata. E io ho completato Hugo? La gente dice che in lui non c'è altro che me. La sua grande capacità di perdersi, per amore. Questo mi commuove. Persino ieri sera ha parlato della sua incapacità di mescolarsi ad altra gente, dicendo che io ero l'unica a cui si sentiva vicino, con cui era felice. Questa mattina in giardino era in estasi. Mi voleva lì, vicino a lui. Lui mi ha dato amore. E cos'altro?

In lui amo il passato. Ma tutto il resto è sfumato via.

Dopo quanto avevo rivelato a Henry sulla mia vita, ero disperata. Era come se fossi una criminale, come se fossi stata in prigione, e fossi finalmente libera e pronta a lavorare in modo onesto e duro. Ma non appena la gente scopre il tuo passato non ti dà più lavoro e si aspetta che tu ti comporti di nuovo come un criminale.

Non ne posso più di me stessa, dei miei sacrifici e della mia pietà, di tutto quello che mi incatena. Ricomincerò tutto daccapo. Voglio passione e piacere e rumore e ubriachezza e tutto il male del mondo. Ma il mio passato torna in superficie inesorabilmente, come un tatuaggio. Devo costruirmi un nuovo guscio, e indossare un nuovo costume.

Mentre aspetto Hugo in macchina scrivo su una scatola di sigarette (sul retro delle Sultanes c'è un bel po' di spazio roseo).

Hugo ha scoperto questo: non ho visto il giardiniere per il giardino, il muratore per le crepe nella piscina, non ho fatto i miei conti, ho saltato la prova del mio abito da sera, ho infranto ogni routine.

Una sera Natasha telefona. Ho lasciato credere di aver passato le notti nel suo appartamento. Mi chiede: "Cos'hai fatto in questi ultimi dieci giorni?" Non posso rispondere altrimenti Hugo mi sentirebbe. "Come mai ha chiamato Natasha?" chiede Hugo.

Più tardi, a letto. Hugo sta leggendo. Mentre scrivo, quasi sotto i suoi occhi, non può sospettare che quel che scrivo è così ingannevole. Sto pensando di lui le cose peggiori che io abbia mai pensato.

Oggi mentre lavoravamo in giardino ho avuto la sensazione di essere di nuovo a Richmond Hill, immersa in libri e in *trances*, con Hugo che mi passava accanto, sperando in un mio sguardo. *Mon Dieu*, per un momento oggi ero innamorata di lui, dell'anima e del corpo vergine di quei giorni lontani. Una parte di me è cresciuta incommensurabilmente, mentre io sono rimasta attaccata al mio giovane amore, a un ricordo. E ora la donna che giace nuda nel grande letto guarda il suo giovane amore che si piega su di lei e non lo desidera.

Dopo quella conversazione con Henry, in cui ammisi più di quanto non avrei mai ammesso neanche con me stessa, la mia vita si è alterata ed è divenuta in qualche modo deforme. L'irrequietezza che prima era vaga e senza nome adesso è diventata intollerabilmente chiara. È qui che mi pugnala, al centro della struttura più perfetta e più costante: il matrimonio. Quando questa vacilla, la mia vita intera va in briciole. Il mio amore per Hugo è divenuto fraterno. Guardo quasi con orrore questo cambiamento, che non è improvviso, ma lento a manifestarsi in superficie. Avevo chiuso gli occhi a tutti i segnali. Più di ogni cosa temevo di ammettere che non volevo la passione di Hugo. Avevo contato sulla facilità con cui avrei distribuito il mio corpo. Ma non è vero. Non è mai stato vero. Quando mi precipitavo verso Henry, era tutto Henry. Sono spaventata perché ho capito fino a che punto sono imprigionata. Hugo mi ha sequestrato, ha nutrito il mio amore per la solitudine. Mi spiace per tutti quegli anni in cui lui non mi ha dato altro che il suo amore e io mi sono rifugiata in me stessa per il resto. Anni famelici, pericolosi.

Dovrei spezzare la mia vita intera, e non posso farlo. La mia vita non è altrettanto importante di quella di Hugo, e Henry non ha bisogno di me perché ha June. Ma quello che è cresciuto in me fuori e oltre Hugo, qualunque cosa sia, continuerà a crescere.

MAGGIO

Mai come stanotte ho capito che il mio scrivere un diario è un vizio, una malattia. Sono tornata a casa alle sette e mezzo esausta dopo una notte magnifica con Henry e tre ore con Eduardo. Non avevo la forza di tornare da Henry. Ho cenato, fumato una sigaretta come in un sogno. Poi sono scivolata nella mia stanza, provando la sensazione di esservi rinchiusa, di ricadere dentro me stessa. Ho preso il diario dal suo ultimo nascondiglio sotto il mio tavolino da toilette e l'ho gettato sul letto. E ho avuto la sensazione che proprio così un fumatore d'oppio si prepari la sua pipa. Il diario, come un frammento di me stessa, condivide la mia duplicità. Dov'è finita la mia terribile fatica? Di quando in quando smetto di scrivere e provo un senso di profondo letargo. Poi un sentimento demoniaco mi incita a continuare.

Mi confido con Allendy. Parlo profusamente della mia infanzia, cito dal mio diario infantile alcune frasi chiave sulla figura paterna: è così comprensibile, adesso, la mia passione per lui. Anche il mio senso di colpa: pensavo di non meritarmi niente.

Discutiamo un po' gli aspetti finanziari e io gli dico che il costo delle visite non mi permette di vederlo più spesso. Lui non solo riduce a metà la sua parcella ma mi propone di pagarlo in parte svolgendo alcuni lavori per lui. Sono lusingata.

Parliamo di fatti fisici. Sono sotto peso. Qualche chilo in più mi darebbe sicurezza. Potrebbe Allendy completare il trattamento psichico con qualche medicina? Gli confesso il timore che i miei seni siano piccoli, forse perché avendo in me elementi mascolini metà del mio corpo è adolescenziale.

Allendy: "Il suo seno non è per niente sviluppato?"

"No." Mentre ci disperdiamo in chiacchiere gli dico: "Lei è un dottore; è più semplice se glielo faccio vedere." E lo faccio. Allora lui ride delle mie paure. "Perfettamente femminile," dice, "piccolo ma ben formato – un corpo delizioso. Qualche chilo in più, sì." Ma come sono sproporzionate le critiche che muovo a me stessa!

Allendy ha osservato l'innaturalezza della mia personalità. Come se fosse avvolta in una nebbia, velata. Questo non mi è nuovo, salvo che non sapevo che potesse essere così facilmente leggibile. Per esempio, le mie due voci, che ultimamente sono diventate decisamente evidenti: una, secondo Fred, è quella di una bambina prima della sua prima comunione, timida, quasi inudibile. L'altra è sicura, più profonda. Questa viene fuori quando ho moltissima sicurezza.

Allendy pensa che io abbia creato una personalità completamente artificiale, come un guscio. Io mi nascondo. Ho costruito un atteggiamento che è seducente, affabile, gaio, e dentro a questo io sono nascosta.

Gli avevo chiesto di aiutarmi fisicamente. Era un'azione sincera, quella di mostrargli i miei seni? Volevo avere la riprova del mio fascino su di lui? Non mi hanno forse fatto piacere i suoi complimenti? O che abbia mostrato più interesse per me?

È Allendy o Henry che mi sta curando?

Il nuovo amore di Henry mi regala uno stato di beatitudine, quale non ho mai conosciuto. Voleva resistermi. Non voleva consegnarsi al mio potere. Non voleva aggiungere il suo nome alla "lista" dei miei amanti. Non voleva fare troppo sul serio. E ora? Ora vuole essere mio marito, avermi con sé tutto il tempo; scrive lettere d'amore alla bambina che ero a nove anni, che lo ha commosso profondamente. Vuole proteggermi e darmi delle cose.

"Non avrei mai pensato che una cosetta così fragile potesse avere tanto potere. Ho mai detto che non eri bella? Come ho potuto? Tu sei bella, sei bella!" Quando mi bacia ora non mi ritraggo più.

Adesso riesco a morderlo quando siamo a letto insieme. "Ci divoriamo a vicenda, come due selvaggi," ha detto lui.

Amo la mia paura di farmi vedere nuda. Lui ama *me*. Ridiamo del mio aumento di peso. Mi ha fatto cambiare pettinatura perché non gli piaceva il mio severo stile spagnolo. Ho raccolti i capelli sulla testa sopra le orecchie. Sento il vento che me li scuote. Sembro più giovane. Non cerco di essere la *femme fatale*. È inutile. Mi sento amata per me stessa, per il mio io interiore, per ogni parola che scrivo, per le mie timidezze, i miei dolori, le mie lotte, i miei difetti, la mia fragilità. E io amo Henry nello stesso modo. Non riesco neanche a odiare la sua attrazione per altre donne. A dispetto del suo amore per me, gli interessa incontrare Natasha e Mona Paiva, la ballerina. Ha una curiosità diabolica per la gente. Non ho mai conosciuto un uomo con tanti aspetti, con una gamma così ampia di comportamenti.

Avere un giorno d'estate come oggi e una notte con Henry: non chiedo niente di più.

Henry mi mostra le prime pagine del suo prossimo libro (*Primavera Nera*). Ha assorbito il mio romanzo scrivendone una fantastica parodia, in parte incitato dalla sua gelosia e dalla sua rabbia, perché l'altra mattina, lasciandolo, Fred mi ha chiamato nella sua stanza e ha voluto baciarmi. Io non gliel'ho permesso, ma Henry ha sentito il silenzio e ha immaginato la scena e la mia infedeltà. Le pagine mi esaltarono: la loro perfezione e raffinatezza, la loro acutezza e il tono fantastico. Contengono anche del-

147

la poesia, e una segreta tenerezza. Ha creato un angolo speciale dentro di sé tutto per me.

Henry si aspettava che avessi scritto dieci pagine sulla notte passata a parlare fino all'alba. Ma è successo qualcosa alla donna con il quaderno degli appunti. Sono tornata a casa e sono sprofondata nel piacere che lui mi dà come dentro a una calda giornata estiva. Il diario è secondario. Tutto è secondario rispetto a Henry. Se non avesse June, darei tutto per vivere con lui. Ogni aspetto di lui mi ha in pugno: Henry che corregge il mio romanzo con sorprendente attenzione, con interesse, con sarcasmo, con ammirazione, con comprensione completa; Henry, senza fiducia in se stesso, così straordinariamente modesto; Henry, il demone che mi scopa, facendo commenti diabolici; Henry che nasconde i suoi sentimenti a Fred e mostra a me una tremenda tenerezza. Ieri sera a letto, mezzo addormentato, stava ancora mormorando: "Sei così meravigliosa, non c'è uomo che ti valga."

Mi ha reso più onesta con me stessa. Poi dice: "Mi dai tanto, tanto, e io non ti do niente."

Anche lui manca di sicurezza. Si trova a disagio in certe situazioni sociali se sono appena un po' chic. Non è sicuro del mio amore. È convinto che io sia estremamente sensuale e pertanto possa lasciarlo facilmente per un altro uomo e poi per un altro ancora. Di questo non posso che ridere. Sì, è vero che mi piacerebbe essere scopata cinque volte al giorno, ma solo se sono innamorata. Questo è sicuramente uno svantaggio, un inconveniente. E poi posso amare un solo uomo alla volta. "Voglio che tu ti fermi con me," dice Henry. "Mi piace che tu non sia promiscua. Ero terribilmente preoccupato quando davi segni di interesse per Montparnasse." Poi incomincia a baciarmi. "Mi hai preso, Anaïs." Talvolta ha per me delle carezze giocose, quasi infantili. Ci struscìamo naso contro naso, oppure mi mastica le ciglia, o fa scorrere il pollice sul contorno del mio viso. Poi vedo un Henry che è come uno gnomo, un piccolo Henry, così tenero.

Fred è sicuro che Henry mi stia facendo terribilmente

male. Ma Henry non può più farmi del male. Persino la sua infedeltà non potrebbe ferirmi. Inoltre ho meno bisogno di tenerezza. Henry mi ha indurito. Quando scopro che non gli piace il mio profumo perché è troppo delicato, sulle prime sono un po' offesa. Fred adora il Mitsouko, ma a Henry piacciono profumi forti e acri. Esige sempre sicurezza, potenza.

È come quando mi ha chiesto di cambiare pettinatura perché gli piacciono i capelli scarmigliati, al naturale. Quando ha pronunciato la parola "naturale" io l'ho capita fino in fondo, come se fosse qualcosa che avevo desiderato. Capelli scompigliati. Mi passa le mani forti e robuste tra i capelli. Quando dormiamo ha i miei capelli in bocca. E quando mi metto le mani dietro la testa, sollevandomi i capelli, alla greca, lui esclama: "È così che mi piacciono."

A Clichy mi sento a casa. Hugo non mi è necessario. Gli porto soltanto la mia stanchezza da notti insonni, una stanchezza gioiosa. Il mattino presto quando scivolo fuori dell'appartamento di Henry, gli operai di Clichy sono svegli. Mi porto via il mio diario rosso, ma è solo un'abitudine, perché non porto via nessun segreto, Henry ha letto i miei diari (questo, non ancora). Porto via anche qualche pagina del libro di Fred, delicata, come un acquerello, qualche pagina del libro di Henry, che è come un vulcano. Il mio vecchio schema di vita è a pezzi. Giace intorno a me in frantumi. Grandi cose verranno da tutto questo. Sento la fermentazione. Il treno che mi riporta a casa a Louveciennes scuote frasi nella mia mente come dadi in un bicchiere.

La mia scrittura sul diario s'interrompe perché era un'intimità con me stessa. Ora è interrotta costantemente dalla voce di Henry, dalla sua mano sul mio ginocchio.

Louveciennes è come uno scrigno, rivestito di petali, scolpito, dorato, con pareti di foglioline novelle, boccioli, vialetti ben rastrellati, nomi di fiori sui bastoncini, vecchi alberi, edera bianca, vischio. Questo scrigno lo riempirò con Henry. Mi incammino su per la collina ricordando la sua aria grave, introversa, mentre guarda le ballerine. Suono il campanello pensando a una delle sue spiritose correzioni del mio libro. In camera da letto mi tolgo la biancheria macchiata. Ricordo alcune sue frasi che assaporerò durante la notte. Ho ancora in bocca il gusto del suo pene. L'orecchio mi brucia per i suoi morsi. Voglio riempire il mondo con Henry, con i suoi commenti diabolici, i suoi plagi, le sue distruzioni, le sue caricature, le sue insensatezze, le sue bugie, le sue profondità. Anche il diario sarà riempito con Henry.

Eppure gli ho detto che ha ucciso il diario. Mi aveva tormentato a questo proposito, e io ho appena scoperto un piacere vegetativo. Ero sdraiata a letto dopo cena, col vestito rosa stropicciato e macchiato. Il diario era una malattia. Ero guarita. Per tre giorni non avevo scritto. Non avevo scritto neppure della nostra folle notte a chiacchierare, quando sentimmo gli uccellini, e guardando fuori della finestra di cucina vedemmo l'alba. Avevo perso tante albe. Non m'importava niente se non di stare lì sdraiata accanto a Henry. Basta diari. Poi le sue critiche svanirono. Oh, no, sarebbe un peccato, disse. Il diario non deve morire. Gli mancherebbe.

Non è morto. Non riesco a trovare altro modo di amare il mio Henry se non quello di riempire delle pagine con lui quando non è qui a farsi accarezzare e mordere. Stamattina presto, quando l'ho lasciato, era addormentato. Volevo tanto baciarlo. Mi sentivo disperata mentre preparavo silenziosamente la mia valigia nera. Hugo tornerà a casa tra quattro ore.

Henry ha detto che nel mio romanzo è curioso notare la differenza tra me che parlo a Hugo e me che parlo a John. Con Hugo, mi comporto in modo giovane, infantile, quasi religioso. Con John, mostro maturità e disinvoltura. È lo stesso persino adesso. A Hugo do delle spiegazioni idealiste per le mie azioni, perché è questo che lui desidera. Assolutamente l'opposto di quello che do a

Henry. Henry dice che dopo aver letto il mio libro non potrà mai più fidarsi di me. La sua conoscenza del mondo lo aiuta a cogliere ogni rivelazione inconscia, ogni insinuazione. Penso che il libro ferirebbe Hugo, mentre Henry pensa che, in fondo, l'ho esaltato. Ed è vero. Henry mi ha persino aiutato a scartare alcuni passaggi che sminuivano il personaggio di Hugo. Ma non scriverò mai più di Hugo, perché quello che scrivo per lui e di lui è ipocrita e giovanile. Scrivo per lui come qualcuno potrebbe scrivere di dio, con una fede tradizionale. Le sue qualità sono per me preziose ma non sono quelle che mi ispirano. Adesso tutto questo è finito. E rinunciando allo sforzo costante di esaltare il mio amore per Hugo, mi libero anche delle ultime vestigia della mia immaturità.

Ricordo il pomeriggio in cui Henry venne a Louveciennes dopo aver letto il mio diario infantile, aspettandosi di trovare una bambina di nove anni. Era ancora commosso da quelle pagine. Ma la mia diavoleria cacciò la bambina con una risata, e ben presto riuscii a incitarlo, a fargli dire delle cose pazze e a farmi scopare. Volevo trionfare sulla bambina. Mi rifiutavo di diventare sentimentale, di regredire. Era come un duello. La donna in me è forte. E Henry disse che era ebbro a furia di guardarmi. Gli dissi che non lo volevo come marito (perché, non lo so). Risi del suo ardore. E nel momento stesso in cui se ne era andato lo avrei voluto di nuovo con me, per amarlo con ferocia. La sua serietà e il suo sentimentalismo tedesco mi avevano commosso più di quanto non volessi lasciar credere. Heinrich! Come amo le sue domande gelose, i suoi sospetti cinici, la sua curiosità. Le strade di Parigi gli appartengono, i caffè e le puttane e la scrittura moderna; lui la pratica meglio di chiunque altro. Ogni forma di forza, dalla frustata del vento a una rivoluzione, appartiene a lui.

Amo anche i suoi difetti. Uno di questi è la passione per trovare gli errori, un'abitudine demoniaca alla contraddizione. Ma è davvero importante, dato che ci capiamo a vicenda così bene che lui non riesce neanche a immaginare che possiamo discutere seriamente su qualcosa? Quando penso a lui che parla di June, vedo un uomo molto ferito. Quest'uomo tra le mie braccia non è molto pericoloso per me, perché ha bisogno di me. Dice persino: "È strano, Anaïs, ma con te mi sento rilassato. La maggior parte delle donne fanno sentire un uomo teso e sfinito. Io invece mi sento al meglio di me." Gli do un senso di assoluta intimità, come se fossi sua moglie.

Hugo è sdraiato a letto accanto a me, e io sto ancora scrivendo di Henry. L'idea di Henry seduto in cucina a Clichy mi è intollerabile. Tuttavia Hugo è cresciuto in questi giorni. Ne ridiamo insieme. Ora che siamo entrambi liberi dalle paure, viviamo facilmente. Lui ha fatto il viaggio con un impiegato della banca, un uomo semplice, tranquillo, gioioso. E hanno bevuto insieme, scambiandosi storielle oscene, e ballando nei cabaret. Finalmente Hugo ha incominciato a comunicare con gli uomini. Gli è piaciuto moltissimo. E io gli dico: "Vai via, viaggia molto. Ne abbiamo bisogno entrambi. Non possiamo farlo insieme. È una cosa che non possiamo darci a vicenda."

Penso a Fred che osserva i sacrilegi di Henry contro il buon gusto. Accendere un fiammifero sulla suola della scarpa, mettere sale sul pâté de foie gras, bere vini sbagliati, mangiare crauti. E io amo tutto questo.

Ieri Henry ha ricevuto un telegramma da June: "Mi manchi. Devo raggiungerti presto." E Henry è arrabbiato. "Non voglio che June venga a torturare me e a ferire te, Anaïs. Io ti amo. Non voglio perderti. Ieri appena sei andata via già mi mancavi. Dire che mi manchi non è la cosa giusta: io ti desidero ardentemente. Voglio sposarti. Sei preziosa, rara. Adesso ti vedo tutta quanta. Vedo la faccia della bambina, la ballerina, la donna sensuale. Mi hai fatto felice. Terribilmente felice."

Godiamo insieme con disperazione e frenesia. Sono in uno stato di estasi tale da farmi piangere. Vorrei fondermi in lui.

"Non sono io," dice lui. "È qualcosa che hai creato con la tua meravigliosa personalità." Lo costringo ad ammettere che è lui che amo, un Henry che conosco bene. Ma conosco anche il potere di June su tutti e due. Gli dico: "June ha potere su di me, ma sei tu che io amo. C'è una differenza. La capisci?"

"Ti amo anch'io allo stesso modo," risponde lui. "E anche tu hai potere anche se di un altro tipo."

"Quello che temo è che June ci separi non solo fisicamente, ma completamente."

"Non arrenderti a June," dice Henry. "Mantieni la tua mente meravigliosa. Sii forte."

"Potrei dire lo stesso a te," rispondo. "Però so che tutta la tua intelligenza non ti servirà a niente."

"Questa volta sarà diverso."

La minaccia. Ne abbiamo parlato. Siamo silenziosi. Fred è entrato nella stanza. Stiamo complottando perché io possa passare qualche giorno con Henry prima di andare in vacanza. Fred ci lascia. Henry mi bacia di nuovo. Dio, che baci. Non riesco a dormire quando ci penso. Ci sdraiamo vicinissimi. Henry dice che sono avvolta intorno a lui come un gatto. Gli bacio la gola. Quando vedo la sua gola nella camicia aperta non riesco a parlare, tanto mi scuote il desiderio. Gli sussurro rauca all'orecchio "Ti amo," tre volte, con un tono che lo spaventa. "Ti amo tanto che desidero persino darti delle donne!"

Oggi non riesco a lavorare perché le emozioni di ieri sono lì pronte a buttarmi fuori a pugni dalla dolcezza del giardino. Sono nell'aria, negli odori, nel sole, in me stessa, come i vestiti che indosso. È troppo amare così. Ho bisogno di lui accanto a me in ogni momento – più che vicino, dentro di me.

Odio June, tuttavia c'è la sua bellezza. June e io fuse insieme, come dovrebbe essere. Henry deve avere entrambe. E anch'io voglio entrambi. E June? June vuole tutto; perché la sua bellezza lo esige.

June, portami via tutto ma non Henry. Lasciami Henry. A te non è necessario. Tu non lo ami come lo amo io oggi. Tu puoi amare molti uomini. Io ne amerò solo pochi. Per me, Henry è raro.

Sto dando a Henry il coraggio di dominare e di abbagliare June. È pieno della forza che gli dà il mio amore. Ogni giorno dico che non potrei amarlo di più, e ogni giorno trovo in me più amore per lui.

Heinrich, un altro bellissimo giorno con te è finito, sempre troppo presto. E non sono completamente svuotata d'amore. Ti ho amato ieri quando sedevi con la luce sui capelli biondo grigi, il sangue caldo che traspariva dalla tua pelle nordica. La bocca aperta, così sensuale. La camicia aperta. Nelle tue mani forti tenevi la lettera di tuo padre. Penso alla tua infanzia nelle strade, alla tua adolescenza seria – ma sempre sensuale – ai molti libri. Sai che i sarti siedono come arabi, quando lavorano. Hai imparato a tagliare un paio di pantaloni quando avevi cinque anni. Hai scritto il tuo primo libro durante due settimane di vacanza. Hai suonato jazz al piano perché gli adulti potessero ballare. Talvolta ti mandavano a prendere tuo padre che stava bevendo in un bar. Potevi infilarti sotto le porte a battente, eri così piccolo. Gli tiravi il cappotto. Bevevi birra.

Tu aborrisci baciare la mano di una donna. Ti fa ridere. Stai così bene con tutti i tuoi vestiti smessi, vestiti sciupati. Adesso conosco il tuo corpo. So di quali diavolerie sei capace. Con me tu sei qualcosa di cui non trovo traccia nella tua scrittura né nelle parole di June o dei tuoi amici. Tutti pensano al tuo chiasso e alla tua potenza. Ma io ho sentito e provato la tenerezza. Ci sono parole di altre lingue che devo usare quando parlo di te. Tra me, penso: *ardiente salvaje, hombre*.

Voglio essere là dove sei tu. Sdraiata accanto a te anche se tu dormi. Henry, baciami sulle ciglia, posa le tue dita sulle mie palpebre. Mordimi l'orecchio. Tirami indietro i capelli. Ho imparato a sbottonarti così rapidamente. A succhiarti, tutto, nella mia bocca. Le tue dita.

L'ardore. La frenesia. Le nostre grida di soddisfazione. Uno per ogni impatto del tuo corpo contro il mio. Ogni colpo una pugnalata di gioia. Che procede a spirale. Il centro più profondo toccato. Il ventre succhia, avanti e indietro, si apre, si chiude. Labbra che schioccano, lingue di serpente che schioccano. Ah, lo strappo, una cella sanguigna scoppia di gioia. Dissoluzione.

Siamo tutti e tre sul divano, a guardare una cartina dell'Europa. Henry mi chiede: "Stai sempre mettendo su peso?"

"Sì, continuamente."

"Oh, Anaïs, non ingrassare," dice Fred. "Mi piaci come sei."

Henry sorride. "Ma a Henry piacciono i corpi alla Renoir," dico io.

"È vero," dice Henry.

"Ma a me piace la snellezza. Mi piacciono i seni virginali."

"In realtà dovrei amare te, Fred. È stato un errore."

Henry non sorride. Ormai conosco le sue espressioni di gelosia, ma Fred e io continuiamo a scherzare. "Fred, dopo che avrò passato qualche giorno con Henry, starò due giorni con te, in un albergo, così poi potrò portarci Henry. Gli piace essere portato negli alberghi dove sono già stata. Due giorni."

"Faremo colazione a letto. Profumo Mitsouko. Un albergo chic, sì?"

Più tardi Henry dice: "Va bene scherzare ma, Anaïs, non tormentarmi. Io sono geloso, terribilmente geloso." Vorrei ridere perché ho già dimenticato tutto sui corpi alla Renoir e i seni virginali.

Quando Henry telefona, mi sento la sua voce nelle vene. Vorrei che parlasse dentro di me. Io mangio Henry, respiro Henry, Henry è il sole. La mia mantella tra le sue braccia è stretta intorno alla mia vita.

Café de la Place Clichy. Mezzanotte. Ho chiesto a Henry di scrivere qualcosa sul diario. Lui ha scritto: "Immagino di essere ormai un personaggio celebre a cui incominciano a dare uno dei suoi libri perché scriva il suo autografo. Così scrivo con mano rigida, un po' pomposamente: *Bonjour, papa!* No, non posso scrivere sul tuo diario adesso, Anaïs. Un giorno me lo presterai, con qualche pagina bianca verso la fine – e scriverò un indice – un indice diabolico. Heinrich. Place Clichy. Non c'è niente di sacro in questo libro salvo te."

Per incoraggiarlo avevo detto: "Non c'è niente di sacro in questo libro, quindi puoi scrivere di lato o alla rovescia se ti va."

Portava un berretto e sembrava avesse trent'anni.

Ieri sera, quando Hugo dovette andare a una cena della banca e io mi resi conto che potevo andare da Henry, in una dolce notte estiva, avrei voluto gridare. Sul taxi, da sola, cantai e cullai la mia gioia, mormorando: "Henry, Henry." E tenni le gambe molto strette, contro l'invasione del suo sangue. Quando arrivai, Henry capì subito il mio umore. Emanava dal mio corpo e dalla mia faccia. Caldo sangue bianco. Henry che mi sbatte. Non c'è altra parola.

I suoi baci sono bagnati come la pioggia. Ho ingoiato il suo sperma. Lui mi ha tolto lo sperma dalle labbra con un bacio. Ho sentito l'odore del mio miele sulla sua bocca.

Vado da Allendy in uno stato di tremenda eccitazione. Innanzitutto gli dico dell'articolo che sto facendo per lui, che trovo difficile in modo scoraggiante. Lui mi dice un modo facile per scriverlo. Poi gli racconto un sogno che ho fatto in cui gli avevo chiesto di venire al concerto di piano di Joaquin perché avevo bisogno che lui ci fosse. Nel sogno era in piedi nel corridoio e torreggiava sopra l'altra gente. Leggere i suoi libri lo ha molto innalzato nella mia stima. Gli ho chiesto se sarebbe veramente venuto al concerto. So che è terribilmente occupato, tuttavia ha accettato.

Gli ho raccontato i miei sogni "acquosi" e il sogno del ballo del re. Lui ha detto che l'acqua era il simbolo della fecondazione, e l'amore del re era la conquista di mio padre attraverso altri uomini. Per il momento, secondo lui, ero in piena ascesa, e non avevo praticamente bisogno di lui. Gli dissi che non riuscivo a credere che la psicoanalisi funzionasse con tanta rapidità. Ne lodai profondamente l'efficacia. E anche il suo atteggiamento nei miei confronti mi riempì di gioia. Osservai di nuovo la bellezza dei suoi occhi celtici. Poi lui fece un'abile analisi del mio matrimonio, sulla base di piccoli indizi raccolti qua e là.

"Ma," dice Allendy, "adesso arriva la prova della maturità assoluta: la passione. Lei ha modellato Hugo come una madre, e lui è il suo bambino. Hugo non può suscitare la sua passione. Lui d'altronde la conosce così intimamente che forse anche la sua passione si rivolgerà altrove. Avete attraversato delle fasi insieme, ma ora ve ne andrete ciascuno per la propria strada. Lei stessa ha conosciuto la passione con un altro. Tenerezza, comprensione e passione di solito non sono legate tra loro. Ma in fondo, la tenerezza e la comprensione sono così rare."

"Ma sono immature," risposi io. "La passione è così potente."

Allendy sorrise, tristemente, mi parve. Allora dissi: "Mi sembra che questa analisi potrebbe applicarsi anche ai sentimenti di Eduardo."

"No. Eduardo la ama davvero, e lei ama lui, ne sono convinto."

Allendy si sbagliava. Quando lo lasciai, ancora esuberante e coraggiosa, parlai con Eduardo. "Senti, tesoro," gli dissi, "credo che noi ci amiamo davvero, fraternamente. Non possiamo fare a meno l'uno dell'altra, perché tra noi c'è tanta comprensione. Se ci fossimo sposati, sarebbe stato un matrimonio come quello mio e di Hugo.

Avresti lavorato, saresti cresciuto, saresti stato felice. Siamo così delicati e attenti tra di noi. Ma vogliamo anche la passione. Però io non posso mai guardarti come guarderei altri uomini. E tu non potresti provare per me la stessa passione che proveresti per una donna di cui non conosci l'anima. Credimi, ho ragione. Non soffrire per questo, mi sento vicina a te. Tu hai bisogno di me. Abbiamo bisogno l'uno dell'altra. Ma la passione la troveremo altrove."

Eduardo si rende conto che in parte ho ragione. Sediamo al caffè molto vicini. Parliamo molto vicini. Siamo un po' tristi e un po' gioiosi. Fa caldo. Lui sente il mio profumo. Io guardo la sua bella faccia. Ci desideriamo. Ma è un miraggio. È solo perché siamo così giovani, ed è estate, e camminiamo corpo a corpo.

Hugo sta venendo a prendermi per portarmi a casa, così Eduardo e io ci baciamo, e questo è tutto.

Al concerto di Joaquin, Eduardo siede accanto a me, così bello. Il mio amante Henry è seduto in un posto in cui non posso vederlo. Quando ci alziamo tutti per l'intervallo, Allendy si ferma nel corridoio. I nostri occhi si incontrano. Nei suoi c'è una tristezza, una serietà che mi commuove. Mentre mi muovo con movimenti felini so che sto seducendo Allendy e Eduardo e Henry e anche altri. C'è un focoso e attraente violinista italiano. C'è mio padre, che cambia posto per mettersi di fronte a me. C'è un pittore spagnolo.

Uno strato di sicurezza fisica, uno strato di timida seduzione, uno strato di disperazione infantile, perché mia madre ha fatto una tale scenata quando ha visto mio padre arrivare al concerto. E il povero Joaquin era turbato e nervoso, ma ha suonato in modo superbo.

Henry era intimidito dal pubblico. Gli strinsi la mano molto forte. Lui sembrava strano e distante. Mio padre lo affrontai posando come una statua. Sentivo la bambina in me ancora spaventata. Allendy torreggiava sulla folla. Avrei voluto andargli incontro, come nel sogno, e fermarmi al suo fianco. Mi avrebbe dato forza? No. Anche lui sembrava in qualche modo indebolito. Tutti hanno le loro timidezze, i loro dubbi su se stessi. Io sono fatta di vari strati di sentimenti, di sensazioni. Il pesante lamé sul mio corpo nudo. La carezza del mantello di velluto. Il peso delle maniche arricciate. Il bagliore ipnotico delle luci. Mi rendo conto della mia andatura strascicata, di mani che stringono la mia.

Eduardo è drogato. Drogato dalle mie parole, dal mio profumo (Narcisse Noir). Quando incontrò Henry, si raddrizzò in tutta la sua statura, fiero, bellissimo. In macchina le sue gambe cercano le mie. Joaquin mi copre con il suo mantello. Quando entro nel Café du Rond Point tutti mi guardano. Capisco che li ho ingannati. Ho nascosto la parte più piccola di me.

Hugo è paterno, protettivo. Paga lo champagne. Io muoio dalla voglia di Henry, che potrebbe spazzare via tutti gli strati che mi soffocano, spalancare l'ostrica ipnotizzata dalla sua paura del mondo.

Dissi a Henry: "Tu hai conosciuto molta passione, ma non hai mai conosciuto la vicinanza, l'intimità con una donna, la comprensione." "È assolutamente vero," disse lui. "La donna per me era un nemico, un elemento distruttivo, una persona che mi avrebbe sottratto delle cose, non una con cui potessi vivere giorno per giorno, ed essere felice."

Incomincio a capire quanto sia prezioso quello che Henry e io proviamo l'uno per l'altra, e quello che lui mi dà, e non ha dato a June. Incomincio a capire il sorriso pensoso di Allendy quando disprezzo l'amore tenero, l'amicizia.

Quello che lui non sa è che io debbo completare le parti non realizzate della mia vita, che devo avere quello che mi è mancato finora, per completare me stessa e la mia storia.

Ma io non posso godere della sessualità per se stessa, a prescindere dai miei sentimenti. Io sono intrinsecamente fedele all'uomo che mi possiede. Adesso tutta la mia fedeltà è per Henry. Oggi ho cercato di godere la compagnia di Hugo, di compiacerlo, e non ci sono riuscita. Ho dovuto fingere.

Se oggi al mondo non ci fosse nessuna June, conoscerei la fine della mia inquietudine. Una mattina mi svegliai piangendo. Henry mi aveva detto: "Il tuo corpo non mi dà veramente piacere. Non è il tuo corpo che amo." E il dolore di quel momento ritorna. Eppure, l'ultima volta che eravamo stati insieme aveva detto cose sfrenate sulla bellezza delle mie gambe, e su quanto ero brava a scopare. Povera donna!

Sia Hugo che Henry amano guardare la mia faccia quando fanno l'amore con me. Ma ora, per Hugo, la mia faccia è una maschera.

Al concerto Allendy ha detto a Hugo che sono un soggetto molto interessante, che reagisco rapidamente e con estrema sensibilità. Che sono quasi guarita. Ma quella sera ebbi di nuovo la sensazione di voler abbagliare Allendy, e allo stesso tempo di nascondere una parte segreta della mia vera personalità. Dev'esserci sempre qualcosa di segreto. A Henry tengo nascosto il fatto che raramente arrivo a una totale soddisfazione sessuale perché a lui piace che io tenga le gambe spalancate, e io invece ho bisogno di chiuderle. Ma non voglio diminuire il suo piacere. Inoltre, provo una specie di piacere diffuso, che, anche se è meno acuto, dura più a lungo di un orgasmo.

Henry mi ha scritto una lettera dopo il concerto. L'ho messa sotto il mio cuscino ieri sera: "Anaïs, ero abbacinato dalla tua bellezza! Ho perso la testa, mi sentivo un relitto. Sono stato cieco, cieco, mi sono detto. Tu eri lì, come una principessa. Eri l'Infanta! Sembravi del tutto scontenta di me. Come mai? Sembravo stupido? Probabilmente lo ero. Avrei voluto inginocchiarmi a baciarti l'orlo del vestito. Mi hai mostrato tante Anaïs – e adesso questa! – come per dimostrare la tua versatilità proteiforme. Lo sai cosa mi ha detto Fraenkel? 'Non mi sarei mai aspettato di vedere una donna così bella. Come fa una donna di tale femminilità e bellezza a scrivere un libro [su D.H. Lawrence]?' Oh, questo mi ha fatto un piacere infinito! Il piccolo ciuffo di capelli che ricadeva sul diadema, gli occhi lustri, la magnifica linea delle spalle, e quelle maniche che adoro, regali, fiorentine, diaboliche! Non ho visto niente sotto il seno. Ero troppo eccitato per stare da parte a sorvegliarti. Quanto ho desiderato portarti via per sempre. Fuggire con l'Infanta – sì, o dei! Ho cercato febbrilmente di individuare il Padre. Penso di averlo trovato. Mi hanno aiutato i suoi capelli. Strani capelli, strana faccia, strana famiglia. Si presagisce il genio. Ah, sì, Anaïs, prendo tutto con calma: perché tu appartieni a un altro mondo. In me non ho niente da raccomandare al tuo interesse. Il tuo amore? Questo ormai mi sembra fantastico. È una burla divina, uno scherzo crudele che mi stai giocando... *Ti voglio*."

Dissi ad Allendy: "Non mi analizzi oggi. Parliamo di lei. Sono entusiasta dei suoi libri. Parliamo della morte."

Allendy acconsente. Poi discutiamo del concerto di Joaquin. Lui dice che mio padre sembrava un giovanotto. Henry gli ricordava un famoso pittore tedesco – troppo molle, però, forse ambivalente? Un omosessuale latente? Adesso sono veramente sbalordita.

Il mio articolo era buono, dice Allendy, ma perché non voglio essere analizzata? Appena incomincio a fare affidamento su di lui, voglio conquistare la sua fiducia, analizzare *lui*, trovare in lui una debolezza, conquistarlo un po', perché io sono stata conquistata.

Allendy ha ragione. "Però," protesto io, "mi sembra un segno di simpatia." Lui dice di sì, perché è così che tratto tutti quelli che amo. Benché io voglia essere conquistata, faccio tutto quello che posso per conquistare, e una volta che ci sono riuscita, nasce la mia tenerezza e finisce la mia passione. E Henry? È troppo presto per dirlo.

Allendy dice che benché sembri che io cerchi in Henry il dominio, la crudeltà e la brutalità (ho trovato tutto questo nella sua scrittura), il mio vero istinto mi ha detto che c'era della dolcezza nell'uomo. E benché io sembri sorpresa che Henry sia così gentile, così scrupoloso con me, adesso sto veramente bene. Ho ottenuto una nuova conquista.

Sono stata crudele con Hugo. Ieri non volevo che tornasse a casa. Provavo una terribile ostilità. E traspariva. Henry e il suo amico Fraenkel erano a Louveciennes per la serata. Interruppi Hugo mentre stava leggendo ad alta voce qualcosa di troppo lungo, e monotono, quindi cambiai argomento così bruscamente che Fraenkel se ne accorse. Ma a Fraenkel Hugo è piaciuto, e pensa ogni bene di lui. A un certo punto Hugo spostò la seggiola, dopo aver messo sul pavimento alcuni libri e manoscritti. In seguito vi si sedette sopra, e il manoscritto di Henry rimase proprio sotto la gamba della seggiola. Questo mi rese inquieta. Alla fine mi alzai e lo raccolsi con tenerezza.

Ci fu un momento buffo quando Fraenkel stava parlando di come Henry avesse un sonno profondo e di quanto riuscisse a dormire. Io guardai maliziosamente Henry e dissi: "Ma davvero?"

Il mio Henry ascoltò come un grande orso mentre Fraenkel spiegava idee contorte, complesse e astratte. Fraenkel ha una vera passione per le idee. Fraenkel, come dice Henry, è un'idea. Un anno fa quelle idee mi avrebbero riempito di gioia. Ma Henry mi ha fatto qualcosa, Henry l'uomo. Quello che provo per lui posso solo paragonarlo ai sentimenti di Lady Chatterley per Mellors. Non riesco neanche a pensare al lavoro di Henry o a Henry stesso senza provare un turbamento viscerale. Oggi abbiamo avuto tempo solo per i baci, e sono bastati a sciogliermi.

Hugo mi dice che il suo istinto gli assicura che non c'è niente tra Henry e me. Ieri notte quando infilai la lettera di Henry sotto il mio cuscino, mi chiesi se la carta avrebbe frusciato e Hugo l'avrebbe sentita, se avrebbe letto la lettera mentre ero addormentata. Sto correndo grandi rischi, con euforia. Voglio fare grandi sacrifici per il mio amore. Per mio marito, per Louveciennes, per la mia bellissima vita, per Henry.

Allendy dice: "Si conceda completamente a una sola persona. Si affidi. Si appoggi. Abbia fiducia. Non abbia paura del dolore."

Penso di averlo fatto, con Henry. Tuttavia mi sento sola e divisa.

Henry mi ha lasciato alla Gare Saint-Lazare ieri sera. Ho incominciato a scrivere in treno, per equilibrare i balzi della mia vita, i balzi da stivale delle sette leghe, con l'attività da formica della penna. Le parole-formica correvano avanti e indietro portando briciole: briciole così pesanti! Più grandi delle formiche. "Hai abbastanza inchiostro eliotropico?" mi ha chiesto Henry. Non dovrei usare inchiostro, ma profumo. Dovrei scrivere con Narcisse Noir, con il Mitsouko, con il gelsomino, con il caprifoglio. Potrei scrivere parole bellissime che emanerebbero l'odore potente del miele della donna e del sangue bianco dell'uomo.

Louveciennes! Fermati. Hugo mi sta aspettando. Regressione. Il passato: il treno per Long Beach. Hugo in tenuta da golf. Le sue gambe allungate accanto alle mie mi eccitano. Ho portato della tintura di iodio perché gli vengono degli improvvisi mal di denti. Io indosso un vestito di organza, inamidato e fresco, e un cappello di paglia con ciliegine che pendono sulla destra, in una piega della tesa larga e soffice. La folla domenicale è accaldata, bruciata dal sole, frastornata, brutta. Ritorno carica del mio primo vero bacio.

Di nuovo sul treno – questa volta per incontrare Henry. Quando vado in questa direzione, con la mia penna e il mio diario, mi sento straordinariamente sicura. Vedo il buco sul mio guanto e il rammendo sulla calza. E tutto perché Henry deve mangiare. E io sono felice di poter dare a Henry la sicurezza, il cibo. In certi momenti, quando guardo i suoi indecifrabili occhi azzurri, provo una sensazione di felicità così torrenziale, che mi sento svuotata.

Eduardo e io dovevamo passare insieme tutto il pomeriggio. Incominciammo con una colazione abbondante alla Rôtisserie de la Reine Pédaque, un posto che fa venire fame solo a guardarlo. Conversazione maliziosa, psicoanalitica. Fragole fresche. Eduardo affettuoso, abbandonato, pieno di desiderio. Così gli dico: "Andiamo al cinema. C'è un film che dovremmo vedere."

Lui è ostinato. Ma in me non c'è più nessuna pietà o debolezza. Sono ostinata quanto lui. Eduardo con in mente l'Hotel Anjou. Io con il sangue di Henry nelle vene. Per tutta la colazione ho pensato a quanto mi sarebbe piaciuto portare qui Henry. Dargli il cibo da quegli enormi piatti da banchetto, da favola. Eduardo è arrabbiatissimo, gelido. Mi dice: "Ti accompagno alla Gare Saint-Lazare. Puoi prendere il treno delle due e venticinque."

Ma io ho un appuntamento con Henry alle sei. Camminiamo un po' insieme e poi ci separiamo, quasi senza parole, entrambi arrabbiati. Lo vedo allontanarsi senza scopo e desolato. Attraverso la strada ed entro da Printemps. Vado al banco delle collane, dei braccialetti e degli orecchini, che mi abbagliano sempre. Resto lì come un selvaggio affascinato. Luccichii. Ametiste. Turchesi. Rosaconchiglia. Verde irlandese. Mi piacerebbe essere nuda e coprirmi con gioielli di freddo cristallo. Gioielli e profumo. Vedo due braccialetti d'acciaio molto larghi e piatti. Manette. Sono la schiava dei braccialetti. Ben presto sono assicurati ai miei polsi. Pago. Compro rossetto, cipria, smalto. Non penso a Eduardo. Vado dal parrucchiere, dove posso sedermi immobile e gelata. Scrivo con un polso circondato dall'acciaio.

Più tardi, Henry mi fa domande. Io mi rifiuto di rispondere. Ricorro ai trucchi femminili. Mantengo il segreto della mia fedeltà. Ci stringiamo le braccia a vicenda mentre camminiamo nelle strade di Parigi. Un'ora pericolosa. Oggi ho già sperimentato lo strano piacere di ferire Eduardo. Ora voglio stare con Henry e ferire Hugo. Non riesco a sopportare di andare a casa da sola, mentre Henry va a Clichy. Sono tormentata dal desiderio che non abbiamo potuto soddisfare. Adesso è lui ad avere paura della mia follia.

Oggi Allendy dirige le sue domande in modo implacabile. Non posso sfuggire. Quando cerco di cambiare argomento, lui risponde, ma poi ritorna sul tema che sto sfuggendo. È confuso da quello che gli dico su Eduardo, sulla mia voglia di essere crudele con Hugo lo stesso giorno, e sui braccialetti. Henry evidentemente per il momento è il favorito. Ma dato che Allendy parte dal presupposto che amo Eduardo, si smarrirà sicuramente, anche se vede con molta chiarezza la lotta tra il mio desiderio di conquistare e il mio desiderio di essere conquistata. In Henry ho cercato il dominio, e lui in effetti mi domina sessualmente, ma io mi sono lasciata ingannare dalla sua scrittura e dalla sua enorme esperienza.

Allendy non capisce i braccialetti. Ne avevo comprati due, dice, in contraddizione con il mio senso di soddisfazione nel ferire Eduardo e Hugo. Appena arrivo alla crudeltà, voglio prostrarmi. Un braccialetto per Hugo e uno per Eduardo.

Questo, non lo credo. Ho scelto i due braccialetti con un senso di assoluta soggezione a Henry e di liberazione dalla tenerezza che mi acceca per Hugo e per Eduardo. Quando li mostrai a Henry, allungai entrambi i polsi come si fa quando ci si fa mettere le manette.

Allendy sta analizzando il momento in cui al concerto

l'ho immaginato triste e preoccupato. Cosa immaginavo esattamente? Aveva dei problemi finanziari, delle preoccupazioni per il suo lavoro, dei problemi emotivi?

"Emotivi," dissi rapidamente.

"Cosa ha pensato di mia moglie?"

"Ho notato che non era bella, e questo mi ha fatto piacere. Ho persino chiesto alla sua cameriera se era stata lei ad arredare la casa, perché mi piaceva l'arredamento. Probabilmente stavo facendo dei paragoni tra di noi. Mi spiace di aver detto che sua moglie non è bella."

"Non è una grossa cattiveria, se è quello che ha realmente pensato."

"Ma ho anche pensato che io ero bella la sera del concerto."

"Sì, era certamente *en beauté*. Tutto qui?"

"Sì."

"Lei sta ripetendo l'esperienza della sua infanzia. Identificando mia moglie, che ha quarant'anni, con sua madre e chiedendosi se può conquistare suo padre (o me) strappandolo a lei. Mia moglie rappresenta sua madre ed è per questo che non le piace. Da bambina, lei deve essere stata molto gelosa di sua madre."

Allendy parla moltissimo del bisogno femminile di essere soggiogate, della gioia, che lui crede io non abbia ancora conosciuto, di lasciarsi andare completamente. Soprattutto fisicamente, perché Henry mi ha risvegliato fino in fondo.

Incomincio a trovare dei difetti nelle sue formule, a irritarmi per come liquida, schedandoli, i miei sogni e le mie idee. Quando tace, analizzo da sola le mie azioni e i miei sentimenti. Naturalmente, lui potrebbe dire che sto cercando di trovarlo imperfetto, di fare di lui un mio eguale, perché ha ottenuto la mia confidenza su sua moglie. Al momento sento che è decisamente più forte di me, e voglio equilibrare la situazione facendo un'analisi indipendente sui braccialetti. Pertanto sono per metà sottomessa, per metà ribelle.

Allendy accentua l'ambivalenza dei miei desideri. Intuisce anche che si sta avvicinando alla chiave sessuale della mia nevrosi, e io mi rendo conto altresì che è un abile detective.

Per tastare il terreno con Hugo ho accennato un paio di volte all'idea di una "serata libera" – una volta alla settimana, forse, potremmo uscire separatamente. È chiaro che lui non prova alcun piacere nell'uscire con Henry per via di un'oscura gelosia.

Finalmente concordammo che io potevo andare al cinema con Henry e Fred mentre lui sarebbe uscito con Eduardo. All'ultimo momento Eduardo non poté andare. Io gli proposi di posporre il mio impegno. Hugo non volle saperne. Disse che sarebbe uscito comunque, e che era un bene per entrambi. Lo disse in tono normale. Non so con sicurezza se era segretamente offeso dalla mia richiesta di indipendenza. Lui ha sostenuto di non esserlo. Offeso o no, è necessario. Sento che gradualmente farà buon uso della sua libertà.

"Pensi che la libertà significhi semplicemente che ci stiamo allontanando?" chiese ansiosamente. Questo lo negai. Indubbiamente io mi sono allontanata da lui sessualmente, e se in me c'è una qualche gelosia, non è dovuta alla passione fisica per lui ma a pura possessività. E poiché non gli do il mio corpo nel senso completo, ha pieno diritto alla sua libertà e anche a qualcosa di più. Sarebbe soltanto giusto che riuscisse a trovare altrove le stesse gioie che io ho trovato in Henry. Se è vero quel che dice Allendy, entrambi dobbiamo trovare la passione fuori dal nostro amore. Naturalmente, questo mi costa uno sforzo. Potrei tenermi Hugo tutto per me. L'idea della libertà non è venuta a lui. Sono stata io a proporla. Natasha direbbe che sono una sciocca.

Cosa ne posso fare della mia felicità? Come posso conservarla, nasconderla, seppellirla là dove non potrei perderla mai? Vorrei inginocchiarmi, mentre mi si riversa addosso come la pioggia, raccoglierla con pizzi e sete, e stringermela ancora addosso.

Henry e io siamo sdraiati completamente vestiti sotto la coperta ruvida del suo letto. Lui parla della sua gioia profonda: "Non posso lasciarti andare stasera, Anaïs, voglio passare tutta la notte con te. Sento che tu mi appartieni." Ma più tardi, quando siamo seduti uno accanto all'altro in un caffè, scopre la sua mancanza di fiducia, i suoi dubbi. Il diario rosso lo ha reso triste. Ha letto del suo potere sensuale su di me. "È tutto qui, è tutto qui?" vuole sapere. Lui rappresenta solo questo per me? Allora finirà presto, un'infatuazione passeggera. Un desiderio sessuale. Lui vuole il mio amore. Ha bisogno della sicurezza del mio amore. Gli dico che lo amo da quando ho passato quei pochi giorni con lui a Clichy. "All'inizio, sì, forse era puramente sensuale. Ma non adesso."

Mi sembra che non potrei amarlo più di quanto lo amo. Lo amo quanto lo desidero, e il mio desiderio è immenso. Ogni ora che passo tra le sue braccia potrebbe essere l'ultima. Mi ci abbandono con frenesia. In qualsiasi momento, prima ancora che io possa rivederlo, June potrebbe ritornare.

E June in che modo ama Henry? Quanto, e quanto bene? mi chiedo in preda al tormento.

Quando la gente si sorprende scoprendolo dolce e timido, io sono divertita. Anch'io mi inchinai alla brutalità della sua scrittura, ma Henry è vulnerabile, sensibile. Con quanta umiltà cerca di piacere a Hugo, come è contento quando Hugo è gentile con lui.

Ieri sera Hugo è andato al cinema, si è goduto la novità dell'esperienza, ha ballato in un cabaret con una ragazza della Martinica, e ha provato nostalgia di me quando ha sentito la musica, come se fossimo lontanissimi l'uno dall'altra, ed è tornato a casa ansioso di possedermi.

Dopo la dolcezza e la facilità con cui Henry scivola nel mio corpo, Hugo è terribile da sopportare. In momenti del genere penso che potrei impazzire e rivelargli tutto.

Henry ha una fotografia di Mona Paiva, la ballerina,

inchiodata sopra la mensola del lavabo, insieme a due fotografie di June, una mia, e alcuni suoi acquerelli. Gli regalo una scatola di latta per le sue lettere e i suoi manoscritti, e all'interno del coperchio lui incolla il programma del concerto di Joaquin. Sulla porta appende degli appunti sulla Spagna.

Ritaglio il coperchio della mia scatola di cipria – *N'aimez que moi, Caron, Rue de la Paix.* Questo lo porta nel taschino del suo panciotto. Ha sempre uno dei miei fazzoletti color vino.

Ieri sera ha detto: "Sono ricco perché ho te. Sento che tra noi succederanno sempre molte cose, che ci saranno sempre cambiamenti e novità."

È come se avesse detto: "Saremo legati e interessati l'uno all'altra al di là del legame del momento." E a questo pensiero mi si strinse il cuore, e sentii il bisogno di toccargli il vestito, il braccio, per sapere che era lì, e temporaneamente tutto mio.

Io galleggio, scaldandomi al ricordo di Henry – l'espressione della sua faccia in certi momenti, la malizia della sua bocca, il suono esatto della sua voce, a volte rauca, la stretta salda e sicura della sua mano, come stava con il cappotto smesso di Hugo, le sue risate al cinema. Non riesce a fare un movimento che non si ripercuota sul mio corpo. Non è più alto di me. Le nostre bocche sono allo stesso livello. Quando è eccitato si strofina le mani, ripete le parole, scuote la testa come un orso. Ha un aspetto serio e casto sul viso quando lavora. Tra la folla, indovino la sua presenza ancor prima di vederlo.

Oggi, con grande divertimento, mi sono resa conto di quanto Henry mi abbia scosso di dosso la mia vecchia serietà, con le sue burle letterarie, i suoi pazzi manifesti, le sue contraddizioni, i suoi cambiamenti di umore, il suo spirito grottesco. Riesco a vedermi come una persona ridicola, per via dei miei sforzi costanti per capire gli altri. Venimmo a sapere che Richard Osborn era impazzito.

"Urrah!" disse Henry. "Andiamo a trovarlo. Prima andiamo a bere qualcosa. Questa è una cosa rara, superba; non succede tutti i giorni. Spero che sia proprio matto." Sulle prime rimasi un po' sconcertata, ma non tardai a cogliere il senso dell'umorismo, e chiesi altre battute. Henry mi ha insegnato a giocare. Avevo giocato anche prima, a modo mio, con uno spirito lieve, ma il suo è un umorismo gagliardo, che mi ha divertito fino all'isteria – come la mattina in cui l'alba ci colse ancora a chiacchierare. Henry e io cademmo sul suo letto, esausti, ma lui stava ancora parlando in modo delirante del colino che era stato gettato per sbaglio nel water, di mutandine di pizzo nero, e coralli, ecc., tutte cose, da cui più tardi creò l'inimitabile parodia del mio romanzo.

L'altra sera abbiamo parlato dell'espediente letterario grazie al quale viene eliminato ciò che non è essenziale, in modo che ci venga presentata una dose concentrata di vita. Ho detto, quasi indignata: "È un inganno ed è la causa di molte delusioni. Uno legge un libro e si aspetta che la vita sia altrettanto piena di interesse e di intensità. E, naturalmente, non è così. Ci sono anche molti momenti noiosi e, anche quelli, sono naturali. Tu, nella tua scrittura, hai usato lo stesso espediente. Io mi aspetto che tutte le nostre conversazioni siano febbrili, portentose. Mi aspetto che tu sia sempre ubriaco, sempre delirante. Poi quando abbiamo vissuto insieme per qualche giorno, ci siamo immersi in un ritmo naturale, profondo e quieto."

"Ne sei delusa?"

"È molto diverso da quello che mi aspettavo, sì, meno sensazionale, ma ne sono contenta."

Ormai ho perso quel ritmo tranquillo, dolce come la Senna, della mia adolescenza. Tuttavia quando Henry e io sediamo al Café de la Place Clichy, ci godiamo la corrente pacata e profonda del nostro amore.

È June che dà la febbre. Ma è solo una febbre superficiale. La febbre vera, indelebile, è nella scrittura di Henry. Mentre leggo il suo ultimo libro rimango quasi pietrificata dall'ammirazione. Cerco di ragionarci sopra, di dirgli cosa mi colpisce, e non posso. È troppo enorme, troppo potente.

Tra Hugo e me è tutto così dolce. Grande tenerezza e da parte mia un grande inganno sui miei veri sentimenti. L'altra sera ero commossa dal suo comportamento e cercai di ripagarlo dandogli molto piacere. Mi terrorizza quanto spesso pensi a Henry: è così ossessivo. Devo cercare di disperdere i miei pensieri.

Quando Henry e io parliamo di June, non penso più a lei se non come a un "personaggio" che ammiro. Come donna, minaccia il mio unico grande possesso, e non posso amarla più. Se June morisse – ci penso spesso – se solo morisse! O se smettesse di amare Henry, ma questo non lo farà. L'amore di Henry è il rifugio a cui torna, sempre.

Ogni volta che sono andata nell'appartamento e l'ho trovato intento a scrivere una lettera a June, o a riscrivere un passaggio su di lei nel suo libro, o a sottolineare quello che gliela ricorda in Proust o Gide (la trova dappertutto), provo una paura intollerabile: è di nuovo suo. Ha capito che non ama nessun'altra che lei. E ogni volta, con sorpresa, lo vedo lasciar cadere il libro o la lettera e rivolgersi tutto a me, con amore, con desiderio. L'ultima prova, il telegramma di June, mi ha dato una profonda rassicurazione. Ma ogni volta che parliamo di lei sento la stessa terribile angoscia. Questo non può durare. Io non combatterò gli avvenimenti. Nel minuto stesso in cui June ritornerà, io lascerò Henry. Però non è così semplice. Non posso rinunciare a vivergli vicino come in queste pagine, nella speranza di sfuggire al dolore.

Allendy oggi è stato un superuomo. Non riuscirò mai a descrivere la nostra conversazione. Era pervasa da tanta emozione, da tanta intuizione! Fino all'ultima frase, lui è stato così umano, così autentico!

Ero arrivata spavalda, pronta a ogni confidenza, pensando: non voglio che Allendy mi ammiri a meno che non possa farlo una volta che mi conosce per quella che realmente sono. Era il mio primo sforzo verso una sincerità completa.

Prima di tutto gli dico che mi vergogno di quello che avevo detto l'ultima volta su sua moglie. Lui ride e dice che se ne era dimenticato del tutto e mi chiede: "C'è qualcos'altro che la preoccupa?"

"Niente di particolare, ma vorrei chiederle se la mia forte ossessione sessuale non sia una reazione a un eccesso di introspezione. Ultimamente ho letto Samuel Putnam; egli scrive che 'Il modo più rapido per liberarsi dell'introspezione è l'adorazione del corpo, che porta all'intensità sessuale.'"

Non riesco a ricordare esattamente la sua risposta, ma intuisco che collega la parola "ossessione" con una ricerca frenetica della soddisfazione. Perché tanto sforzo? Perché l'insoddisfazione?

A questo punto, provo un bisogno imperativo di raccontargli il mio più grande segreto: nell'atto sessuale non provo sempre l'orgasmo.

Lui lo ha intuito fin dal primissimo giorno. I miei discorsi sul sesso erano stati crudi, audaci, insolenti. Non erano in armonia con la mia personalità. Erano artificiali. Tradivano una certa insicurezza.

"Ma lei lo sa cos'è un orgasmo?"

"Sì, benissimo, lo so dalle volte che l'ho provato veramente, e in particolar modo dalla masturbazione."

"Quando si è masturbata?"

"Una volta, d'estate a Saint-Jean de Luz. Ero insoddisfatta e avevo un forte appetito sessuale." Mi vergogno di ammettere che quando rimanevo sola per due giorni mi masturbavo per quattro cinque volte al giorno, e anche in Svizzera, molto spesso, durante la nostra vacanza, e a Nizza.

"Come mai solo una volta? Tutte le donne lo fanno molto spesso."

"Sono convinta che sia sbagliato, moralmente e fisicamente. Dopo averlo fatto mi sentivo terribilmente depressa e vergognosa."

"È una stupidaggine. La masturbazione non è fisicamente dannosa. È solo il senso di colpa che gliene deriva che opprime."

"Un tempo credevo che avrebbe indebolito il mio potere mentale, la mia salute, e che mi sarei disintegrata moralmente."

A questo punto, aggiungo altri dettagli, che lui ascolta silenziosamente, cercando di coordinarli. Gli dico cose che non ho mai ammesso completamente neanche a me stessa, e che non ho scritto nel mio diario, cose che volevo dimenticare.

Allendy sta rimettendo insieme i frammenti e parla della mia parziale frigidità. Scopre che considero anche questa una forma di inferiorità e sono convinta che sia dovuta al mio fisico fragile. Lui si mette a ridere. La attribuisce a una causa psichica, un forte senso di colpa. Sessanta donne su cento provano quel che provo io e non lo ammettono mai e, cosa più importante di tutte, dice Allendy, se solo sapessi come è irrilevante questo per gli uomini e quanto essi ne siano inconsapevoli. Allendy trasforma sempre tutto ciò che io definisco "una forma di inferiorità" in una cosa naturale, o di cui ci si può liberare facilmente. Provo immediatamente un grande sollievo e perdo il mio senso di terrore e di segretezza.

Gli racconto di June, del mio desiderio di essere una *femme fatale*, della mia crudeltà nei riguardi di Hugo e di Eduardo, e della mia sorpresa nello scoprire che dopo mi amano come prima se non di più. Discutiamo anche del mio modo di parlare di sesso, così franco e audace, e di come io modifichi la mia innata modestia, per esibire un'oscenità forzosa. (Henry dice che non gli piace che io racconti delle storielle oscene, perché non mi si addice.)

"Ma sono piena di dissonanze," dico, provando quella strana angoscia che mi crea Allendy, per metà sollievo, a causa della sua esattezza, e per metà dolore senza ragioni specifiche, la sensazione di essere stata scoperta.

"Finché lei non riuscirà a comportarsi in modo perfettamente naturale, secondo la sua vera natura, non sarà mai felice. La *femme fatale* suscita le passioni degli uomini, li esaspera, li tormenta, e loro la vogliono possedere, uccidere persino, ma non la amano profondamente. Lei ha già scoperto di essere amata profondamente. E ormai ha anche scoperto che la crudeltà sia nei confronti di Eduardo sia nei confronti di Hugo li ha eccitati, e loro la desiderano più che mai. Questo le fa venire voglia di fare un gioco che non le è veramente congeniale."

"Ho sempre disprezzato giochi del genere. Non sono mai stata capace di nascondere a un uomo che lo amavo."

"Ma lei mi sta dicendo che gli amori profondi non la soddisfano. Lei desidera ardentemente dare e ricevere sensazioni più forti. Io lo capisco, ma è solo una fase. Di quando in quando può anche sfruttare il gioco, per esaltare la passione, ma gli amori profondi sono quelli che rispondono alla sua vera natura, e solo questi la soddisferanno. Più lei sarà se stessa più si avvicinerà a una realizzazione dei suoi veri bisogni. Lei ha ancora una paura terribile di essere ferita, il suo sadismo immaginario lo dimostra. Ha tanta paura di essere ferita, che vuole prendere l'iniziativa e ferire per prima. Io non dispero di riuscire a riconciliarla con la sua vera immagine."

Queste sono le sue parole, la crudeltà viene ridimensionata e ricordata solo in parte. E io sono sopraffatta dalla sensazione che stia allentando in me innumerevoli tensioni, che mi stia liberando. La sua voce era gentile e compassionevole. Prima ancora che finisse stavo singhiozzando. La mia gratitudine era immensa. Volevo dirgli che lo ammiravo e alla fine lo feci. Lui tacque mentre singhiozzavo, poi mi fece la sua domanda gentile: "Ho detto qualcosa che l'ha fatta star male?"

Vorrei riempire le ultime pagine delle gioie di ieri. Docce di baci da Henry. I colpi della sua carne nella mia, mentre inarcavo il mio corpo per saldarlo meglio al suo. Se

dovesse fare una scelta oggi tra June e me, mi dice, rinun-
cerebbe a June. Ci immaginava sposati, a goderci la vita
insieme. "No," dico io, metà scherzosa e metà seria.
"June è l'unica. Io sto solo rendendoti più forte e più
grande per June." Una mezza verità; non c'è scelta. "Tu
sei troppo modesta, Anaïs. Non ti rendi ancora conto di
quello che mi hai dato. June è una donna che può essere
cancellata da altre donne. Quello che June mi dà lo posso
dimenticare con altre donne. Ma tu sei particolare. Potrei avere mille donne dopo di te e non riuscirebbero a
cancellarti."

Io lo ascolto. È euforico, e quindi esagera, ma è così
bello. Sì, per un momento, capisco la rarità di June e la
mia. La bilancia per il momento pende dalla mia parte.
Guardo la mia immagine negli occhi di Henry, e cosa vedo? La bambina dei diari, che racconta le storie ai suoi
fratelli, che piange molto senza motivo, che scrive poesie
– la donna a cui un uomo può parlare.

GIUGNO

Ieri sera Henry e io siamo andati al cinema. Quando la
storia incominciò a diventare tragica, lacerante, lui mi
prese la mano, e ci stringemmo le dita molto forte. A
ogni stretta condividevo la sua reazione alla vicenda. Ci
baciammo sul taxi, mentre andavamo incontro a Hugo.
E io non riuscii a strapparmi da lui. Persi la testa. Andai
con lui a Clichy. Mi penetrò così completamente che
quando tornai a Louveciennes e mi addormentai tra le
braccia di Hugo, avevo ancora la sensazione che fosse
Henry. Per tutta la notte c'era Henry al mio fianco. Nel
sonno mi avvinghiai al suo corpo. La mattina mi trovai
stretta a Hugo, e mi ci volle parecchio tempo per rendermi conto che non era Henry. Hugo crede che la notte
scorsa io sia stata appassionata, ma era Henry che amavo,
Henry che baciavo.

Poiché Allendy ha conquistato la mia piena fiducia sono arrivata pronta a parlare con molta franchezza della frigidità. Gli confesso questo: che quando provavo piacere nell'atto sessuale con Henry temevo di avere un bambino e pensavo che non avrei dovuto avere un orgasmo con troppa frequenza. Ma qualche mese fa un dottore russo mi ha detto che non poteva succedere tanto facilmente; in realtà, se volevo un bambino avrei dovuto sottopormi a un'operazione. La paura di avere un bambino fu quindi eliminata. Allendy disse che il fatto stesso che io non abbia cercato di proteggermi da questo rischio durante i miei sette anni di vita matrimoniale dimostrava che in realtà non gli davo nessuna importanza, che lo usavo semplicemente come una scusa per non lasciarmi andare nel coito. Quando questa paura svanì, fui in grado di esaminare più attentamente la vera natura dei miei sentimenti. Provai un'insofferenza verso quella che io chiamavo la forzosa passività delle donne. Eppure, almeno due volte su tre, continuavo a essere passiva, ad aspettarmi tutta l'attività dall'uomo, come se non volessi essere responsabile di quello che stavo godendo. "Le serve per lenire il suo senso di colpa," disse Allendy. "Lei si rifiuta di essere attiva e si sente meno colpevole se ad essere attivo è l'altro."

Dopo questo colloquio con Allendy avevo sentito un leggero cambiamento. Ero più attiva con Henry. Lui se ne accorse e disse: "Mi piace come mi scopi adesso." E io provai un piacere acuto.

Quello che mi sconcerta di più di June sono le storie di Henry sulla sua aggressività, su come lei lo prende, lo cerca quando ne ha voglia. Quando io tento di essere aggressiva, provo un senso di angoscia, di vergogna. Adesso di quando in quando provo una paralisi psichica in qualche modo simile a quella di Eduardo, salvo che in un uomo è più seria.

Allendy mi ha costretto ad ammettere che ho una fiducia totale in lui e che mi è divenuto molto caro. Va tutto bene, dunque, dato che questo è necessario per il successo dell'analisi. Alla fine della seduta poteva usare la parola "frigidità" senza per questo offendermi. Riuscivo addirittura a riderne.

Una delle cose che osservò fu che mi vestivo con maggior semplicità. Ho sentito molto meno il bisogno di abiti originali. Riuscivo ormai a indossare degli abiti tagliati in modo ordinario. L'abito, per me, è sempre stato l'espressione esteriore della mia segreta mancanza di sicurezza. Incerta della mia bellezza, disse Allendy, disegnavo vestiti stravaganti che mi avrebbero diversificata dalle altre donne.

"Ma," dissi io ridendo, "se divento felice e banale, l'arte del vestire, che deve la propria esistenza unicamente a un senso di inferiorità, ne risentirà mortalmente." La base patologica della creazione! Che ne sarà del creatore se io divento normale? Oppure semplicemente guadagnerò forza, in modo da riuscire a vivere più pienamente i miei istinti? Probabilmente svilupperò malesseri diversi e più interessanti. Allendy disse che la cosa importante era che arrivassi a essere all'altezza della vita.

La mia felicità è appesa a un filo, e ormai quel che succederà è determinato dalla prossima mossa di June. Nel frattempo io aspetto. Sono sopraffatta da una paura superstiziosa di cominciare un altro diario. Questo è così pieno di Henry. Se dovessi scrivere sulla prima pagina di quello nuovo, "June è qui," saprei che ho perso il mio Henry. Mi resterebbe soltanto un piccolo libro di gioia rilegato in rosso, tutto qui, un libro scritto così rapidamente, così rapidamente vissuto.

L'amore riduce la complessità della vita. Mi sorprende che quando Henry mi viene incontro al tavolino del caffè dove lo aspetto, o apre il cancello della nostra casa, mi basti vederlo per esultare. Non c'è lettera, neanche di elogio per il mio libro, che possa entusiasmarmi quanto un suo messaggio.

Quando è ubriaco diventa sentimentale in modo semplice e umano. Incomincia a immaginare la nostra vita insieme, a vedermi come sua moglie: "Non sarai mai bella come quando ti vedrò arrotolarti le maniche e lavorare per me. Potremmo essere così felici! Resteresti indietro con la scrittura!"

Oh, un marito tedesco. Rido di questo. E così, resto indietro con la scrittura e divento la moglie di un genio. Questo lo avevo desiderato, tra altre cose, ma niente lavori di casa. Non lo sposerei mai, oh, no. So che è felice della libertà che gli concedo. Ma so anche che è estremamente geloso e non mi permetterebbe mai di comportarmi in modo altrettanto libero di adesso.

Tuttavia quando lo vedo così infantilmente felice del mio amore, esito a fare il gioco di preoccuparlo, ingannandolo, tormentandolo. Non voglio nemmeno suscitare la sua gelosia in modo troppo doloroso.

Inconsciamente, il ruolo di Fred è quello di avvelenare la mia felicità.

Lui sottolinea le manchevolezze dell'amore di Henry. Io non mi merito un mezzo amore, dice. Io merito cose straordinarie. Al diavolo, il mezzo amore di Henry per me vale di più dell'amore intero di mille uomini.

Per un momento ho immaginato un mondo senza Henry. E ho giurato che il giorno in cui perderò Henry ucciderò la mia vulnerabilità, la mia capacità di amare veramente, i miei sentimenti, con le più frenetiche sregolatezze. Dopo Henry non voglio più nessun amore. Solo scopate, da un lato, e solitudine e lavoro dall'altro. Basta con il dolore.

Dopo cinque giorni che non vedevo Henry, a causa di mille impegni, non riuscivo più a sopportare la sua assenza. Gli chiesi di incontrarci per un'ora tra un impegno e l'altro. Parlammo per un momento e poi andammo nella prima stanza d'albergo. Come è profondo il bisogno che ho di lui. Solo quando sono tra le sue braccia tutto sembra giusto. Dopo un'ora con lui posso continuare la mia giornata, fare le cose che non ho voglia di fare, vedere gente che non mi interessa.

Una stanza d'albergo per me ha un sottinteso di voluttà furtiva, di breve durata. Forse il fatto di non aver visto Henry ha esaltato il mio desiderio. Mi sono masturbata spesso, lussuriosamente, senza rimorso o sgradevoli retrogusti. Per la prima volta ho capito cos'è mangiare. Sono ingrassata di due chili. Mi viene una fame frenetica, e il cibo che mangio mi dà un piacere protratto. Non ho mai mangiato prima in un modo così intenso e carnale. Ormai ho solo tre desideri, mangiare, dormire e scopare. I cabaret mi eccitano. Voglio sentire musica rauca, vedere facce nuove, strusciare contro altri corpi, bere focoso Bénédictine. Le belle donne e gli uomini attraenti suscitano in me desideri sfrenati. Voglio ballare. Voglio le droghe. Voglio conoscere gente perversa, frequentarla intimamente. Non guardo mai facce ingenue. Voglio mordere la vita, ed esserne fatta a pezzi. Henry non mi dà tutto questo, io ho suscitato il suo amore. All'inferno il suo amore. Sa scoparmi come nessun altro, ma voglio più di questo. Sto andando all'inferno, all'inferno, all'inferno. Scatenata, scatenata, scatenata.

Oggi ho portato a Henry queste mie sensazioni, o quel che di esse riuscivo a trattenere, perché mi sembrava che traboccassero come lava, e mi intristii quando lo vidi tranquillo, serio, tenero, non abbastanza pazzo. No, non altrettanto pazzo della sua scrittura. È June che brucia Henry di parole. Tra le sue braccia per un'ora dimentico la mia febbre. Se solo potessimo restare soli per qualche giorno. Vuole che vada in Spagna con lui. Una volta lì, si libererà della sua gentilezza e diventerà pazzo?

Sarà sempre così? Questa impossibilità di trovare il riscontro di uno stato d'animo, di una fase, di un umore, mai. Siamo tutti seduti su delle altalene. Sono assetata di quello di cui Henry è stanco, di una sete tutta nuova, fresca e vigorosa. Quello che lui vuole da me, io non sono in vena di darglielo. Che contrasto nei nostri ritmi. Henry, amore mio, non voglio più sentir parlare di angeli, di anime, di amore, basta con le profondità.

Un'ora con Henry. Mi dice: "Anaïs, mi sconvolgi. Susciti in me le più strane sensazioni. L'ultima volta che ti ho lasciato, ti adoravo." Siamo seduti sul bordo del suo letto. Gli appoggio la testa sulla spalla. Lui mi bacia teneramente i capelli.

Ben presto siamo sdraiati fianco a fianco. Lui mi ha penetrato, ma il suo pene ha cessato improvvisamente di muoversi ed è divenuto molle.

Gli dico, sorridente: "Non avevi molta voglia di scopare, oggi."

Lui dice: "Non è questo. È perché ultimamente non ho fatto altro che pensare a quando diventerò vecchio e che un giorno..."

"Sei pazzo, Henry, a quarant'anni! proprio tu, che non pensi mai a momenti del genere. Ma come, tu scoperai fino a cent'anni."

"È così umiliante," dice Henry, ferito, sconcertato.

Per il momento posso solo pensare alla sua umiliazione, alle sue paure. "È naturale," gli dico. "Succede anche alle donne, solo che nelle donne non si vede. Loro lo possono nascondere. Non ti è mai successo prima?"

"Solo quando non volevo la mia prima amante, Pauline. Ma voglio te disperatamente. Ho una paura terribile di perderti. Ieri mi preoccupavo come una donna. Per quanto tempo mi amerà? Si stancherà di me?"

Lo bacio.

"Lo vedi, ormai mi baci come se fossi un bambino."

Io osservo che ha vergogna di se stesso. Dico e faccio di tutto per rendere ogni cosa naturale. Lui immagina che d'ora in poi sarà impotente. Mentre lo conforto, nascondo l'inizio delle mie stesse paure e della mia disperazione. "Forse," gli dico, "pensi di dovermi scopare ogni volta che vengo a trovarti perché io non sia delusa."

Questo lo colpisce come la spiegazione più vera. La accetta. Anch'io sono contraria ai nostri incontri innaturali. Non possiamo vederci quando ci desideriamo a vicenda. È un peccato. Io lo desidero di più quando non c'è. Lo prego di non prendere la cosa troppo seriamente. Lo convinco. Lui promette di uscire quella sera, di venire alla stessa commedia dove devo andare io con della gente della banca.

Ma nel taxi tornano anche le mie paure sproporzionate. Henry mi ama, ma di un amore non carnale, non carnale.

Quella stessa notte venne alla commedia e sedette in loggione. Sentii la sua presenza. Alzai gli occhi verso di lui, con molta tenerezza. Ma la cupezza del mio umore mi soffocava. Per me era tutto finito. Le cose finiscono quando muore la mia sicurezza. Però...

Henry tornò a casa e mi scrisse una lettera d'amore. Il giorno dopo gli telefonai e dissi: "Vieni a Louveciennes se non sei in vena di lavorare." Lui venne immediatamente. Fu dolce, e mi prese. Ne avevamo bisogno entrambi. Ma non mi scaldò, non mi resuscitò. Mi parve che anche lui stesse scopando solo per rassicurarsi. Che peso plumbeo su di me, sul mio corpo. Passammo solo un'ora insieme. Lo accompagnai a piedi alla stazione. Mentre tornavo indietro rilessi la sua lettera. Mi parve insincera. Letteratura. I fatti mi dicono una cosa, il mio istinto un'altra. È possibile che i miei istinti siano solo le mie vecchie paure nevrotiche?

Strano, oggi ho dimenticato il mio appuntamento con Allendy e non gli ho telefonato. Ho un bisogno terribile di lui, eppure voglio combattere da sola, avvinghiata alla vita. Henry scrive una lettera, viene da me, mi ama, è evidente, mi parla. Vuota. Sono come uno strumento che ha smesso di registrare. Non voglio vederlo domani. L'altro giorno gli ho chiesto di nuovo: "Vuoi che mandi dei soldi a June perché possa venire, invece di darli a te per andare in Spagna?" Disse di no.

Incomincio a pensare moltissimo a June. La mia immagine di un Henry pericoloso, sensuale e dinamico è scomparsa. Faccio tutto quel che posso per ricatturarla. Lo vedo umile, timoroso, privo di fiducia in se stesso. L'altro giorno quando dissi per scherzo: "Non mi avrai mai più," lui rispose: "Mi stai punendo." Quello che capisco è che la sua insicurezza è pari alla mia, mio povero Henry. Vuole dimostrarmi che può fare l'amore splendidamente, vuole dimostrarmi la sua potenza almeno quanto io voglio sapere che la suscito.

Eppure mi mostrai coraggiosa. Quando successe quella scena, così insopportabilmente simile a quella con John, io non diedi segno di preoccupazione, né di sorpresa. Rimasi tra le sue braccia, ridendo piano e chiacchierando. Dissi: "L'amore rovina le scopate." Ma era più che altro una bravata. La mia sofferenza era una rivelazione molto più autentica.

A dispetto di tutto questo ho messo a repentaglio il mio matrimonio e la mia felicità per dormire con la lettera di Henry sotto il cuscino con la mano appoggiata sulla busta.

Sto andando da Henry senza gioia. Ho paura di quell'Henry gentile che sto per incontrare. Troppo simile a me stessa. Ricordo che, fin dal principio, mi aspettavo che fosse lui a prendere l'iniziativa nella conversazione, in tutte le cose.

Pensai amaramente alla magnifica ostinazione di June, alla sua iniziativa, alla sua tirannia. Pensai che non sono le donne forti a rendere deboli gli uomini, ma gli uomini deboli che rendono eccessivamente forti le donne. Io mi sono mostrata a Henry con la sottomissione di una donna latina, pronta a essere travolta. E lui ha lasciato che lo travolgessi io. Ha sempre temuto di deludermi. Ha esagerato le mie speranze. Si è chiesto per quanto tempo lo avrei amato, e quanto. Ha lasciato che i pensieri interferissero con la nostra felicità.

Henry, tu ami le tue piccole puttane, perché sei superiore a loro. Ti sei sempre rifiutato di incontrare una donna al tuo stesso livello. Sei rimasto sorpreso di quanto io possa amarti senza giudicarti, adorandoti come nessuna puttana ti ha mai adorato. E allora, non sei forse più felice di essere adorato da me, e questo amore non ti rende infinitamente superiore? Tutti gli uomini si ritraggono di fronte a un amore difficile? Per Henry, tutto scorre come prima. Non ha osservato la mia esitazione quando mi ha proposto di andare all'Hotel Cronstadt. La nostra ora parve ricca come sempre, e lui era in adorazione. Eppure io ebbi l'impressione di fare uno sforzo per amarlo. Forse mi ha solo spaventata. Temevo che fosse impotente di nuovo. Non provavo più la stessa insensata sicurezza. Tenerezza, sì. La maledetta tenerezza. Riconquistai la mia felicità, ma era una felicità fredda. Mi sentivo distaccata. Ci ubriacammo, e poi fummo molto felici. Ma io stavo pensando a June.

Il ritorno a casa in macchina dopo molto vino bianco: fuochi di artificio da 4 di Luglio esplodono in cima ai lampioni. Io inghiotto la strada d'asfalto con un ruggito da giungla, inghiotto le case a occhi chiusi, inghiotto i pali del telegrafo e *messages téléphoniques*, gatti randagi, alberi, colline, ponti...

Inviai il mio pezzo surrealista a Henry, aggiungendo: "Cose che ho dimenticato di dirti: che ti amo, e che quando mi sveglio la mattina uso la mia intelligenza per scoprire altri modi di apprezzarti. Che quando June tornerà ti amerà di più perché io ti ho amato. Ci sono nuove foglie in cima alla tua testa già stracarica."

Sento il bisogno di dirgli che lo amo perché non ci credo. Come mai Henry è divenuto per me il piccolo Henry, quasi un bambino? Capisco che June se ne vada dicendo: "Amo Henry come se fosse il mio bambino." Henry, che prima era una minaccia gigantesca, un seminatore di terrore. Non può essere!

Cabaret Rumba. Hugo e io stiamo ballando insieme. È talmente più alto di me che il mio viso si annida sotto il suo mento, contro il suo petto. Uno spagnolo smodatamente bello (un ballerino professionista) mi sta guardando da un po' come un ipnotizzatore. Mi sorride al di sopra della testa della sua compagna. Rispondo al suo sorriso e lo guardo negli occhi. Capto il loro messaggio. Rispondo con la stessa mescolanza di gioia sensuale e di divertimento. Ha il sorriso appena abbozzato sulla faccia. Provo un piacere acutissimo a comunicare con quest'uomo mentre sono annidata tra le braccia di Hugo. Mentre gli sorrido, sto progettando di tornare in quel locale a ballare con lui. Provo una curiosità tremenda. Ho guardato a fondo quest'uomo, l'ho immaginato nudo. E anche lui ha guardato a fondo me, con stretti occhi animali. L'emozione della duplicità libera un insidioso veleno. Per tutto il tragitto verso casa il veleno si spande. Ormai capisco come giocare per un attimo con quei sentimenti che avevo considerato troppo sacri. La settimana prossima invece di uscire con il mio tranquillo "marito" Henry, andrò a vedere lo spagnolo. E le donne: voglio donne. Ma le lesbiche mascoline del Cabaret Le Fétiche non mi sono piaciute affatto.

Adesso capisco anche il garofano nella bocca di Carmen. Stavo annusando fiori d'arancio. I boccioli bianchi sfioravano le mie labbra. Erano come la pelle di una donna. Le mie labbra li schiacciarono, si aprirono e si chiusero dolcemente intorno a essi. Baci dai petali morbidi. Morsi i boccioli bianchi. Bocconi di carne profumata, pelle serica. La bocca piena di Carmen che morde il suo garofano; e io, Carmen.

È un vero peccato che Henry sia stato buono con me, è un vero peccato che sia un uomo buono. Sta incominciando ad accorgersi di un sottile cambiamento in me. Sì, dice, io posso anche sembrare immatura a prima vista, ma quando sono svestita a letto, come sono donna!

L'altro giorno Joaquin scese da basso inaspettatamente, entrò nel salone, per farmi una domanda banale, e Henry e io ci stavamo baciando. Si capiva dalla faccia di Henry, e Joaquin rimase imbarazzato. Io non mi sentii turbata né provai vergogna. Ero arrabbiata per l'intrusione, e dissi a Henry: "Ben gli sta, così impara a venire qui quando non dovrebbe."

Se Henry capirà che sto diventando svergognata, forte, sicura delle mie azioni, difficilmente influenzabile, se si renderà conto del vero corso della mia vita adesso, cambierà nei miei confronti? No. Ha i suoi bisogni, e ha bisogno della donna in me che è dolce, timida, buona, incapace di ferire o di scatenarsi. Io invece sto diventando ogni giorno più simile a June. Incomincio a volerla, a conoscerla meglio, ad amarla di più. Ormai capisco che ogni mossa interessante della loro vita insieme è stata fatta da June. Senza di lei Henry è un osservatore tranquillo, non un protagonista. Henry e io siamo perfetti come compagni, ma non per vivere insieme. Mi aspettavo che quei primi giorni (o notti) a Clichy sarebbero stati sensazionali. Rimasi sorpresa quando ci immergemmo in conversazioni profonde e tranquille e facemmo così poco. Mi aspettavo scene alla Dostoevskij e trovai invece un tedesco gentile che non sopportava di lasciare i piatti sporchi. Trovai un marito, non un amante difficile e capriccioso. Sulle prime, Henry era persino incerto su come intrattenermi. June l'avrebbe saputo. Tuttavia fui felice e profondamente soddisfatta allora perché lo amavo. È solo in questi ultimi giorni che ho sentito tornare la mia vecchia inquietudine.

Proposi a Henry di uscire insieme, ma rimasi delusa quando si rifiutò di portarmi in posti esotici. Lui si accontentava di andare al cinema e di sedersi al caffè. Poi si rifiutò di presentarmi ai suoi amici libertini (per proteggermi e tenermi accanto a sé). Visto che lui non prendeva iniziative, incominciai a proporgli io di andare in un posto o nell'altro.

Una sera dalla Gare Saint-Lazare, eravamo andati al cinema e poi in un caffè. In taxi, mentre andavamo a prendere Hugo, Henry incominciò a baciarmi, e io lo strinsi forte. I nostri baci si fecero sempre più appassionati, e io gli dissi: "Di' al taxista di portarci nel Bois." Ero ebbra di quell'attimo. Ma Henry si spaventò. Mi fece notare l'ora, mi ricordò Hugo. Con June come sarebbe stato diverso! Lo lasciai con tristezza. Non c'è proprio niente di pazzo in Henry, salvo la sua scrittura febbrile.

Faccio uno sforzo per vivere all'esterno, per andare dal parrucchiere, a fare la spesa, per ricordare a me stessa: "Non devo affondare, devo combattere." Ho bisogno di Allendy, e non posso vederlo fino a mercoledì.

Vorrei vedere anche Henry, ma ormai non conto più sulla sua forza. Fin da quel primo giorno al Viking, lui mi aveva detto: "Sono un uomo debole." E io non gli avevo creduto. Non amo gli uomini deboli, provo tenerezza per loro, sì. Ma, dio mio, in pochi giorni Henry ha distrutto la mia passione. Cos'è successo? Il momento in cui dubitò della sua potenza fu solo una scintilla. È forse perché il suo potere sessuale era il suo unico potere? Era solo così che riusciva a tenermi? Oppure c'è stato un cambiamento dentro di me?

Verso sera incomincio a pensare che non è molto importante che io sia delusa. Voglio aiutarlo. Sono felice che il suo libro sia terminato e che io sia riuscita a dargli un senso di sicurezza e di benessere. Lo amo in un modo diverso, ma lo amo.

Henry è prezioso per me, così com'è. Mi commuovo quando vedo il suo vestito frusto. Si addormentò mentre mi stavo vestendo per una cena formale. Ammirò il mio vestito verde di foggia orientale. Disse che mi muovevo come una principessa. La finestra della mia camera da letto era spalancata sul giardino lussureggiante. Gli ricordò lo scenario di *Pelléas et Mélisande*. Era sdraiato sul divano. Per un momento mi sedetti accanto a lui e lo coccolai. Gli dissi: "Devi farti fare un vestito," chiedendomi come avrei fatto a procurarmi il denaro. Non sopportavo di vedere le maniche lise intorno ai suoi polsi

Sul treno ci sediamo vicinissimi. Mi dice: "Sai, Anaïs, io sono così lento che non mi rendo conto che ti perderò all'arrivo a Parigi. Camminerò da solo per le strade e, forse venti minuti dopo, all'improvviso sentirò intensamente che non ti ho più accanto a me e che mi manchi."

E in una lettera mi aveva detto: "Aspetto con ansia quei due giorni (Hugo sta per andare a Londra), per passarli tranquillamente con te, per assorbirti, per essere tuo marito. Adoro essere tuo marito. Sarò sempre tuo marito, che tu lo voglia o no."

Durante la cena la mia felicità mi rese disinvolta. Mentalmente ero sdraiata sull'erba con Henry sopra di me; sorridevo radiosamente a quella povera gente insignificante seduta intorno al tavolo. Si accorsero tutti di qualcosa – persino le donne, che vollero sapere dove compravo i miei abiti. Le donne pensano sempre che una volta che si saranno procurate le mie scarpe, il mio vestito, il mio parrucchiere, il mio trucco, tutto funzionerà nello stesso modo. Non hanno idea della stregoneria che è necessaria. Non sanno che io non sono bella ma che lo sembro solo in certi momenti.

Il mio vicino di tavolo disse: "La Spagna è il paese più meraviglioso del mondo, là le donne sono veramente donne!"

Io stavo pensando, vorrei tanto che Henry potesse assaggiare questo pesce. E il vino.

Ma anche Hugo si accorse di qualcosa. Prima del banchetto avremmo dovuto incontrarci alla Gare Saint-Lazare. Sapeva che Henry era venuto a Louveciennes per aiutarmi con il mio romanzo. Quando Henry e io arrivammo insieme alla stazione, Hugo non ne fu contento. Incominciò a parlare in fretta, e con severità di Osborn, "il bambino prodigio". Povero Hugo, e io sentivo ancora l'odore dell'erba del bosco.

Camminai con lui sentendomi leggerissima. E Henry dov'era? Stava già sentendo la mia mancanza? Il sensibile

Henry, che ha paura di non piacere, di essere disprezzato, che teme che Hugo venga a sapere tutto o che io mi vergogni di lui di fronte ad altra gente. Che non capisce perché lo ami. Io gli faccio dimenticare umiliazioni e incubi. Le sue ginocchia esili sotto il vestito frusto risvegliano i miei istinti protettivi. C'è un Henry grande e grosso, la cui scrittura è tempestosa, oscena, brutale, e che è appassionato con le donne, e c'è un Henry piccolo, che ha bisogno di me. Per il piccolo Henry mi impongo delle rinunce, risparmio fino all'ultimo centesimo. Ormai mi è difficile credere che mi abbia spaventato, intimidito. Henry, l'uomo di mondo, l'avventuriero. Ha paura dei nostri cani, dei serpenti in giardino, della gente quando non è *le peuple*. A momenti in lui vedo Lawrence, salvo che Henry è sano e appassionato.

Ieri sera avrei voluto dire al mio compagno di tavola: "Sa, Henry è così appassionato."

Non sono andata al mio ultimo appuntamento con Allendy, stavo incominciando a dipendere da lui, a essergli grata. Perché ho interrotto per una settimana, mi chiede. Per stare in piedi da sola, per combattere da sola, per riappropriarmi di me stessa e non dipendere più da nessuno. Perché? Per paura di essere ferita. Per paura che diventi una necessità e che, una volta finita la mia cura, il nostro rapporto possa finire e io lo perda. Lui mi ricorda che fa parte della cura rendermi autosufficiente. Ma, non fidandomi di lui, ho dimostrato di essere ancora malata. Lentamente mi insegnerà a farcela senza di lui.

"Se lei mi abbandonasse adesso, soffrirei come dottore per non essere riuscito a curarla, e soffrirei personalmente perché lei è interessante. Così, lo capisce anche lei, che in un certo modo io ho bisogno di lei quanto lei di me. Potrebbe ferirmi abbandonandomi adesso. Cerchi di capire che in tutti i rapporti c'è dipendenza. Non abbia paura della dipendenza. Non provi a invertire il piatto della bilancia. L'uomo deve essere l'aggressore nell'atto sessuale. In seguito può essere come un bambino e dipendere dalla donna e avere bisogno di lei come di una madre. Lei non è intrinsecamente dominante, ma, per difendersi – dal dolore, dalla paura dell'abbandono, che le ricorda perpetuamente l'abbandono di suo padre – cerca di conquistare, di dominare. Capisco che lei non usa il suo potere in modo maligno o crudele, ma solo per essere soddisfatta della sua efficacia. Ha conquistato suo marito, poi Eduardo, e adesso Henry. Lei non vuole uomini deboli, ma non è soddisfatta finché non sono diventati deboli in mano sua. Stia attenta a questo. Si liberi del suo atteggiamento difensivo, e soprattutto si liberi delle sue paure. Si lasci andare."

Henry mi scrive una lettera poco delicata sulla diciannovenne Paulette che Fred ha portato a vivere con sé a Clichy. Henry è felice perché la ragazza si sta occupando della casa e incita Fred a sposarla perché è adorabile. Questa lettera mi lacerò la carne. Immaginai Henry a giocare con Paulette mentre Fred andava al lavoro. Oh, lo conosco il mio Henry. Mi chiusi in me stessa come un riccio. Non avevo voglia di scrivere sul diario, mi rifiutavo di pensare, ma dovevo gridare. Se questa è la gelosia non devo mai più infliggerla a Hugo, o a nessun altro. Paulette, a Clichy; Paulette, libera di fare tutto per Henry, di mangiare con lui, di passare le serate con lui mentre Fred è al lavoro.

Una serata estiva. Henry e io stiamo mangiando in un piccolo ristorante spalancato sulla strada. Facciamo parte della strada. Il vino che mi scende nella gola, scende in molte altre gole. Il caldo della giornata è come la mano di un uomo sul seno. Avvolge sia la strada sia il ristorante. Il vino ci salda tutti, Henry e me, il ristorante, la strada, e il mondo. Grida e risate degli studenti che si stanno preparando al Quatz Arts Ball. Sono in costumi barbari, da pellerossa, coperti di piume, e traboccano dagli autobus e dai carri. Henry sta dicendo: "Stasera voglio farti tutto. Voglio sdraiarti su questo tavolo e scoparti davanti a tutti. Sono pazzo di te. Dopo cena andiamo all'Hotel Anjou. Ti insegnerò delle cose nuove."

Poi, all'improvviso, sente un bisogno improvviso di confessarsi: "Quel giorno che ti ho lasciato a Louveciennes, piuttosto ubriaco – tu non ci crederai, ma mentre stavo cenando, una ragazza venne a sedersi al mio tavolo. Era solo una prostituta qualsiasi. Ancora al ristorante le infilai una mano sotto la gonna. Andai in un albergo con lei, pensando a te continuamente, odiandomi, ricordando il nostro pomeriggio. Ero stato così soddisfatto. Avevo talmente tanti pensieri che, quando venne il momento, non riuscii a scopare la ragazza. Lei fu molto sprezzante. Mi considerò impotente. Le diedi venti franchi, e ricordo di essere stato contento che non fossero di più perché erano i tuoi soldi. Lo puoi capire questo, Anaïs?"

Cerco di non cambiare l'espressione del mio sguardo, e meccanicamente dico che capisco, ma sono sconcertata, offesa in modo indicibile. E adesso sente il bisogno di continuare: "Solo un'altra cosa. Bisogna che ti dica un'altra cosa, e poi ho finito. Una notte Osborn aveva appena ricevuto il suo stipendio, e mi portò in un cabaret. Incominciammo a ballare e poi ci portammo a casa due ragazze a Clichy. Mentre sedevamo al tavolo di cucina vollero parlare di affari. Chiesero un prezzo molto alto. Io avrei voluto lasciarle andare, ma Osborn le pagò come volevano e loro rimasero. Una era una ballerina acrobatica e ci mostrò alcuni dei suoi numeri nuda, con indosso solo le mutandine. Poi Fred tornò a casa alle tre del mattino, furioso nello scoprire che avevo usato il suo letto. Strappò via le lenzuola e me le mostrò dicendo: 'Sì, sì, e poi dici che ami la tua Anaïs.' Ed è vero, Anaïs. Penso persino che avresti potuto provare un piacere perverso nel vedermi."

Ora piego la testa e arrivano le lacrime. Ma continuo a dire che capisco. Henry è ubriaco. Vede che sono offesa. Poi mi libero del mio malessere. Lo guardo. La terra sta dondolando. Grida e risate degli studenti per strada.

All'Hotel Anjou ci sdraiamo e ci succhiamo come lesbiche. Ancora ore e ore di voluttà. L'insegna dell'albergo, a luci rosse, brilla nella stanza. Mani, palpeggiamenti, eiaculazioni. Imparo da Henry come giocare con il corpo di un uomo, come eccitarlo, come esprimere il mio desiderio. Riposiamo. Sta passando un grande autobus di studenti. Salto giù dal letto e corro alla finestra. Henry è addormentato. Mi piacerebbe essere al ballo adesso, gustare ogni cosa.

Henry si sveglia. È divertito nel trovarmi nuda alla finestra. Giochiamo di nuovo. Hugo potrebbe essere al ballo, penso. Quando l'ho lasciato libero so che stava progettando di andarci. Hugo è al ballo con una donna tra le braccia, e io sono in una stanza d'albergo con Henry, con le luci rosse che brillano attraverso le finestre. Una notte estiva piena di grida e di risate degli studenti. Sono corsa nuda alla finestra due volte.

Tutto questo è ormai un sogno. All'epoca in cui successe il mio corpo si sentiva come prima di un temporale. Il mio corpo ricorda l'ardore e la febbre delle carezze di Henry. Una storia che devo scrivere cento volte. Ma ora mi dà dolore. Per proteggere me stessa dovrò staccarmi da Henry. Questo non riesco proprio a sopportarlo. Continuo a resistere mentre Henry passa incurante da una donna all'altra.

Oggi per un momento mi sono addolcita. Non importa. Lascia che abbia le sue piccole donne ordinarie se questo lo rende felice. Il sollievo di aprire una mano e lasciare la presa è immenso. Ma, subito dopo, la stringo di nuovo. Provo un desiderio di vendetta, una strana vendetta. Mi concedo a Hugo con tanta avversione nei confronti di Henry che provo un enorme piacere fisico. La mia prima infedeltà a Henry.

Come sono sottili le forze che agiscono sulla condizione sensuale. Una piccola ferita, un momento d'odio, e posso godermi Hugo completamente, freneticamente, almeno tanto quanto mi sono goduta Henry. Non sopporto la gelosia. Devo ucciderla, riequilibrando le parti. Mi vendicherò di ciascuna delle puttane di Henry, ma in un modo molto più terribile. Henry ha detto spesso che dei due, in un certo senso, sono io che commetto le azioni di gran lunga più profane.

Anche dietro la mia ubriachezza c'è sempre una certa consapevolezza, sufficiente a far sì che mi rifiuti di rispondere alle domande di Henry e ai suoi dubbi su di me. Non cerco di renderlo geloso, ma non ammetto neanche la mia stupida fedeltà. È così che le donne vengono spinte a fare la guerra agli uomini. Non c'è alcuna possibilità di fiducia assoluta. Confidarsi equivale a mettersi nelle mani di un altro e soffrire. Oh, domani, come lo punirò!

Sono già contenta quando Hugo torna da Londra: gli permetto di baciarmi a lungo e di portarmi in braccio, sul retro del giardino, tra i cespugli d'arancio.

Mentre era via, sono uscita con Henry, portandomi il pigiama, il pettine e lo spazzolino da denti, ma pronta alla fuga. L'ho lasciato chiacchierare. "Questa Paulette e Fred," dice lui, "sono carini insieme, ma non so come andrà a finire. È più giovane di quel che aveva detto. All'inizio avevamo paura che i suoi genitori potessero creare dei problemi a Fred. Lui mi chiede di occuparmi di Paulette la sera. L'ho portata al cinema, ma la verità è che mi annoia. È così giovane. Non abbiamo niente da dirci. È gelosa di te. Ha letto quel che ha scritto Fred su di te. 'Stiamo tutti aspettando la dea oggi.'"

Rido e gli dico cosa ho pensato. Glielo posso leggere in faccia che Paulette non gli interessa, benché ammetta che è la prima volta che si scopre indifferente. "Ma via, Paulette non è niente," dice. "Ho scritto quella lettera entusiasta perché mi piaceva il loro entusiasmo e ne ero partecipe."

Questo divenne un argomento di discussione. L'idea di andare a Clichy e conoscere Paulette era un incubo per me. Avevo pensato di portarle un regalo, perché era una presenza estranea, una persona nuova nella nostra vita di Clichy, che ci abitava come avrei voluto abitarci io.

Non era niente altro che una bambina, magra e sgraziata, ma temporaneamente attraente perché era stata resa donna da Fred, e perché era innamorata. Henry e io per un po' ci divertimmo del loro tubare ma poi finimmo per stancarci di loro, e per i giorni che io rimasi ancora a Clichy li evitammo.

Una sera, quando arrivai, Henry aveva il mal di stomaco. Dovetti occuparmi di lui come faccio con Hugo – asciugamani caldi, massaggi. Era sdraiato sul letto, con la sua bella pancia bianca scoperta. Dormì per un po' e si svegliò guarito. Leggemmo insieme. La nostra fusione fu sconcertante. Dormii tra le sue braccia. La mattina mi svegliò con le carezze, borbottando qualcosa sulla mia espressione.

L'altra faccia di Henry, quella che un giorno potrebbe ripudiare tutto questo, per il momento mi è impossibile immaginarla.

Subito prima di questo, avevo avuto una seduta con Allendy, in cui avevo dato chiari segni di regressione. Gli avevo restituito un diaframma che mi aveva consigliato di usare. Interpretazione: volevo dimostrargli che ero in una fase di pentimento per la mia "vita dissoluta". E questo, perché Joaquin si era ammalato di appendicite, procurandomi un senso di colpa.

Poi gli confessai che certe pratiche nei giochi sessuali non mi attirano veramente, come succhiare il pene, che lo faccio solo per compiacere Henry. In associazione con questo, mi ricordai che qualche giorno prima del mio rapporto con Henry non riuscivo a mandare giù il cibo. Avevo un senso di nausea. Poiché cibo e sessualità hanno un rapporto, Allendy crede che io stessi mostrando un'inconscia resistenza alla sessualità. Inoltre, la resistenza si presenta ancor più forte quando qualche evento suscita il mio senso di colpa.

Mi resi conto che la mia vita era di nuovo bloccata.

Piansi. Ma forse grazie a questa conversazione con Allendy riuscii ad andare avanti, ad andare da Henry, a vincere la mia gelosia per Paulette. Suppongo che sia una chiara indicazione del mio orgoglio e della mia indipendenza dire che mi risulta difficile attribuire completamente alla psicoanalisi il merito delle mie varie vittorie, e che sono portata a credere che sia dovuto alla grande umanità di Henry o ai miei stessi sforzi.

Eduardo mi fece notare che stavo dimenticando molto rapidamente la fonte della mia nuova sicurezza e che questa sicurezza (datami da Allendy) è esattamente quanto induce una persona a credere nei propri poteri. In breve, non ne so abbastanza di psicoanalisi per capire che devo tutto a Allendy.

Non mi sono concessa di pensare a lui in modo sentimentale. In effetti, sono contenta di non amarlo. Ho bisogno di lui, sì, e lo ammiro, ma senza sensualità. Ho la sensazione che vorrei vederlo turbato da me. Mi piace quando ammette che lo intimidii il primo giorno che ci incontrammo o quando parla del mio fascino sensuale. A questo punto, la consapevolezza che il transfert è un'emozione stimolata artificialmente mi ispira più sfiducia che mai. Dubitando delle manifestazioni d'amore genuine, dubito ancora di più di questo attaccamento suscitato intellettualmente.

Allendy dice di aver scoperto il mio vero ritmo. Ci è arrivato da un mio sogno dalle immagini molto acute. Da quanto aveva capito, studiandomi, io ero fondamentalmente un'esotica donna cubana, piena di fascino, semplicità e purezza. Tutto il resto era letterario, intellettuale. Non c'era niente di male nel giocare vari ruoli, salvo che non bisognava prenderli sul serio. Ma io divento sincera e vado fino in fondo. Poi sono a disagio e infelice. Allendy è anche convinto che il mio interesse per le perversioni sia una posa.

Molto dopo che aveva detto questo, mi ricordai che il

posto in cui ero stata più felice, in modo assolutamente sano, era la Svizzera, dove vivevo spogliata di ogni ruolo esterno. Mi considero interessante con un cappellino di paglia, un abito semplice, poco trucco, come in Svizzera? No. Ma mi considero interessante con un cappello russo! Mancanza di fiducia nei miei valori fondamentali.

A questo punto incominciai a sollevare delle obiezioni. Se la psicoanalisi finirà per annientare ogni forma di nobiltà nei motivi personali e nell'arte, scoprendone le radici nevrotiche, con cosa li sostituirà? Che cosa sarei io senza i miei ornamenti, i miei costumi, la mia personalità? Sarei forse un'artista più vigorosa? Allendy dice che devo vivere con maggior sincerità e naturalezza. Non devo calpestare i confini della mia natura, né creare dissonanze, deviazioni, e ruoli (come ha fatto June), perché questo significa infelicità.

Sto aspettando Allendy nella sala d'attesa. Sento una voce femminile nel suo ufficio. Sono gelosa. Sono infastidita perché li sento ridere. In più è anche in ritardo, per la prima volta. E io gli sto portando un sogno affettuoso – è la prima volta che mi sono concessa di pensare a lui fisicamente, amorosamente. Forse non dovrei raccontargli il sogno. È dargli troppo, mentre lui...

I miei cattivi sentimenti svaniscono quando lui appare. Gli racconto il sogno che, secondo lui, rivela un miglioramento. Qualche mese fa mi sarei rinchiusa in me stessa. È contento dell'affetto che ora traspare dal nostro rapporto. Ma mi spiega che il sogno fa capire chiaramente che la mia felicità mi deriva più dal fatto che lui trascura altra gente per darmi tutta la sua attenzione che dall'attenzione stessa. "Siamo di nuovo al punto dolente. La sua insicurezza, il suo bisogno di essere amata in modo esclusivo. In tutti i suoi sogni c'è anche una grande possessività. Attaccarsi troppo in amore è un male, e deriva soltanto da una mancanza di sicurezza. Per questo quando qualcuno la capisce e la ama, lei è smodatamente grata."

Allendy ristabilisce sempre la sincerità. Scopre che reprimo le mie gelosie e la mia rabbia, per rivolgerle contro me stessa. Dice che devo esprimerle, liberarle. Io pratico una falsa bontà. Non sono veramente buona. Mi costringo a essere generosa, a dimenticare. "Per una volta," dice Allendy, "si arrabbi quanto vuole."

Terribili i risultati di questo consiglio. Vedo salire in superficie mille cause di risentimento contro Henry, contro la sua accettazione troppo facile dei miei sacrifici, la sua difesa irragionevole di qualsiasi cosa venga attaccata, le sue lodi per donne ordinarie e comuni, la sua paura delle donne intelligenti, i suoi vituperi contro June, quell'essere magnifico.

Mi svegliai con il presentimento che Allendy mi avrebbe baciato durante la nostra seduta. Anche la giornata sembrava prestarsi, una giornata lussureggiante, tropicale. Mi sentivo languida e molto triste all'idea di dovermi separare da lui.

Quando arrivai e gli dissi che non sarei ritornata, lasciò perdere l'analisi e chiacchierammo. Guardai il suo naso da muğik e mi chiesi se un uomo come lui potesse essere sensuale. Ero consapevole di assumere le mie solite pose. Ma ero in preda al panico. Alla fine della nostra conversazione mi prese le mani. Io cercai di evitarlo. Mi misi cappello e soprabito, ma quando fui sul punto di andarmene lui si piegò su di me e disse: "*Embrassez-moi*."

Mi restano due impressioni molto chiare: che desideravo che mi stringesse forte e che mi baciasse senza chiedermelo, e che il bacio sia stato troppo breve e casto. In seguito, avrei voluto tornare per un altro. Mi parve di essere stata timida, e che lo fosse stato anche lui, e che avremmo potuto baciarci meglio. Quel giorno era decisamente attraente, brillante, sognante, interessante e così deciso. Veramente un gigante.

Ero molto felice dopo il bacio di Allendy. Allo stesso tempo so che il bacio più distratto di Henry può scuotere le fondamenta del mio corpo. Oggi l'ho capito chiaramente vedendolo dopo cinque giorni di separazione. Che scontro di corpi. È come una fornace quando ci incontriamo. Tuttavia ogni giorno che passa mi rendo conto sempre di più che solo il mio corpo è turbato. I miei momenti migliori con Henry sono a letto.

LUGLIO

Ma non appena Hugo partì per Londra lunedì, mi precipitai da Henry. Due notti di estasi. Porto ancora le tracce dei suoi morsi, e la notte scorsa era talmente appassionato che mi fece male. Il nostro fare l'amore si alternò a discorsi profondi.

Henry è geloso. Mi portò a Montparnasse, e un attraente ungherese si sedette accanto a me facendomi delle *avances* audaci. Più tardi Henry disse di volermi tenere sotto chiave, che ero fatta per l'intimità. Quando mi vide a Montparnasse, pensò che ero troppo dolce e delicata per quella folla; voleva proteggermi, nascondermi.

Ultimamente ha discusso tra sé se lasciare June o no. Con me si sente completo, e sa che io l'ho amato meglio. Restiamo svegli durante la notte a parlare di questo, ma io so che non può e non deve pensare di lasciare June, la sua passione. Io, al posto suo non la lascerei. June e io non ci escludiamo a vicenda; siamo complementari. Henry ha bisogno di entrambe. June è lo stimolante e io il rifugio. Con June conosce la disperazione e con me l'armonia. Tutto questo lo dico mentre lo tengo stretto tra le braccia.

E poi ho Hugo. Non lo lascerei per Henry. Quello che non posso dire a Henry è che lui è fondamentalmente un uomo carnale e che è questo il motivo per cui June gli è essenziale. Un uomo così ispira amore sensuale. Anch'io lo amo sensualmente. Ma alla fine, questo legame non può durare. Henry è destinato a perdermi. Quello che gli do sarebbe terribile per un uomo meno sensuale. Ma non per un Henry.

Restiamo svegli la notte, a parlare, e benché le mie braccia lo stringano forte, la mia saggezza lo sta già abbandonando. Lui mi prega di non correre rischi durante l'estate; mi sta ancora baciando, dopo le convulsioni della nostra scopata, che, come ha detto lui, ha fatto saltare il termometro.

Ho conquistato uno degli uomini meno conquistabili. Ma conosco anche i limiti del mio potere, e so che siamo necessarie June e io insieme per esaudire le richieste degli uomini. Io questo lo accetto con una triste euforia.

Henry mi ha amato; oh, io sono il suo amore. Ho avuto tutto quel che potevo avere da lui, gli strati più segreti del suo essere, e le sue parole, i suoi sentimenti, le sue occhiate e le sue carezze hanno brillato ciascuna soltanto per me. L'ho sentito cullato dalla mia dolcezza, esultante del mio amore, appassionato, possessivo, geloso. Gli sono cresciuta intorno, non corporeamente, ma come una visione. Che cosa ricorda lui dei nostri momenti insieme? Il pomeriggio in cui, sdraiata sul divano della mia camera da letto, mi guardava mentre finivo di vestirmi per una cena, con il mio abito orientale verde intenso, e mi profumavo mentre lui era sopraffatto dall'impressione di vivere in una favola, con un velo tra lui e me, la principessa! Questo è quel che ricorda mentre io giaccio calda tra le sue braccia. Illusioni e sogni. Il sangue che riversa dentro di me con gemiti di gioia, i morsi nella mia carne, il mio odore sulle due dita, tutto questo svanisce di fronte alla potenza della favola.

"Sei una bambina," dice, un po' incerto, mentre allo stesso tempo dice: "Certo sai come scopare. Dove l'hai imparato? Dove?"

Tuttavia, quando mi mette a confronto con Paulette, la bambina vera, si rende conto della seduzione dei miei gesti, la maturità della mia espressione, la mente che lui ama. "Sono tutt'uno con te, Anaïs, ho bisogno di te. Non voglio che June ritorni."

Conoscendo la brutalità che esisteva tra Henry e June, è strano vedere quanto Henry sia attento al minimo segno di fatica o di noia in me. Ha sviluppato nuove percezioni e una nuova dolcezza. Per provocarlo, mentre parlava della mia mancanza di insensibilità, gli dissi che mi ero aspettata di ottenerla da lui, avevo sperato di scontrarmi con lui, di affrontare il ridicolo, la brutalità, di imparare a combattere e a restituire colpo su colpo e a parlare più forte, ma lui non era riuscito affatto a darmi quella esperienza. Avevo disarmato il bau-bau che avrebbe dovuto fare di me una donna dura. Non vengo neanche criticata. Con me ritratta subito i suoi giudizi impulsivi, come quello di definire adorabile Paulette. Con la pazienza e la gentilezza ho raggiunto l'equilibrio in un uomo che è tutto reazioni, oscillazioni, contraddizioni. Talvolta quando si meraviglia della destrezza delle mie dita, sia che io stia pulendo il pesce o che gli faccia il nodo alla cravatta, mi viene in mente Lawrence, così irritabile, acido e nervoso, e penso che in qualche modo sto suonando lo stesso strumento. Sento ancora i baci sui palmi delle mie mani, e detesto farmi il bagno perché sono impregnata di odori meravigliosi.

Hugo tornerà tra poche ore, e così la vita continuerà con questi schemi contraddittori. Per quanto ancora, mi chiedo, desidererò con tutte le mie forze l'uomo sensuale? Prima di addormentarmi, mi ha detto: "Ascolta, non sono ubriaco e non sono sentimentale, e ti dico che tu sei la donna più meravigliosa del mondo."

Quando dico che lo amo sensualmente, non voglio dire solo questo; lo amo anche in molti altri modi – quando ride al cinema, o quando chiacchiera piano piano in cucina; amo la sua umiltà, la sua sensibilità, il nucleo di amarezza e furia nascosto in lui.

Henry stava scrivendo a June una lettera schiacciante, piena di accuse. E in quel momento gli portai una prova che giustificava tutte le sue azioni. Fu come se lui avesse alzato la mano per colpirla e io lo avessi bloccato. Ora so che June è una tossicomane. Ho trovato delle descrizioni in un libro che confermano quello che avevo vagamente sospettato.

Henry è sconvolto. È così facile ingannarlo. June parlava costantemente di droghe, come il criminale che torna sempre sul luogo del delitto. Aveva bisogno di nominare l'argomento mentre negava violentemente di aver mai preso delle droghe (due o tre volte, forse). Henry incominciò a mettere insieme i frammenti. Quando vidi la sua disperazione, mi spaventai. "Non devi essere troppo sicuro di quel che dico. Talvolta faccio delle sintesi affrettate." Ma sentivo di avere ragione. Allora, Henry espresse l'unico giudizio etico che io gli abbia mai sentito pronunciare sull'autodistruzione, disse che prendere droghe denotava una deficienza nel carattere di una persona. Ed era questo che rendeva disperato il loro rapporto.

Provai un'enorme pietà per lui quando incominciò a mettere in discussione quanto June lo amasse, paragonando il suo amore con il mio. Io la difesi, dicendo che lo ama a modo suo, che è un modo disumano e fantastico. Ma è vero che io non lo abbandonerei come fa lei. È vero, come dice lui, che l'amore più grande di June è l'amore per se stessa. Ma è proprio l'amore per sé che ha fatto di lei un grande personaggio.

Talvolta Henry si sorprende della mia ammirazione per June. Ieri sera disse: "All'inizio tu desideravi moltissimo che June ritornasse. Adesso mi sembra di capire che non lo desideri più tanto, vero?"

"Sì." Ho anche ammesso altre cose, dopo non aver mai risposto alle sue domande su altri amanti. Una volta, mentre ero accoccolata tra le sue braccia, mi strinse con molto sentimento, dicendo: "Dimmi che non mi hai tradito; mi farebbe terribilmente male, dimmelo," e io gli dissi che non l'avevo fatto. Confessai il mio segreto, sapendo che non avrei dovuto, eppure incapace di fare qualsiasi altra cosa.

Esasperare un uomo può essere un piacere; ma stare tra le braccia di Henry e arrendermi a lui interamente mi parve un piacere più grande. Sentire il suo corpo rilassarsi e vederlo cadere addormentato con la sua felicità. Il giorno dopo, posso sempre recuperare il mio guscio femminile, intraprendere l'odiosa e inutile guerra. Alla luce del giorno posso restituirgli un po' di angoscia, di gelosia, di paura, perché le desidera, Henry, l'Eterno Marito. Amava soffrire con June, tuttavia ama anche il sollievo dalla sofferenza con me.

Ci fu una conversazione divertente tra noi sui nostri inizi. Henry avrebbe voluto baciarmi il primo giorno in cui ci trovammo soli, il giorno della nostra passeggiata nei boschi, mentre parlavamo di June.

"Ma confessa che per te era solo un gioco, all'inizio," dissi io.

"No, non proprio all'inizio. Ma a Digione sì, avevo pensato di usarti, mi erano venute idee fredde e crudeli. Ma il giorno che tornai a Parigi e vidi i tuoi occhi – oh, Anaïs, lo sguardo al ristorante quando tornai. Quello mi conquistò. Ma la tua vita, la tua serietà, il tuo ambiente mi spaventavano. Sarei stato molto lento se tu non avessi..."

Adesso rido, mentre ci ripenso – fu per via di quello che gli lessi dal diario rosso, il sogno sulla sua scrittura. Fui io a spezzare il guscio, perché volevo disperatamente che mi conoscesse. E che sorpresa fui per lui, dice. Io seguii un impulso, con sfrontatezza e audacia. Fu perché la mia intuizione è più pronta e capii che Henry e io... O fu semplice ingenuità?

Ci confessiamo i dubbi più buffi che abbiamo l'uno sull'altra. Io ho immaginato Henry che diceva a June: "No, non amo Anaïs. Mi sono comportato come fai tu, pensando solo a quel che potrebbe fare per me." E lui mi ha immaginato a parlare con disprezzo di lui solo dopo pochi minuti. Sediamo in cucina a scambiarci queste diaboliche prolificazioni di menti troppo fertili, che una carezza dissiperà in un momento. Io sono in pigiama. La mano di Henry mi scivola intorno alle spalle, e ridiamo, chiedendoci cos'è che si dimostrerà vero.

Il contrasto tra la sensualità di Hugo e quella di Henry mi tormenta. Chissà se Hugo potrebbe diventare più sensuale. Dura sempre così poco con lui. Si considera un fenomeno perché mi ha preso per sei notti di fila, ma con movimenti rapidi, come pugnalate. Persino dopo il parossismo di piacere la tenerezza di Henry è più penetrante e duratura. I suoi piccoli baci morbidi, come la pioggia, mi restano sul corpo quasi altrettanto a lungo delle sue violente carezze.

"Sei mai asciutta?" mi provoca Henry. Gli confesso che Hugo deve usare la vasellina. Allora, improvvisamente, mi rendo conto del pieno significato di questa confessione, e sono stupefatta.

Ieri sera nel sonno ho toccato il pene di Hugo come ho imparato a toccare quello di Henry. L'ho accarezzato e stretto nella mano. Nel dormiveglia pensavo che fosse Henry. Quando Hugo si eccitò e incominciò a prendermi, mi svegliai del tutto e rimasi profondamente delusa. Il mio desiderio morì.

Amo Hugo senza passione, ma anche la tenerezza è un legame forte. Non lo lascerò mai finché mi vuole. Credo che questa passione per Henry si estinguerà.

È per gli uomini che non sono soprattutto carnali che io rappresento la donna essenziale, uomini come Hugo, Eduardo, persino Allendy. Henry può farcela senza di me. Tuttavia è straordinario vedere come l'ho cambiato, come è diventato intero, come ormai sempre più di rado attacchi i mulini a vento e infuri in modo illogico. Sono io che non posso vivere del tutto senza Henry. Anch'io sono cambiata, mi sento inquieta, spiritata, avventurosa. Per essere assolutamente sincera, spero segretamente di incontrare qualcun altro, per continuare a vivere come vivo ora, sensualmente. Ho delle fantasie erotiche. Non voglio la solitudine, l'introspezione, il lavoro. Voglio il piacere.

In questi giorni mi occupo di frivolezze. Servo la dea della bellezza, sperando che mi accordi i suoi doni. Lavoro per una pelle abbagliante, per dei capelli vibranti, per una buona salute. È vero, non ho abiti nuovi, per via di Henry, ma non importa. Ho tinto, alterato e rimodellato molti indumenti. Lunedì rischierò un'operazione che cancellerà per sempre la gobba spiritosa del mio naso.

Dopo una notte insieme, Henry e io non potevamo separarci. Avevo promesso che sarei stata a casa domenica per passare la serata con Eduardo. Ma Henry disse che sarebbe venuto a Louveciennes con me, qualsiasi cosa succedesse. Non dimenticherò mai quel giorno e quella notte. Le cameriere erano fuori; avevamo la casa tutta per noi. Henry la esplorò e se la godette in pieno. Quando si gettò sul nostro grande letto soffice, la sua voluttuosità lo colpì. Lo raggiunsi, e lui mi penetrò rapido, affamato.

Parlammo, leggemmo insieme, ballammo, ascoltammo dei dischi di chitarra. Lui lesse dei brani dal diario rosso. Se lui sentiva l'atmosfera fatale del posto, anch'io incominciavo a sentire una specie di incantesimo, in cui Henry era un essere straordinario, un santo, uno stupendo manipolatore di parole, con una mente abbacinante. Sono sconcertata dalla sua sensibilità. Pianse mentre mi guardava ascoltare i dischi; e si rifiutò di leggere il mio diario, turbato dalle sue rivelazioni troppo intime – Henry, per cui niente è sacro.

Eduardo venne alle quattro in punto e lo lasciammo suonare il campanello. Henry si divertì, ma io no. "Sei troppo umana," disse, aggiungendo, "se non altro so cosa proverai quando mi metterai nella stessa situazione." Henry e io sdraiati a letto, ed Eduardo che, fuori della porta, suona il campanello, e se ne va, per provare ancora mezz'ora più tardi.

All'una e mezzo di lunedì Henry mi lasciò, pensando che sarei partita quella sera per una vacanza. Alle due ero in clinica. Ero sorpresa di essere andata lì, tutta sola, a correre un grosso rischio per il mio viso. Mi sdraiai sul tavolo operatorio consapevole di ogni gesto del chirurgo.

Ero al tempo stesso calma e spaventata. Non l'avevo raccontato a nessuno. Il mio senso di solitudine era immenso, ma insieme provavo anche quella sicurezza che mi soccorre in tutti i grandi momenti. Mi aiutò a superare la situazione. Se l'operazione non fosse riuscita e fossi rimasta sfigurata, progettai persino di sparire del tutto, e di non rivedere mai più i miei amanti. Poi venne il momento in cui vidi il mio naso nello specchio, macchiato di sangue e dritto, greco! Più tardi, bende, gonfiore, una notte dolorosa, sogni. Chissà se le mie narici avrebbero potuto fremere di nuovo?

La mattina l'infermiera mi porta della carta da lettera con l'iscrizione del nome della clinica. Questo mi fa venire un'idea. Scrivo a Eduardo, con mano incerta, che sono andata in campagna, ho preso della cocaina, e sono stata portata all'ospedale perché non riuscivo a svegliarmi. Gioco con l'idea, ridacchiando mentre scrivo. Per rendere la vita più interessante. Per imitare la letteratura, che è una burla.

Talvolta quello che uno immagina è quello che vuole. Come sarebbero stati, quel giorno e quella notte a Louveciennes da sola con June, se ci fosse stata la cocaina?

Sono a casa, ossessionata dalla meraviglia delle ore con Henry e dall'orrore tardivo per la clinica. Il mio naso è pesante ma bellissimo.

Rimando la visita di Allendy fin quando non sarò convinta di essere presentabile. Mi dice che ha visto Eduardo che è molto infelice: voglio che anche Allendy creda alla storia della cocaina.

C'è il sole che brilla sul letto ma nessuna sensazione di sacrilegio perché Henry ci ha dormito. Mi sembra naturale. La casa è in ordine. Il mio baule è pronto all'entrata. Ho nella borsa del denaro austriaco e un biglietto per Innsbruck.

Henry era disperato il giorno dopo la nostra conversazione, che avrebbe dovuto aggiustare tutto. Dicemmo che non saremmo scappati insieme. Gli dissi tristemente: "Mi perderai presto perché non mi ami abbastanza." Ma per ora non siamo ancora a questo punto.

Col dilagare della mia passione, dilaga anche la mia tenerezza per Hugo. Più aumento la distanza tra i nostri due corpi, più mi sembra esotica la sua perfezione, la sua bontà, più si fa acuta a mia gratitudine, e mi rendo conto che, di tutti noi, è quello che sa amare meglio. Mentre lui è in viaggio e io sono qui da sola non mi sento in nessun modo legata a lui, non mi immagino al suo fianco, non mi manca, eppure mi ha dato il più prezioso di tutti i doni; e quando penso a lui vedo un uomo estremamente generoso e affettuoso che mi ha salvato dall'infelicità, dal suicidio e dalla follia.

La follia. Sarebbe facile per me ritrovare lo stato d'animo che mi assalì a bordo della nave per New York quando volevo morire annegata. Quando scrivo a Eduardo la mia lettera immaginaria, dico: "Sono felice di essere sfuggita all'inferno per ventiquattro ore di sogni." E questo lo dico sul serio. La mia attrazione verso le droghe è basata su un desiderio immenso di annientare la consapevolezza. Quando lasciai Henry l'altro giorno, sapevo così acutamente che lo stavo lasciando che avrei potuto dire al taxista di portarmi dritta dentro alla Senna.

Quello che ho inventato per Eduardo succederà un giorno o l'altro. Per quanto ancora riuscirò a sopportare la consapevolezza di vivere è cosa che dipende dal mio lavoro. Il lavoro è stato il mio unico stabilizzatore. Il diario è il prodotto del mio malessere, forse una sua esagerazione e una sua accentuazione. Parlo di sollievo quando scrivo; forse, è anche uno scavare nel dolore, un tatuaggio su me stessa.

Henry pensa che il diario diventi importante solo quando scrivo la verità, come i dettagli dei miei inganni.

A me sembra di seguire soltanto i fili conduttori più accessibili. Tre o quattro fili possono essere agitati, come cavi del telegrafo, allo stesso tempo, e se dovessi unirli tutti insieme rivelerei una grande mescolanza d'innocenza e di duplicità, di generosità e di calcolo, di paura e di coraggio. Non posso dire tutta la verità semplicemente perché dovrei scrivere quattro diari al tempo stesso. Dovrei spesso tornare sui miei passi, per via del mio vizio di abbellire.

Hotel Achensee, Tirolo. Ieri sera a letto ho allungato la mia mano desolata desiderando toccare Henry sempre così vivace e sensuale. Fui dispiaciuta quando mi confessò che mi aveva scritto una lettera appassionata da Digione e poi l'aveva distrutta perché la mia lettera conteneva alcune allusioni alla sua ipersessualità, il che per me non era un rimprovero, ma lui lo scambiò per tale.

Oh, dormire finché sarò di nuovo intera, svegliarmi libera e leggera. L'idea delle molte lettere che devo scrivere mi angoscia. Persino a Henry ho scritto un breve messaggio. Montagne, nubi pesanti, nebbioline, trapunte, coperte, e io, sdraiata immobile come un ghiro. Il naso normale. Nascondo il mio diario nella stufa, tra le ceneri.

Per Henry, mi svegliai e scrissi una lettera. Mi svegliai per ricordarmi il mio sogno: June era arrivata. Venne a trovare me prima di andare da Henry, ancora con l'aria cupa e indifferente, come in altri sogni. Io ero addormentata. Lei mi svegliò con un bacio ma incominciò immediatamente a dirmi quanto fosse delusa di me e a criticare il mio aspetto. Quando disse che il mio naso era troppo grosso, le spiegai dell'operazione. Poi me ne pentii immediatamente perché mi resi conto che l'avrebbe detto a Henry. Le dissi che mi rendevo perfettamente conto che era più bella di me. Lei mi chiese di masturbarla. Lo feci con molta abilità e provai la sensazione di farlo a me stessa. Lei mi fu grata del piacere, e andandosene mi ringraziò. "Adesso vado da Henry," disse.

Lettera a Henry: "Ieri sera mi chiedevo come avrei potuto dimostrarti, nel modo che mi costa di più, che ti amo; e l'unica cosa che mi è venuta in mente è di spedirti del denaro da spendere con una donna. Ho pensato alla negra. Mi piace perché se non altro posso sentire la mia dolcezza sciogliersi nella sua. Per favore non andare con donne troppo scadenti, troppo ordinarie. E poi non raccontarmelo, dato che sono sicura che lo hai già fatto. Lasciami credere che sia stata io a dartelo."

Allo stesso tempo con quale gioia accolgo Hugo qui. E ho provato un grande piacere, quasi frenetico nel fare l'amore con lui. In qualche modo, in un posto come questo, non può mancarmi Henry, perché Henry non ha niente a che fare con montagne, laghi, salute, solitudine, sonno. Hugo qui trionfa, con le sue bellissime gambe nei calzoncini tirolesi. Qui con lui riposo, e la mia vita a Parigi è come un sogno notturno.

Hugo e io torniamo alla nostra tenerezza e ai nostri scherzi. Una settimana lontano da me lo matura. Sono convinta che non possiamo maturare insieme. Insieme siamo dolci, deboli, giovani. Dipendiamo troppo l'uno dall'altra. Insieme viviamo in un mondo irreale. E viviamo nel mondo esterno, come dice Hugo, solo perché abbiamo questo, tutto nostro, in cui ritornare.

Rimase turbato dal mio naso perfetto. "Ma mi piaceva quella buffa gobbetta. Non mi piace vederti cambiare." Alla fine riuscii a convincerlo del progresso estetico. Mi chiedo che cosa ne dirà Henry.

In un certo senso temo di ricevere una lettera da lui. Mi porterà la febbre. Sono ricaduta nella sicurezza della devozione di Hugo. Riposo sul suo grande petto villoso. Di quando in quando mi annoio un po' e divento impaziente, ma non lo lascio trapelare. Insieme siamo felici di piccole cose. La gente, come sempre, ci scambia per una coppia in luna di miele.

Quel che mi chiedo adesso è se rimango nel mondo di

Hugo perché mi manca il coraggio di avventurarmi completamente all'esterno, oppure perché non ho ancora amato nessuno tanto da desiderare di rinunciare alla mia vita con Hugo. Se lui morisse, non andrei da Henry; questo mi è chiaro.

Provo una grande gioia ricevendo una lunga lettera di Henry. Mi rendo conto che lui e June hanno reso Dostoevskij vivo e terribile per me. In alcuni momenti mi sciolgo di gratitudine al pensiero di quello che Henry mi ha dato, essendo esattamente quel che è; in altri, mi dispero per gli istinti liberati che fanno di lui un così cattivo amico. Ricordo che quando l'ungherese cercò d'infilarmi le mani sotto il vestito quella sera al Select, lui diede più che altro prova di vanità ferita che non di amore. "Pensa forse che sia scemo?" Quando è ubriaco è capace di qualsiasi cosa. Adesso si è rasato la testa come un carcerato, per autoumiliarsi. Il suo amore per June è fustigazione. Ma alla fine, tutto quel che so è che mi ha irrorata in più di un modo e che avrò ben pochi amanti altrettanto interessanti di Henry.

A mano a mano che riprendiamo il nostro duello di lettere – pazze, allegre, lettere libere – provo un dolore fisico e lacerante per la sua assenza. Oggi mi sembra che Henry farà parte della mia vita per molti anni anche se è il mio amante solo da pochi mesi. Una sua istantanea, con la bocca pesante aperta, mi commuove. Incomincio subito a pensare a una lampada che sarà migliore per i suoi occhi, a preoccuparmi per la sua vacanza. Mi rende acutamente felice che abbia finito di riscrivere il suo secondo libro negli ultimi mesi, che sia così energico e produttivo. E che cosa mi manca? La sua voce, le sue mani, il suo corpo, la sua tenerezza, i suoi modi da orso, la sua bontà e la sua diavoleria. Quando dice: "June non è mai riuscita a scoprire se sono un santo o un demonio," non lo so neanche io.

Allo stesso tempo trovo moltissimo amore da dare a

Hugo. Mi meraviglio di questo, quando ci comportiamo come innamorati, maledicendo i letti gemelli e dormendo con grande scomodità in un letto troppo piccolo per due, quando ci stringiamo le mani attraverso il tavolo a cena, quando ci baciamo in barca. È facile amare e ci sono tanti modi di farlo.

Quando chiedo a Henry che cosa gli ha impedito di leggere il resto del mio diario rosso, lui risponde: "Ne so quanto te del perché ho smesso di leggere a un certo punto. Puoi star certa che lo rimpiango. Posso solo dire che era una tristezza impersonale, per cose che finivano male non per malizia o cattiveria ma per una sorta di intrinseca fatalità. Persino le cose più amabili e sacre diventavano così illusorie, instabili, transitorie. Se tu avessi sostituito una X a un certo personaggio, sarebbe stato esattamente lo stesso. In realtà, forse, stavo sostituendo me stesso."

Nessuno può fare a meno di piangere sulla distruzione del "matrimonio ideale". Ma io non piango più. Ho dato fondo ai miei scrupoli. Hugo ha il carattere migliore del mondo, e lo amo, ma amo anche altri uomini. Lui è a un metro da me mentre scrivo questo, e mi sento innocente.

Vivo nel suo regno. Pace. Semplicità. Stasera parliamo del male, e mi rendo conto che vive in una sicurezza totale nei miei confronti. Non può neanche immaginare che... Mentre io posso immaginare con tanta facilità. È forse più innocente di me? Oppure una persona si fida quando il suo io è così integro?

Più leggo Dostoevskij più m'interrogo su Henry e June e mi chiedo se non siano delle imitazioni. Riconosco le stesse frasi, lo stesso linguaggio esaltato, quasi le stesse azioni. Sono dunque fantasmi letterari? O hanno delle anime tutte loro?

Ricordo un momento in cui mi concessi di provare un risentimento meschino nei confronti di Henry. Successe qualche giorno dopo che mi aveva raccontato di essere stato con le puttane. Dovevamo incontrarci da Fraenkel per parlare della possibilità di aiutarlo a pubblicare il suo libro. Mi sentivo molto dura e cinica. Mi irritava essere considerata la moglie del banchiere che poteva proteggere uno scrittore. Mi irritavano la mia tremenda angoscia e le mie notti insonni, trascorse a meditare sui modi e sui mezzi per aiutare Henry. All'improvviso mi parve un parassita, un egoista tremendamente vorace. Prima che lui arrivasse, parlai con Fraenkel, gli dissi che era impossibile e gli spiegai il perché. Fraenkel provò un'estrema pietà per Henry; io, nessuna. Poi apparve Henry stesso. Si era vestito con grande cura per me, mi fece vedere il suo nuovo abito, il nuovo cappello e la nuova camicia. Si era rasato con cura. Non so perché questo mi fece infuriare. Non lo accolsi con molto calore. Continuai a parlare del lavoro di Fraenkel. Henry capì che c'era qualcosa che non andava e chiese: "Sono venuto troppo presto?" Alla fine parlò di andare a cena insieme, e io dissi che non potevo. Hugo non era partito per Londra come pensavo. Dovevo tornare a casa con il treno delle sette e mezzo. Guardai la faccia di Henry. Mi fece piacere vedere che era spaventosamente deluso. Li lasciai.

Ma immediatamente dopo fui molto infelice. Tutta la mia tenerezza tornò. Temevo di averlo ferito. Gli scrissi un messaggio. Il giorno dopo Hugo era partito, e andai da lui immediatamente. Quella notte fummo così felici insieme che, prima di addormentarsi, Henry disse, "Questo è il paradiso!"

AGOSTO

Quando leggo le lettere d'amore appassionate di Henry, non resto turbata. Non sono impaziente di tornare da lui. I suoi difetti si profilano sullo sfondo. Forse sono semplicemente tornata da Hugo. Non lo so. Sento una tremenda distanza tra di noi. Ed è difficile per me scrivere lettere d'amore. Mi sento insincera. Eludo l'argomento. Scrivo meno di quanto dovrei. Devo addirittura costringermi a scrivere. Cos'è successo?

Hugo è sorpreso perché sono così inquieta. Fumo, mi alzo, vado in giro. Non riesco neanche a sopportare la mia compagnia. Non ho ancora imparato a rimpiazzare l'introspezione con il pensiero. Potrei meditare su Spengler, per esempio, ma nel giro di dieci minuti sto di nuovo divorando me stessa. Come dice Gide, l'introspezione falsifica tutto. Forse mi estranea da Henry. Ho bisogno della sua voce e delle sue carezze. Mi scrive una bellissima lettera sui nostri ultimi giorni a Clichy, Henry che mi desidera, smarrito senza di me.

Eppure è per me impossibile desiderarlo in presenza di Hugo. La risata di Hugo, la devozione di Hugo mi paralizzano. Alla fine gli scrivo, lasciandogli capire tutto questo. Non appena ho imbucato la lettera, i sentimenti repressi artificialmente mi travolgono. Gli scrivo un messaggio folle.

Il mattino dopo ricevo una sua lettera enorme. Solo toccarla mi commuove. "Quando tornerai ti farò una festa letteraria e scopereccia – il che significa scopare e parlare e parlare e scopare. Anaïs, ti spalancherò il ventre. Dio mi perdoni se questa lettera dovesse venire aperta per sbaglio. Non posso farci niente. Ti voglio. Ti amo. Per me sei cibo e bevanda, sei il maledetto motore di tutto, per così dire. Starti sopra è una cosa, ma venirti vicino è un'altra. Io mi sento vicino a te, mi sento tutt'uno con te, tu sei mia, che lo si sappia o no. Ogni giorno di attesa ormai è una tortura. Sto contando i giorni lentamente, dolorosamente. Cerca di tornare appena puoi. Ho bisogno di te. Dio, ho bisogno di vederti a Louveciennes, vederti in quella luce dorata della finestra, con il tuo vestito verde nilo e la tua faccia pallida, un pallore gelato come quello della notte al concerto. Ti amo come sei. Amo i tuoi fianchi, il pallore dorato, la curva delle tue natiche, il caldo dentro di te, i tuoi succhi. Anaïs, ti amo tanto, tanto! Sto ammutolendo. Sono seduto qui a scriverti con una tremenda erezione. Sento la tua bocca morbida che si chiude sopra di me, le tue gambe che mi stringono forte, ti vedo di nuovo in cucina qui che ti sollevi il vestito e ti siedi sopra di me mentre la seggiola galoppa sul pavimento, tump, tump, tump."

Rispondo nello stesso tono, accludo il mio messaggio folle, spedisco un telegramma. Oh, non c'è modo di combattere contro le invasioni di Henry.

Hugo sta leggendo. Mi piego su di lui inondandolo di amore, un amore che è acutamente penitente. Hugo annaspa: "Giuro che non potrei provare una gioia così con nessun'altra che te. Sei tutto per me."

Passo una notte insonne, di un dolore snervante, pensando alle sagge parole di Jung: "Lascia che le cose succedano." Il giorno dopo faccio lentamente le valigie, sognando Henry. È cibo e bevanda per me. Come ho potuto, anche per pochi giorni, allontanarmi da lui? Se Hugo non ridesse così, come un bambino, se le sue mani calde e pelose non mi cercassero costantemente, se non si piegasse a dare della cioccolata a un terrier nero, se non girasse la sua testa ben scolpita verso di me dicendo: "Mi ami, passerotto?"

Nel frattempo è Henry che mi balza in corpo. Sento i suoi stacchi, i suoi colpi e le sue spinte. Lunedì sera è intollerabilmente lontano.

La lunghezza delle sue lettere, dalle venti alle trenta pagine, è il simbolo della sua grandezza. Il suo torrente mi sferza. Desidero essere solo una donna. Non scrivere più libri né affrontare il mondo direttamente, ma vivere grazie a una trasfusione letteraria di sangue. Nascondermi dietro a Henry, nutrirlo. Riposare dall'autoaffermazione e dalla creazione.

Montanari. Fumo. Tè. Birra. La radio. La mia testa fluttua via dal corpo, sospesa a mezz'aria nel fumo delle pipe tirolesi. Vedo occhi da rana, capelli stopposi, bocche come portafogli spalancati, nasi porcini, teste come palle di biliardo, mani scimmiesche con palmi color prosciutto. Incomincio a ridere come se fossi ubriaca, e dico le parole di Henry: "Accidentaccio," "Fottere," e Hugo si arrabbia. Sono silenziosa e fredda. La mia testa torna indietro fluttuando. Piango. Hugo, che ha cercato di sintonizzarsi sulla mia gaiezza, adesso osserva il rapido cambiamento ed è confuso.

Sperimento in modo crescente questa mostruosa deformazione della realtà. Prima di partire per l'Austria passai un giorno a Parigi. Affittai una stanza per riposare perché non avevo dormito la notte prima, una stanzetta d'attico con degli abbaini. Mentre ero lì sdraiata provai la sensazione della rottura di tutti i legami, mi separai da ciascun essere che amavo, cautamente e completamente. Ricordai l'ultima occhiata di Hugo dal treno, la faccia pallida di Joaquin e il suo bacio fraterno, l'ultimo bacio lattiginoso di Henry, le sue ultime parole – "È tutto a posto?" – che dice quando è imbarazzato e vuole dire qualcosa di più profondo.

Mi separai da tutti loro esattamente come mi separai da mia nonna a Barcellona, quando ero bambina. Avrei potuto morire in una stanzetta d'albergo, defraudata dei miei amori e dei miei beni, senza essere registrata nel libro dell'albergo. Tuttavia capii che se fossi rimasta in quella stanza qualche giorno, vivendo con i soldi che mi aveva dato Hugo per il viaggio, avrei potuto cominciare una vita completamente nuova. Fu il terrore di questa nuova vita più che il terrore di morire che mi scosse. Mi buttai giù dal letto e scappai dalla stanza che mi stava crescendo intorno come una ragnatela, bloccando la mia immaginazione, e mordendo i miei ricordi in modo che nel giro di cinque minuti avrei dimenticato chi fossi e chi amassi. Era la stanza numero trentacinque, nella quale il mattino dopo avrei potuto svegliarmi puttana, o pazza, o quel che è peggio, forse, del tutto immutata.

Sono contenta di oggi, e così m'intrattengo immaginando il dolore: cosa proverei se Henry morisse, e se, in qualche angolo di Parigi, udissi la fisarmonica che sentivo un tempo a Clichy. Ma in fondo, l'ho deciso io di soffrire. Resto attaccata a Henry per lo stesso motivo per cui gli resta attaccata June.

E Allendy?

Ho bisogno ancora del suo aiuto, certamente.

Parigi. Non avevo bisogno dell'aiuto di nessuno. Solo di vedere di nuovo Henry alla stazione, baciarlo, mangiare con lui, sentirlo parlare, tra un bacio e l'altro.

Volevo renderlo geloso, ma sono troppo fedele, così scavai nel passato e trovai una storia. Scrissi una falsa lettera di John Erskine, la strappai e la incollai di nuovo. Quando Henry arrivò a Louveciennes, il fuoco stava divorando il resto delle lettere di John. Più tardi, nel corso della serata mostrai a Henry il frammento che si era salvato dalla distruzione, in teoria, perché era stato inserito nel diario. Henry ne fu così geloso che dovette lanciare una bomba contro la scrittura di John nella seconda pagina del suo nuovo libro. Giochi infantili. E intanto sono fedele come una schiava: nei sentimenti, nei pensieri, nella carne. La mia mancanza di passato ormai sembra un velo. Ho conservato il mio ardore. Sono arrivata a Henry come una vergine fresca, intatta, fiduciosa, appassionata.

Henry e io siamo una sola persona, saldati l'uno all'altra per quattro giorni. Non con i corpi ma con le fiamme. Dio, lasciami ringraziare qualcuno. Nessuna droga potrebbe essere più potente. Che uomo! Ha succhiato la mia vita nel suo corpo come io ho succhiato la sua. Questa è l'apoteosi della mia vita. Henry, Louveciennes, la solitudine, la calura estiva, odori vibranti, cantilene di vento e, dentro di noi, tempeste e bonacce squisite.

Innanzitutto mi vestii con il mio costume da maya – fiori, gioielli, trucco, colori vivaci e durezza. Ero arrabbiata, piena di odio. Ero arrivata dall'Austria la sera prima, e avevamo dormito in una stanza d'albergo. Pensavo che mi avesse tradito. Lui giura di no. Non ha importanza. Lo odiavo perché lo amavo come non ho mai amato nessuno.

Quando entra lo aspetto sulla soglia, con le mani sui fianchi. Mi guardo intorno con gli occhi del mio io selvaggio. Henry si avvicina, abbacinato, e non mi riconosce finché non mi arriva vicinissimo e non gli sorrido e gli parlo. Non riesce a crederci. Pensa che io sia impazzita. Poi, prima che si sia svegliato del tutto, lo porto nella mia stanza. Lì, sulla griglia del caminetto c'è una grande fotografia di John e le sue lettere. Stanno bruciando. Sorrido. Henry si siede sul divano. "Tu mi spaventi, Anaïs," dice. "Sei così diversa, e così strana. Così drammatica." Mi siedo sul pavimento tra le sue ginocchia. "Ti odio, Henry. Quella storia su Jeanne (la ragazza di Osborn)... Mi hai mentito."

Lui mi risponde con tanta gentilezza che gli credo. E se non gli credo non ha importanza. Tutti i tradimenti del mondo non hanno importanza. John è stato bruciato. Un presente magnifico. Henry mi chiede di spogliarmi. Mi tolgo tutto eccetto lo scialle di pizzo nero. Henry mi chiede di tenerlo e si sdraia sul letto, guardandomi. Io resto davanti allo specchio spargendo garofani, orecchini. Lui guarda il mio corpo attraverso il pizzo.

Il giorno dopo mi muovo per casa cucinando. All'improvviso adoro cucinare, per Henry. Cucino piatti ricchi, elaborati, con infinita cura. Mi piace vederlo mangiare, mangiare con lui.

Ci sediamo in giardino, ancora in pigiama, ebbri d'aria, delle carezze degli alberi oscillanti, di canti di uccello, di cani pensosi che ci leccano le mani. Il desiderio di Henry è sempre sfrenato. Sono arata, aperta.

Di notte, libri, chiacchiere, passione. Quando riversa la sua passione su di me sento che divento bella. Gli mostro cento facce. Lui mi osserva. Passa tutto come una processione, fino al culmine di questa mattina, prima che lui mi lasci, quando vede un viso pesante, sensuale, moresco.

Ieri sera c'è stato un temporale. Chicchi di grandine grandi come biglie. Furia marina degli alberi. Henry è seduto su una poltrona e chiede: "Adesso leggiamo Spengler?" Fa le fusa come un gatto. Ha lo sbadiglio di una tigre, tutti i versi di piacere della giungla. La sua voce gli vibra nello stomaco. Ho appoggiato la testa lì e ho ascoltato, come contro un organo. Sono sdraiata sul letto. Indosso un abito di pizzo, e nient'altro, perché gli dà piacere guardarmi.

Non riesco a sopportare lo spazio tra di noi. Mi siedo sul pavimento. Lui mi accarezza i capelli. Mi dà baci alati sugli occhi. È tutto tenerezza, premura.

La sensualità è stata estinta nel pomeriggio. Ma lui abbassa gli occhi e mi mostra il suo desiderio puntato come una lancia. Ne è sorpreso lui stesso: "Ti amo; non stavo neanche pensando di scopare. Ma basta un tuo tocco..." Mi siedo sulle sue ginocchia. E poi affondiamo nell'ebbrezza di succhiare. Per molto, moltissimo tempo solo lingue, occhi chiusi. Poi il pene e le cedevoli pareti di carne, che si stringono, si aprono, pulsano. Rotoliamo sul pavimento finché non ce la faccio più, e giaccio immobile dicendo di no. Ma appena Henry mi aiuta a togliermi il vestito e mi abbraccia da dietro, io balzo verso di lui, ancora una volta in fiamme. Che sonno dopo, perso, profondo, senza sogni.

"Quanto alla sensualità," dice Henry, "sei quasi più sensuale di June. Perché anche se lei è uno splendido animale quando la stringi tra le braccia, dopo non è niente. È fredda, dura persino. Il tuo sesso pervade anche la mente, si sposta nella tua testa dopo. Tutto quello che pensi è caldo. Tu sei costantemente calda. L'unica cosa è che hai un corpo da ragazza. Ma che potere hai di mantenere l'illusione! Sai come si sente un uomo dopo che ha avuto una donna? Vuole buttarla fuori del letto a calci. Con te tutto rimane intenso anche dopo. Non mi basti mai. Voglio sposarti e tornare a New York con te."

Parliamo di June. Rido dei suoi sforzi di rompere con lei, mentalmente. Siamo in due contro di lei, due in armonia, innamorati, in profonda fusione, eppure lei è più forte. Io lo so meglio di lui. Anche se ha ammesso tante cose contro di lei e in mio favore. Ma io sorrido con una saggezza radicata nel dubbio. Non voglio niente di più di quanto mi è stato dato in questi ultimi giorni, ore così feconde che una vita intera di ricordi non potrebbe estinguere, né assottigliare.

"Questo non è un giardino qualsiasi," dice Henry a Louveciennes. "È misterioso, significativo. In un libro cinese viene menzionato un giardino celeste, un regno sospeso tra il cielo e la terra: è questo."

Su tutto questo aleggia la gioiosa possibilità che il suo libro (*Tropico del Capricorno*) venga pubblicato. Quando sono sola lo sento parlare. Come il serpente di Lawrence, il suo pensiero sale dalle viscere della terra. Qualcuno lo ha paragonato a un artista che era noto come "il pittore della fica".

Per me è molto più chiaro. Nei confronti di certe donne, fa mostra di durezza e d'indifferenza; verso altre, di un ingenuo romanticismo. All'inizio June gli apparve come un angelo, sullo sfondo della sua sala da ballo, e lui le offrì la fede di uno sciocco (June afferma di avere avuto solo due amanti in nove anni, e finora lui le ha creduto). Adesso lo vedo come un uomo che può essere reso schiavo dalla meraviglia, un uomo che può credere qualsiasi cosa di una donna. Vedo che le donne lo cercano (e questo è vero di tutte le donne che lui ha amato seriamente). È la donna che prende l'iniziativa nel contatto sessuale. Fu June che gli appoggiò la testa sulla spalla e lo invitò a baciarla la prima notte in cui si conobbero. La sua durezza è solo esteriore. Ma come tutte le persone dolci può commettere le azioni più vili in certi momenti, suggerite dalla sua stessa debolezza, che lo rende codardo. Lascia una donna nel modo più crudele perché non è capace di affrontare la rottura del rapporto.

Anche la sua sensualità gli detta a volte azioni infami. È solo comprendendo la violenza dei suoi istinti che si può arrivare a credere che qualunque uomo potrebbe essere altrettanto crudele. La sua vita scorre con un ritmo così torrenziale che, come lui ha detto di June, solo gli angeli o i diavoli possono catturarne il ritmo.

Siamo separati da tre giorni. È innaturale. Abbiamo acquisito piccole abitudini, dormire insieme, svegliarci insieme, cantare in bagno, correggere le nostre simpatie e antipatie per accontentarci a vicenda. Sono così assetata di piccole intimità. E lui?

Provo un'intensa sensazione, di vita inimmaginabile sia per Hugo sia per Eduardo. Ho i seni gonfi. Tengo le gambe spalancate nel fare l'amore invece che, come prima, chiuse. Mi è piaciuto tanto succhiare che stavo quasi per venire mentre lo facevo. Ho finalmente eliminato il mio io infantile.

Allontano da me Hugo, esaspero i suoi desideri, il suo terrore di perdermi. Gli parlo in modo cinico, lo tormento, gli faccio notare altre donne. Non ho spazio in me per tristezza o rimpianti. Gli uomini mi guardano e io guardo loro, con il mio essere spalancato. Non più veli. Voglio molti amanti. Ormai sono insaziabile. Quando piango, voglio scacciare le lacrime con una scopata.

Henry viene a Louveciennes in un caldo pomeriggio estivo e mi sdraia sul tavolo, poi sul tappeto nero. Siede sul bordo del mio letto e sembra trasfigurato. L'uomo in frantumi, facilmente influenzabile, ora si rimette insieme per parlare del suo libro. In questo momento è un grande uomo. Io resto seduta a guardarlo con meraviglia. Un momento prima, eccitato dal vino, stava disperdendo le sue ricchezze. Il momento in cui si ricompone è bellissimo da osservare. Fui lenta a sintonizzarmi sul suo amore. Avrei potuto scopare tutto il pomeriggio. Ma poi mi piacque anche il passaggio ai grandi discorsi. I nostri discorsi sono meravigliosi, sono interventi reciproci, non duelli, ma rapide illuminazioni reciproche. Io faccio scattare i suoi pensieri ancora incerti. Lui allarga i miei. Io lo incendio. Lui mi fa galleggiare. Tra noi c'è sempre movimento. E lui mi afferra. Mi tiene come una preda.

Ed eccoci qui, a rimettere in ordine le nostre idee, a decidere quale sarà il luogo degli avvenimenti realistici dei suoi romanzi. Il suo libro cresce dentro di me come se fosse il mio.

Sono affascinata dall'attività della sua testa, con le sue sorprese, curiosità, gusto, la sua amoralità, le sensibilità e le bricconerie. E ho adorato la sua ultima lettera: "Non aspettarti che io riesca a essere normale. Su, permettiamoci di non essere ragionevoli. A Louveciennes era un matrimonio, non puoi contestarlo. Sono venuto via con un pezzo di te attaccato al mio corpo; cammino nuotando in un oceano di sangue, il tuo sangue andaluso, distillato e velenoso. Tutto quello che faccio e penso si rifà al nostro matrimonio. Ti ho visto come la padrona della tua casa, una mora con un viso pesante, una negra dal corpo bianco, e occhi dappertutto sulla pelle, donna, donna, donna. Non riesco a immaginare come potrò vivere lontano da te: questi intervalli sono mortali. Che effetto ti ha fatto quando è tornato Hugo? Io ero ancora lì? Non riesco a immaginare che tu possa comportarti con lui come hai fatto con me. Gambe chiuse. Fragilità. Dolci e ingannevoli acquiescenze. Una docilità da uccellino. Tu sei divenuta donna con me. Questo mi ha quasi terrorizzato. Tu non hai solo trent'anni – hai mille anni.

"Ed eccomi di ritorno ancora a ribollire di passione, come mosto fumante. E non è più una passione della carne, ma una fame totale di te, una fame divorante. Leggo di omicidi e suicidi sui giornali e ora li capisco completamente. Mi sento omicida, suicida.

"Ti sento ancora cantare in cucina... Una specie di gemito cubano disarmonico e monotono. So che sei felice in cucina e che il pasto che stai cucinando è il migliore che abbiamo mai mangiato insieme. So che rimprovereresti te stessa piuttosto che lamentarti. Provo un enorme senso di pace e di gioia mentre, seduto in sala da pranzo, sento che ti dai da fare in giro per casa, con il tuo vestito tempestato di occhi come la dea Indra. Anaïs, prima lo pensavo soltanto, di amarti, ma non era niente in confronto alla certezza che sento adesso in me. È stato tutto così meraviglioso perché erano pochi brevi attimi rubati? Recitavamo forse l'uno per l'altra? Sono più autentico o no, e tu? È una follia credere che questo possa continuare? Quando e dove potrebbero cominciare i momenti grigi? Ti studio tanto per scoprire i possibili difetti, i punti deboli, le zone di pericolo. Ma non ne trovo – neanche uno. Questo significa che sono innamorato, cieco, cieco, cieco. Oh, essere ciechi per sempre!

"Ti immagino a mettere dischi in continuazione – i dischi di Hugo. *Parlez-moi d'amour*. Doppia vita, doppio gusto, doppia gioia e doppia infelicità. Quanto deve segnarti tutto questo. Io lo so ma non posso fare niente per impedirlo. Vorrei tanto essere io a doverlo sopportare al posto tuo. So che ormai i tuoi occhi sono spalancati. Certe cose non le crederai più, certi gesti non li ripeterai più, certi dolori, certe apprensioni, non li proverai più. E nemmeno quella specie di sommesso fervore criminale della tua tenerezza e della tua crudeltà. Né rimorso né vendetta, né dolore né colpa. Soltanto un vivere fino in fondo, e niente a salvarti dall'abisso se non un'estrema speranza, una fede, una gioia che hai gustato, e che puoi ripetere quando vuoi.

"Mentre tuona e fulmina sono sdraiato sul letto e rincorro sogni impossibili. Siamo a Seville, e poi a Fez, e poi a Capri, e poi all'Havana. Siamo sempre in viaggio, ma c'è sempre una macchina da scrivere e dei libri, e il tuo corpo è sempre vicino a me e lo sguardo nei tuoi occhi non cambia mai. La gente dice che saremo infelici, che ce ne pentiremo, ma noi siamo felici, ridiamo sempre, cantiamo. Parliamo spagnolo e francese e arabo e turco. Ci accolgono dappertutto e cospargono di fiori il nostro cammino. Dico che è un sogno impossibile – ma è questo sogno che voglio realizzare. Vita e letteratura combinate;

l'amore, come dinamo; tu con la tua anima camaleontica, che mi dai mille amori, che sei sempre ancorata in qualsiasi tempesta, e ovunque siamo è casa. Il mattino, continuiamo da dove abbiamo smesso. Resurrezione dopo resurrezione. E tu ti affermi, e ottieni quella vita ricca e varia che desideri; e più ti affermi, più vuoi me, più hai bisogno di me. La tua voce si fa più rauca, più profonda, i tuoi occhi più neri, il tuo sangue più spesso, il tuo corpo più pieno. Una schiavitù voluttuosa e una necessità tirannica. Ora più crudele di prima – coscientemente, volutamente crudele. L'insaziabile delizia dell'esperienza..."

È una strana ironia che l'esperienza più profonda della mia vita mi capiti non quando sono affamata di profondità ma di piacere. La sensualità mi consuma. Guardo a tutto ciò che è profondo e serio con minor intensità, ma è proprio ciò che affascina Henry, la profondità che non ha ancora vissuto in amore.

È questo il momento più intenso? Se solo June tornasse ora, così da lasciare in Henry e in me il gusto dell'apice, che non sarà mai più raggiunto, mai più annientato...

Henry disse: "Voglio lasciare una cicatrice sul mondo."

Gli scrivo cosa penso del suo libro. Poi: "Non ci sarà mai oscurità perché in entrambi c'è movimento, rinnovamento, sorpresa. Non ho mai conosciuto il ristagno. Nemmeno l'introspezione è stata un'esperienza statica.

"... E se è così per queste cose, pensa che cosa trovo in te, che sei una miniera d'oro. Henry, ti amo con una comprensione di te che accoglie tutto quel che sei, con la forza della mia mente e della mia immaginazione, oltre a quella del mio corpo. Ti amo in modo tale che anche se June tornasse, anche se il nostro amore venisse distrutto niente potrebbe separare quella fusione che c'è stata.

"... Oggi penso a quel che hai detto: 'Voglio lasciare una cicatrice sul mondo.' Io ti aiuterò. Io voglio lasciare la cicatrice femminile."

Oggi, seguirei Henry fino in capo al mondo. L'unica cosa che mi salva è che siamo entrambi squattrinati.

Lucidità: c'è in Henry una mancanza di sentimento (non una mancanza di passione o di emozione) che si tradisce nella sua enfasi sullo scopare e sul parlare. Quando parla di altre donne, quel che ricorda di loro sono i difetti, le caratteristiche sensuali, o i litigi. Il resto è assente o sottinteso. Non lo so ancora. Ma i sentimenti sono catene. Henry non è da adorare come essere umano, ma come genio-mostro. Ha il cuore tenero, sì, ma solo in modo indiscriminato. Per pura generosità, ha dato a Paulette il paio di calze che avevo lasciato nel suo cassetto, il mio paio migliore, mentre io indosso calze rammendate per potergli comprare dei regali. Il denaro che gli mandai dall'Austria, per una donna, lo ha speso in dischi per me. Eppure ha sottratto cinquecento franchi dal lascito di Osborn per la sua ragazza quando Osborn partì per l'America. Dà mezza della sua bistecca al mio cane, eppure si tiene il resto che il taxista gli ha dato in più. Queste improvvise durezze, che si manifestano anche in June, mi sconcertano e mi aspetto di soffrirne anch'io, benché Henry giuri che non potrebbe mai comportarsi così con me. E finora non riesco a vedere niente nel suo comportamento nei miei riguardi se non la più completa delicatezza. Non ha mai esitato a scagliare crudeli verità - è pienamente consapevole dei miei difetti - ma allo stesso tempo soccombe all'incanto, alla dolcezza. Perché mi fido tanto di lui, credo in lui, non ho paura di lui? Forse è lo stesso errore che fa Hugo fidandosi di me.

Desidero Henry, soltanto Henry. Voglio vivere con lui, essere libera con lui, soffrire con lui. Ci sono frasi delle sue lettere che mi ossessionano. Tuttavia ho dei dubbi sul nostro amore. Ho paura della mia impetuosità. Tutto è in pericolo. Tutto quello che ho creato. Seguo Henry lo scrittore con la mia anima da scrittrice, entro fino in fondo nelle sue sensazioni quando va in giro per le strade, condivido la sua curiosità, i suoi desideri, le sue puttane, penso i suoi pensieri. Tutto si sposa in noi.

Henry, tu non mi stai mentendo? Tu sei tutto quel che sento che sei? Non ingannarmi. Il mio amore è troppo nuovo, troppo assoluto, troppo profondo.

Mentre Hugo e io stasera scendevamo dalla cima della collina vidi Parigi avvolta in una foschia da calore. Parigi. Henry. Non pensai a lui come a un uomo, ma come alla vita stessa.

Perfidamente dissi a Hugo: "Fa un caldo così spaventoso! Perché non invitiamo Fred e Henry e Paulette a stare da noi qualche sera?"

E questo, perché stamattina ho ricevuto le prime pagine del suo nuovo libro, pagine stupende. Sta scrivendo la sua prosa migliore ora, febbrile eppure coerente. Ogni parola ormai colpisce il bersaglio. L'uomo è integro, forte, come non è mai stato. Voglio respirare la sua presenza per qualche ora, nutrirlo, rinfrescarlo, riempirlo di quel pesante respiro di terra e alberi che gli frusta il sangue. Dio, è come vivere un orgasmo ogni momento, con delle pause solo tra un tuffo e l'altro.

Voglio che Henry sappia questo: posso subordinare la gelosa possessività femminile a un'appassionata devozione allo scrittore. Sono orgogliosa della mia schiavitù. C'è splendore nella sua prosa, uno splendore che trasfigura tutto quel che tocca.

Ieri sera Henry e Hugo parlarono l'uno per l'altro, si ammirarono a vicenda. La generosità di Hugo sbocciò. Quando fummo in camera da letto, lo ricompensai. A colazione, in giardino, lesse le ultime pagine di Henry. Si entusiasmò. Io ne approfittai per proporgli di aprire la nostra casa a Henry, il grande scrittore. Porgendogli la mano, soppesando le mie parole di rassicurazione – "Henry m'interessa come scrittore, tutto qui" – lui acconsentì a tutto quel che volevo. Vado ad accompagnarlo al cancello. Si accontenta semplicemente di essere amato, e io sono sorpresa delle mie stesse bugie, del mio comportamento.

Non uscii incolume dall'inferno della visita di Henry. Lo sviluppo di quei due giorni fu intricato. Appena incominciai a comportarmi come June, "capace di adorazione, di devozione, ma anche della più grande insensibilità per ottenere quel che vuole," come aveva detto Henry, lui diventò sentimentale.

Fu dopo che Hugo se ne fu andato al lavoro che Henry disse: "È così sensibile, non bisognerebbe fare del male a un uomo così." Questo scatenò in me una tempesta. Mi alzai da tavola e andai nella mia stanza. Henry venne a vedermi piangere, e fu contento di vedermi piangere e dimostrare una mancanza di insensibilità. Ma io divenni tesa, velenosa.

Quando Hugo tornò, in serata, Henry ricominciò ad ascoltarlo attentamente, a parlare il suo linguaggio, a parlare gravemente, seriamente. Eravamo tutti e tre seduti in giardino.

La nostra conversazione sulle prime procedette a scatti, finché Henry non incominciò a fare delle domande sulla psicologia. (A un certo punto della giornata, probabilmente per gelosia di June, avevo detto qualcosa che aveva suscitato la gelosia di Henry nei confronti di Allendy.) Tutto quello che avevo letto l'anno precedente, tutte le mie conversazioni con Allendy, e le mie stesse riflessioni sull'argomento, tutto questo si riversò fuori di me con sconcertante energia e chiarezza.

Henry m'interruppe bruscamente dicendo: "Non mi fido né delle idee di Allendy né delle tue teorie, Anaïs. L'ho visto solo una volta, ma è un uomo brutale, sensuale, letargico, con un fondo di fanatismo nello sguardo. E tu... be', hai un modo così chiaro e bello di presentare le cose, così cristallino che sembra tutto semplice e vero. Sei così pronta, così intelligente. Ma non mi fido della tua intelligenza. Tu crei uno schema meraviglioso, tutto è al suo posto, e sembra chiaro in un modo assolutamente convincente, troppo chiaro. E intanto, dove sei tu? Non sulla chiara superficie delle tue idee, no, tu ti sei già tuffata più a fondo, in regioni più oscure, così uno pensa che tu gli abbia dato tutti i tuoi pensieri, ma lo immagina soltanto che tu ti sia svuotata in quella chiarezza. Invece ci sono strati e strati – sei senza fondo, insondabile. La tua chiarezza è ingannevole. Sei la pensatrice che suscita in me più dubbi, più confusione, più turbamento."

Questo è più o meno il sunto del suo attacco. Venne sferrato con straordinaria irritazione e veemenza. Hugo aggiunse tranquillamente: "Quando ormai credi che ti abbia dato uno schema preciso, lei scivola fuori di sé e ride di te."

"Esattamente," disse Henry.

Io risi. Mi resi conto che nell'insieme la sua critica era lusinghiera, ed ero contenta di averlo irritato e sconcertato. Ma poi mi sentii tormentata dall'amarezza all'idea che di colpo mi attaccasse. Sì, la guerra era inevitabile. Lui e Hugo continuarono a parlare mentre io cercavo di rinfrancarmi. Era una cosa troppo inaspettata per me. E anche l'ammirazione di Henry per Hugo era sconcertante, dopo tutto quello che aveva detto di lui.

Ricordo di aver pensato: adesso i due dalla mente lenta, il pesante tedesco e il discreto scozzese, hanno solidarizzato contro la mia prontezza di spirito. Be', sarò ancora più pronta e più ingannevole. Henry si identifica con Hugo, il marito, come io mi identifico con June. June e io avremmo frustato i due uomini con grande piacere.

Che notte! Come si fa ad addormentarsi avvelenati, carichi di lacrime, di rabbia ancora fumante? Continua pure, Henry, compatisci Hugo, perché io lo ingannerò cento volte. Ingannerei anche l'uomo migliore della terra. L'ideale della fedeltà è uno scherzo. Ricorda quello che ti ho insegnato questa sera; la psicologia cerca di ristabilire la base della vita non sugli ideali ma sulla fedeltà alla propria natura. Colpisci, colpisci quanto vuoi. Io ti risponderò colpo su colpo.

Mi addormentai piena di odio e di amore per Henry. Hugo mi svegliò più tardi con le carezze e cercò di fare l'amore con me. Semiaddormentata lo allontanai, senza alcun sentimento. In seguito trovai delle scuse.

La mattina mi svegliai pesante, fragile. Henry era seduto in giardino. Era rimasto per parlare. Era preoccupato per la sera precedente. Io mi limitai ad ascoltare. Mi disse che si era comportato nel solito modo, aveva detto e fatto cose che non voleva. "Non volevi?" ripeto meccanicamente. Sì, si era lasciato trasportare dalla sua intenzione di dissimulare l'amore per me. Non ammirava Hugo quanto aveva detto, non così tanto. La verità era che la mia tirata lo aveva entusiasmato. Avrebbe voluto abbracciarmi. Non mi aveva mai visto arrivare fino in fondo a un argomento in quel modo. Aveva lottato contro un sentimento di ammirazione, di gelosia per Allendy, e anche contro un odio perverso per la persona che poteva raccontargli qualcosa di nuovo. Gli avevo spalancato mondi nuovi.

Mi venne in mente che forse stava recitando, una commedia dopo l'altra, e che ora, per qualche motivo, stesse recitando con me. Glielo dissi. Lui rispose tranquillamente: "Dio mi aiuti, Anaïs, io non ti mento mai. Non posso farci niente se non mi credi."

La sua spiegazione mi parve debole. Che bisogno c'era di dissimulare? Mi stavo occupando io della cecità di Hugo. Il motivo non era invece che forse gli piacevano le difficoltà, che la nostra ultima settimana di totale comprensione, armonia, e fiducia, adesso suscitava il suo desiderio perverso di discordia? "No, Anaïs, non voglio la guerra. Ma ho perso la mia sicurezza. Hai detto che Allendy..." Oh, Allendy. Allora lo avevo ferito, ero stata io a dargli il via. Era stata la gelosia a ispirarlo. Gli dissi: "Non voglio privarti del piacere che provi a essere geloso rispondendo alle tue domande."

Allora lui disse una cosa che mi commosse. Incominciava così: "Quello che un uomo vuole (quello che un uomo vuole!) è credere che una donna possa amarlo tanto, che nessun altro uomo la possa interessare. So che è impossibile. So che ogni gioia si porta appresso la propria tragedia." Allora potevamo essere di nuovo aperti, se fossi stata sincera? "Senti," dissi impacciata, "quello che un uomo vuole è esattamente quello che ti ho dato finora, in un modo così assoluto che non sei neppure in grado di immaginare."

"Questo è meraviglioso," disse lui, molto tenero e confuso. Il nostro primo duello si era concluso.

Tutto ciò rivelava una buona dose di follia, più nelle spiegazioni di Henry che nell'azione iniziale. Era davvero una scenata di gelosia o la prima espressione della sua instabilità nei rapporti umani, della sua incapacità di accontentarsi? Per una volta mi trovo di fronte a un carattere più complicato del mio. Può darsi che siamo diventati più interessanti l'uno per l'altra a discapito della fiducia. Henry è contento di avermi visto, come uno strumento, esprimere tutta la gamma dei miei suoni. Umanamente ho perso qualcosa. La fede, forse. Mi appello alla mia intelligenza, invece che a quella cieca franchezza che ho usato con lui.

Più tardi, mentre Henry piange raccontandomi che suo padre moriva di fame, io rimango seduta, paralizzata e non provo alcuna pietà. Darei qualsiasi cosa per sapere se ha mandato a suo padre un po' dei soldi che gli ho dato, riducendosi alla fame per farlo. Solo questo vorrei sapere: può mentirmi? Io sono riuscita sia ad amarlo sia a mentirgli. Mi vedo avvolta da una coltre di bugie, che apparentemente non penetrano nella mia anima, come se non fossero veramente una parte di me. Sono come abiti. Quando ho amato Henry, come in quei quattro giorni, l'ho amato come un corpo nudo che si era spogliato dei suoi abiti e aveva dimenticato le sue bugie. Forse per Henry non è così. Ma l'amore, in tutto questo, trema come una lancia piantata in una duna di sabbia. Mentire, naturalmente, equivale a generare follia. Nel momento stesso in cui entro nella caverna delle mie bugie piombo nell'oscurità.

Finora non ho avuto tempo per scrivere le bugie. Voglio incominciare. Immagino di non aver voluto prenderle in considerazione. Se l'unità è possibile per lo scrittore che è un "mare di protoplasma spirituale, capace di scorrere in tutte le direzioni, di travolgere ogni oggetto sul suo cammino, di infilarsi in ogni fessura, di riempire ogni stampo," come disse Aldous Huxley in *Punto contro punto*, se non altro è possibile la verità, o la sincerità sulle proprie insincerità. È vero, come ha detto Allendy, che quello che la mia mente produce con l'invenzione, io lo arricchisco con sentimenti autentici e mi convinco, in buona fede, delle mie stesse invenzioni. Mi ha definito *"la plus sympathique"* delle bugiarde. Sì, sono la più nobile delle ipocrite. I miei motivi, come rivela la psicoanalisi, hanno un minimo grado di malevolenza. Non è per ferire qualcuno che ho lasciato dormire il mio amante nel letto di mio marito. È perché non ho il senso dell'inviolabilità. Se Henry stesso fosse stato più coraggioso avrei dato a Hugo un sonnifero durante la visita di Henry in modo da poter dormire con lui. Lui invece era troppo timido per rubarmi anche solo un bacio. Solo dopo che Hugo se ne fu andato si decise a buttarmi sulle foglie d'edera, sul retro del giardino.

Una volta sola ho passato quattro giorni con un appassionato amante umano. Quel giorno fui scopata da un cannibale. Io giacqui esalando sentimenti umani, e capii in quel preciso momento che lui era disumano. Lo scrittore si ammanta della sua umanità, ma è soltanto un travestimento.

La sera prima il mio discorso sulla sincerità, sulla dipendenza reciproca, su uno scambio di fiducia quale non si può avere neanche con gli esseri che si amano, aveva colpito il segno.

Forse il mio desiderio di conservare la grandiosità di quei quattro giorni con Henry è uno sforzo sprecato. Forse, proprio come Proust, sono incapace di movimento. Scelgo un punto nello spazio e ruoto intorno a esso, come ho ruotato per due anni intorno a John. Il movimento di Henry è un martellamento costante per far sprizzare scintille, incurante delle mutilazioni che questo comporta.

Più tardi, gli chiesi: "Quando i tuoi sentimenti per

June ritornano, alterano, anche solo per un momento, il nostro rapporto? Il nostro legame si spezza? I tuoi sentimenti tornano a una fonte d'amore o scorrono in due direzioni?" Henry disse che era un doppio flusso. Che da parecchio tempo aveva in mente una lettera per June: "Voglio che tu torni ma devi sapere che amo Anaïs. Devi accettarlo."

L'estraneità tra il corpo di Hugo e il mio mi farà impazzire. Le sue carezze costanti mi sono intollerabili. Finora sono riuscita a placarmi, a trarre un tenero piacere dalla sua vicinanza. Ma oggi è come vivere con un estraneo. Non sopporto che mi si sieda vicino, passandomi le mani sulle gambe e intorno ai seni. Questa mattina, quando mi ha toccato, mi sono allontanata di scatto, rabbiosamente: lui ne è stato terribilmente sorpreso. Non riesco a sopportare il suo desiderio. Mi viene voglia di scappare. Il mio corpo è morto per il suo. Che ne sarà della mia vita adesso? Come faccio a continuare a fingere? Le mie scuse sono così futili, così flebili – cattiva salute, cattivo umore. Sono bugie trasparenti. Gli farò del male. Come agogno la mia libertà!

Durante la nostra siesta Hugo ha cercato di nuovo di possedermi. Io ho chiuso gli occhi e mi sono lasciata andare, ma senza piacere. Se è vero che quest'anno ho raggiunto nuove vette di gioia, è altrettanto vero che non ho mai toccato degli abissi così neri. Stasera ho paura di me. Potrei lasciare Hugo in questo preciso istante e diventare un derelitta. Mi venderei, prenderei droghe, morirei di voluttuoso piacere.

Ho detto a Hugo, che si vantava di essere un po' ubriaco: "Bene, allora dimmi qualcosa di te che io non so, dimmi qualcosa di nuovo. Non hai niente da confessare? E non potresti inventarti qualcosa?"

Lui non capì che cosa intendevo. Né capì quando mi allontanai di scatto dalle sue carezze. Dolce fiducia. Essere derisi, usati. Perché non sei più intelligente, meno credulone? Perché non reagisci, perché non hai nessuna aberrazione, nessuna passione, nessuna commedia da recitare, nessuna crudeltà?

Oggi mentre stavo lavorando mi sono resa conto che avevo rivelato a Henry molte delle mie idee su June e che lui le stava usando. Mi sento impoverita, e lui lo sa, perché mi scrive dicendo che si sente un ladro. Cosa mi resta da fare? Scrivere come una donna e solo come una donna. Ho lavorato tutta la mattina, e mi sento ancora ricca.

Quello che Henry ha preteso da me è intollerabile. Non solo devo accontentarmi di un mezzo amore ma devo anche nutrire le sue idee su June e arricchire il suo libro. A ogni pagina che mi manda, in cui le rende sempre più giustizia, sento che ha preso in prestito la mia visione. Di certo a nessuna donna è mai stato chiesto tanto. Henry questo non lo avrebbe preteso dalla primitiva June. Sta mettendo alla prova il mio coraggio fino in fondo. Come faccio a districarmi da questo incubo?

Henry mi ha osservato per sorprendere la mia prima debolezza, il primo segno di gelosia, e lo ha colto, godendone. Poiché sono una donna che capisce, mi viene chiesto di capire tutto, di accettare tutto. E io esigerò quanto mi è dovuto. Voglio un milione di giorni come quei quattro giorni con Henry, e li avrò anche se non da lui. Restituirò Henry a June, l'uno all'altra, e me ne laverò le mani di tutti i ruoli sovrumani.

Non s'impara a soffrire di meno ma s'impara a scansare il dolore. Ho incominciato a pensare ad Allendy come a una via di scampo. Le sue idee sono state alla base di molte delle mie azioni. È lui che mi ha insegnato che più di un uomo può capirmi, che attaccarsi è una forma di debolezza, che soffrire non è necessario. Penso che i miei sentimenti per lui si siano chiariti quando Henry lo descrisse in giardino quella sera. Ne parlò come di un uomo sensuale. Ricordo con precisione che aspetto aveva il nostro ultimo giorno. Allora ero troppo piena di Henry per notarlo. L'altro giorno scrissi ad Allendy una lettera piena di gratitudine e terminai accludendo una copia parziale di una delle lettere di Henry a me. Era coerente con quello che stavo dicendo e forniva una prova di quello che, psicoanaliticamente, lui avrebbe considerato un lavoro ben riuscito. Ma la verità è che speravo di renderlo geloso.

Quel che ho trovato in Henry è unico, non può essere ripetuto. Ma ci sono anche altre esperienze da fare. Eppure, stasera stavo progettando come migliorare il suo ultimo libro, come renderlo più forte, rassicurarlo.

Ma anche lui mi ha rafforzato, tanto che ora mi sento abbastanza forte da farcela senza di lui, se è necessario. Non sono schiava di una maledizione infantile. Il mito di cui sono andata alla ricerca per alleviare la tragedia della mia infanzia è ormai annientato. Voglio un amore completo e paritario. Mi impegnerò con tutte le mie forze per sottrarmi a Henry.

È venuto ieri. Un Henry serio e stanco. Doveva venire, disse. Erano parecchie notti che non dormiva, tutto preso dal suo libro. Ho dimenticato i miei dispiaceri. Henry è stanco. Lui e il suo libro devono ricevere nutrimento. "Cosa vuoi Henry? Sdraiati sul divano. Bevi un po' di vino. Sì, questa è la stanza in cui ho lavorato. Non baciarmi adesso. Pranzeremo in giardino. Sì, ho molte cose da dirti, ma tutto deve aspettare. Sto volutamente rimandando tutto ciò che può disturbare il respiro del tuo libro. Tutto può aspettare."

Mi disse: "Sono venuto a dirti che mentre lavoravo al mio libro mi sono reso conto che tra June e me tutto è finito tre o quattro anni fa. Che quello che abbiamo vissuto insieme l'ultima volta che è stata qui era solo una continuazione automatica, come una specie di abitudine, come il prolungamento di un impeto, che non riesce ad arrivare a un punto morto. Naturalmente, è stata un'esperienza travolgente, un enorme sconvolgimento. Per questo ne posso scrivere con tanta frenesia. Ma ormai questo è il canto del cigno. Tu devi riuscire a capire, nello scrittore, la differenza tra le evocazioni del passato e i suoi sentimenti attuali. Io ti amo, te lo assicuro. Voglio che tu venga con me in Spagna, con qualsiasi pretesto, per qualche mese. Sogno di lavorare insieme a te. Ti voglio accanto a me. Fin quando le cose non funzioneranno in modo tale che io possa proteggerti completamente. Con June ho imparato un'amara lezione. Tu e June siete donne con una personalità tale da non potere prosperare nel grigiore, nelle difficoltà. Non è il vostro elemento. Siete entrambe troppo importanti. E questo non lo pretenderò da te."

Io rimasi ad ascoltarlo sconcertata. "È chiaro," aggiunse Henry, "che dovevo fare questa esperienza fino in fondo, ma proprio perché l'ho fatta fino in fondo, la considero esaurita e posso provare a vivere un nuovo tipo d'amore. Mi sento più forte di June, eppure se June tornasse le cose potrebbero ricominciare da capo per una specie di fatale necessità. Quello che penso è che tu mi salvi da June. Non voglio essere sminuito, umiliato, distrutto ancora una volta da lei. Capisco abbastanza da sapere che voglio rompere con lei. Temo il suo ritorno, la distruzione del mio lavoro. Stavo pensando a quanto io abbia assorbito il tuo tempo e la tua attenzione, a quanto ti abbia preoccupata, ferita persino, e anche a quanto la gente ti riversi addosso i suoi problemi; ho pensato a quante volte ti venga chiesto di risolverli, di dare un aiuto. E intanto c'è la tua scrittura, più profonda e migliore di quella di chiunque altro, e non gliene frega niente a nessuno e nessuno ti aiuta."

Risi di questo. "Ma, Henry, tu non te ne freghi affatto, e inoltre io posso aspettare. Sei tu che sei in ritardo e devi avere una possibilità di rifarti."

Gli parlai un po' della burrasca che avevo attraversato nei giorni precedenti. Mi sentivo come un condannato a morte, improvvisamente liberato sulla parola. Ormai sembrava non avesse più importanza quante volte June si sarebbe ripresa Henry. In questo momento lui e io eravamo indissolubilmente sposati. La fusione dei nostri corpi che seguì fu quasi estranea – per la prima volta, solo un simbolo, un gesto. Una fusione così rapida che parve verificarsi nello spazio, mentre i movimenti del corpo la seguivano a un ritmo più lento.

Ho scritto trenta pagine su June in modo intenso e totalmente fantastico, le migliori che abbia scritto finora. È bello vedere degli esperimenti di laboratorio culminare in un'esplosione lirica.

Ieri sera mi sono divertita moltissimo al Grand Guignol: le convulsioni di una donna tentata dalla passione, sdraiata nuda su un divano di velluto nero. Una donna vigorosa le toglie il pigiama. Provai una tremenda eccitazione sessuale.

Hugo e io visitammo un'altra casa di appuntamenti, dove le donne erano più brutte di quelle del 32 di rue Blondel. La stanza era rivestita di specchi. Le donne si muovevano come un gregge di animali passivi, a due a due, volteggiando al suono della musica del fonografo. Prima ero agitata da enormi aspettative. Non riuscivo a credere alla bruttezza delle donne quando entrarono. Immaginavo che la danza di donne nude fosse sempre un'orgia bellissima e voluttuosa. Quando vidi i seni cadenti con i capezzoli rugosi, le gambe bluastre, le pance prominenti, i sorrisi sdentati, e quella brutale massa di carne che ruotava senza vita, come i cavalli di legno di una giostra, le mie aspettative crollarono. Non provai neanche pietà. Solo fredda osservazione. Di nuovo assistemmo a pose monotone, e nel bel mezzo, nel momento meno opportuno, le donne si baciarono senza alcuna passione, senza sensualità. Fianchi, natiche collinose, la misteriosa oscurità tra le gambe – tutto esposto così insensatamente che ci vollero due o tre giorni a Hugo e a me per separare l'associazione del mio corpo, delle mie gambe, dei miei seni, da quel gregge di animali volteggianti. Quello che mi piacerebbe è unirmi a loro per una notte, entrare nuda nella stanza insieme a loro, guardare gli uomini e le donne seduti lì e vedere la loro reazione quando appaio, con la mia aura di intrusione.

Crudeltà con Eduardo. Proprio quando è riuscito a elaborare un piano di dominio intellettuale del suo dolore, mi siedo vicinissimo a lui sul divano e gli faccio leggere la prosa di Henry, che lui odia. Dice che sto allevando un piccolo gigante. Lo vedo guardare i miei seni più aggressivi. Lo vedo impallidire e precipitarsi a prendere un treno prima del tempo.

Oggi ho quasi perso la testa desiderando Henry. Non riesco a vivere tre giorni senza di lui. Che schiavitù terribile, gioiosa. Oh, essere un uomo, capace di soddisfare così facilmente, così indiscriminatamente!

Sono tornata, per vie molto traverse, alla semplice affermazione di Allendy, che l'amore esclude la passione e la passione l'amore. L'unica volta in cui l'amore mio e di Hugo si trasformò in passione fu durante le nostre liti disperate dopo il nostro ritorno da New York, ed è nello stesso modo che June ha dato a Henry il massimo della passione. Io potrei dargli il massimo dell'amore. Ma mi rifiuto di farlo perché al momento la passione mi sembra di maggior valore. Forse ora sono semplicemente cieca a valori più profondi. C'era del pericolo nella mia riconciliazione con Henry l'altro giorno, il pericolo di innamorarmi. Non solo avrei dovuto lasciarlo essere geloso di Allendy, ma avrei anche dovuto ingannarlo sul serio con Allendy. Questo avrebbe elevato il nostro amore a passione. Persino il vocabolario di Henry cambia quando scrive a me o di me; il suo tono è meno stravagante, più profondo. E io mi oppongo a questo suo trattamento, perché anch'io sono sconvolta fino al parossismo. Niente meno della passione può soddisfarmi ormai. Eppure non posso comportarmi secondo i miei ardenti desideri. Allendy mi ha insegnato a temere le azioni premeditate. I miei istinti non fanno che portarmi ad amare, continuamente.

Dopo un lungo week-end, Henry telefona che non verrà a trovarmi fino a mercoledì. Io lo avevo aspettato tutto il giorno. Gli dissi che non avrei potuto vederlo fino a giovedì, perché stavo lavorando per Allendy. Volevo ferirlo. Quando accennai ai nostri progetti sulla Spagna, lui disse: "Date le circostanze è meglio non andare."

Allora capii che mi amava solo per consolarsi della sua perdita di June, per aiutarsi a vivere, per la felicità che avrei potuto dargli. Persino il viaggio in Spagna lo aveva progettato per salvarsi da June, e non per stare con me. Non appena Allendy tornerà, mi concederò a lui.

Hugo legge le mie trenta pagine su June ed esclama che sono buone. Ancora una volta mi chiedo se è mezzo morto o semplicemente inarticolato. Glielo chiedo e lui ci rimane male. Fa un'affermazione notevole: "Se è questo il tuo vero io, quello che tu stai cercando di affermare, devo dire che è un io molto duro."

Sì. Questa affermazione è l'inizio di June, un altro vulcano. Ho dormito dolcemente per qualche secolo, e sto eruttando senza preavviso. La durezza in me, in quantità inestinguibile, si è accumulata lentamente grazie agli sforzi che ho fatto per soggiogare la voracità del mio io. Anche Henry ne soffrirà. Gli chiesi di venire quello stesso giorno.

Venne immediatamente, in bicicletta, dolce e ansioso. Gli permisi di leggere una lunga lettera che avevo scritto, e che conteneva tutte le cose che racconto al mio diario. Lui non protestò. Rise, un po' tristemente. Poi si sedette sul divano, assolutamente terrorizzato nel rendersi conto che tutto poteva crollare con estrema facilità. Io aspettai, confusa dal suo rimuginare. Finalmente si risvegliò per dire: "Sono solo quello che tu immagini che io sia." Non so che cos'altro dicemmo. Capii sia la grandezza sia i limiti dell'amore di Henry, capii il suo essere posseduto da June contro la sua volontà, proprio come me, e capii che mi amava profondamente, come lo amo io. Quando, tormentato, mi disse: "Ho bisogno di sapere cosa vuoi," gli risposi: "Niente di più di questa vicinanza. Quando tra noi va tutto bene riesco a sopportare la mia vita."

Disse: "Mi sono reso conto che una vacanza in Spagna non sarebbe una soluzione. E so anche che se la facessimo, tu non ritorneresti mai più da Hugo. Io non te lo permetterei." Gli risposi: "E io non posso pensare a niente di più che a una vacanza, a causa di Hugo." Ci guardammo l'un l'altra e capimmo quanto ciascuno di noi stesse pagando per la propria debolezza: lui, per la sua schiavitù alla passione, e io, per la mia schiavitù alla pietà.

I giorni che seguirono furono unici, radiosi. Discorsi e passione, lavoro e passione. Quel che ho bisogno di conservare, di stringermi forte contro il seno, sono le ore in quella stanza all'ultimo piano. Henry non riusciva a lasciarmi. Rimase due giorni, che culminarono in una tale esplosione di frenesia sessuale che io ne bruciai ancora per molto tempo dopo.

Ho smesso di preoccuparmi. Mi lascio andare e mi limito ad amarlo, e ricevo da lui tanto amore che servirebbe a giustificare tutta la mia esistenza. Balbetto quando faccio il suo nome. Ogni giorno è un uomo nuovo, con nuove profondità e nuove sensibilità.

Oggi ho ricevuto una sua fotografia. Mi ha fatto uno strano effetto vedere così chiaramente la bocca piena, il naso bestiale, gli occhi pallidi da Faust: quel misto di delicatezza e di animalità, di durezza e di sensibilità. Sento di avere amato l'uomo più notevole della nostra epoca.

Ho passato la maggior parte della mia vita ad arricchire quanto meglio potevo la lunga, lunghissima attesa dei grandi eventi che ora mi riempiono con tanta intensità da sopraffarmi. Ora capisco la spaventosa inquietudine, il tragico senso di fallimento, il profondo scontento. Ero in attesa. Questa è l'ora dell'espansione, della vita vera. Tutto il resto non era che una preparazione. Trent'anni di veglia angosciosa. E adesso questi sono i giorni per i quali ho vissuto. Rendermene conto con tanta chiarezza, è una cosa quasi insostenibile umanamente. Gli esseri umani non sopportano la conoscenza del futuro. Per me, la conoscenza del presente è altrettanto abbacinante. Essere così acutamente ricca *e saperlo*!

Ieri sera Hugo mi ha appoggiato la testa sulle ginocchia. Mentre lo guardavo teneramente ho detto tra me: "Come potrò mai dirgli che non lo amo più?" E come se questo non bastasse, mi rendo conto che non sono presa totalmente da Henry, che anche Allendy mi turba, che l'altra sera ero sentimentalmente turbata dalla presenza di Eduardo. La verità è che sono capricciosa, con turbamenti sessuali in tutte le direzioni. Vedo Allendy giovedì. Aspetto con ansia questo incontro. Nella mia immaginazione sono stata con lui al ristorante russo, e lui è venuto a trovarmi a Louveciennes. Henry può ben essere geloso di Allendy. È stato lo stesso Allendy a liberarmi dal senso di colpa.

Henry rimase disorientato dalle mie nuove pagine. Era qualcosa di più di un broccato, mi chiese, qualcosa di più di un bel linguaggio? Fui irritata che non capisse. Incominciai a spiegare. Allora anche lui, come tutti gli altri, disse: "Capisco, ma dovresti dare uno spunto, dovresti arrivare a qualcosa; il lettore si trova immerso nella stranezza in modo del tutto inaspettato. Bisogna leggerlo almeno cento volte."

"E chi lo leggerà cento volte?" dissi tristemente. Ma poi pensai all'*Ulisse* e agli studi che lo accompagnano. Ma Henry, con la sua caratteristica franchezza, non si fermò qui. Incominciò a camminare nervosamente e sbraitò che dovevo diventare umana e raccontare una storia umana. Ecco, mi trovavo di fronte al mio problema di tutta la vita. Io volevo continuare in quel modo astratto e intenso, ma c'era qualcuno che poteva sopportarlo? Hugo, col suo giudizio non intellettuale, la scambiava per poesia; Eduardo, per simbolismo. Ma per me c'era un significato in quelle frasi elaborate.

Più parlavo delle mie idee, più Henry si agitava, finché non incominciò a gridare che avrei dovuto continuare esattamente sullo stesso tono, che stavo facendo qualcosa di unico. La gente avrebbe dovuto faticare per decifrarmi. L'aveva sempre saputo che avrei fatto qualcosa di unico. Inoltre, disse, io lo dovevo al mondo. Se non facevo qualcosa di buono avrei dovuto essere impiccata; dopo aver alimentato questo lavoro con tutta una vita di scrittura sul diario, lo spremiarance, che filtra tutti i semi e la polpa.

Si avvicinò alla finestra dicendo: "Come faccio a tornare a Clichy adesso? È come tornare in prigione. Questo è il posto dove uno cresce, si espande, approfondisce. Come amo questa solitudine. Quanto è ricca." E io mi fermai alle sue spalle, abbracciandolo, e dicendo: "Rimani, rimani."

E quando lui è qui, Louveciennes è ricca per me, viva. Il mio corpo e la mia mente vibrano continuamente. Non solo sono più donna, sono anche più scrittrice, più pensatrice, più lettrice, più tutto. Il mio amore per lui crea un ambiente in cui Henry risplende. Cade preda di un incanto finché Fred non telefona che c'è gente che chiede di lui e posta da leggere.

Con che forza straordinaria il nostro pensiero procede impetuoso con opposizioni di temi, contrasti, e un accordo di fondo. Lui non si fida della mia prontezza, rallenta il mio ritmo, e io mi tuffo nella sua creatività come in una ricchezza illimitata. Il nostro lavoro è interrelato, interdipendente, sposato. Il mio lavoro è la moglie del suo.

Henry si pianta in mezzo alla mia camera da letto e dice: "Mi sento come se fossi io il marito qui. Hugo è solo un giovanotto affascinante a cui siamo molto affezionati."

Sempre di più mi rendo conto che la sua vita con June era un'avventura pericolosa e sfibrante. Ormai lo capisco quando vuole che lo salvi da June. Quando incomincia a parlare di affittare un posto come Louveciennes da qualche parte e io gli dico: "Quando uscirà il tuo libro, farai venire June e riuscirai a farlo." Lui sorride pieno di dolore e mi dice che non è quel che vuole. Lo so, o, piuttosto, so che vorrebbe che una vita come la mia e di Hugo fosse possibile insieme a June.

Ieri sera, poiché Henry era stanco e desiderava un momento meno intenso, meno truculento, mi sentii invasa da una tale tenerezza per lui che quasi gli corsi incontro per abbracciarlo di fronte a Hugo e a mia madre, per chiedergli di scendere da basso a riposare sul nostro grosso letto soffice. Quanto desideravo prendermi cura di lui. Era sull'orlo delle lacrime mentre parlava di donne che si amavano nel film *Jeunes filles en uniforme*.

Poi, di fronte a mia madre, Henry mi disse: "Devo parlarti per qualche minuto. Ho corretto il tuo manoscritto." Andammo di sotto e ci sedemmo sul mio letto. Ero così commossa dal lavoro che aveva fatto. Incominciammo a baciarci. Lingue, mani, umori. Mi morsi le dita per non gridare. Salii di sopra, ancora ansimante e parlai a mia madre. Henry mi seguì, con un'aria da santo, una voce suadente. E sentii la sua presenza fino alla radice dei capelli.

Hugo sta suonando e cantando come soleva suonare e cantare a Richmond Hill, incespicando, esitando. Le sue dita non sono molto abili, e la sua voce vacilla. La tristezza che provo ascoltandolo dimostra quanto si siano allontanate da me le sue canzoni e la sua dolcezza, per rifugiarsi in un passato legato all'ora presente dalla continuità dei ricordi. Soltanto i ricordi tengono insieme Hugo e me; e il mio diario li conserva. Oh, poter balzare in avanti senza questa ragnatela intorno a me.

SETTEMBRE

Guardo in faccia Allendy con un nuovo senso di potere, vedo i suoi occhi intensamente azzurri, fanatici, sciogliersi, e sento l'ansia nella sua voce quando mi chiede di tornare presto. Ci baciamo più appassionatamente dell'ultima volta. Henry si frappone ancora tra me e il mio godimento di Allendy, ma l'elemento demoniaco in me è più forte. Ripeto il nostro bacio nello spazio, sollevando la testa verso la sua mentre cammino per le strade, con la bocca aperta ad accogliere una nuova bevanda.

Per tutta la sera i suoi occhi, la sua bocca, e la sua barba ruvida sono con me.

Tormento Eduardo e scateno la sua gelosia suscitando l'ammirazione di un giovane dottore cubano, i cui occhi si attardano sui contorni del mio corpo. Siamo andati a ballare, Hugo, Eduardo e io. Eduardo vuole trascinarmi ancora verso di sé, distruggere la mia esuberanza. È freddo, introverso, maldisposto. Lotta contro la sinuosità del mio corpo durante il nostro ballo, contro la mia guancia che lo sfiora, contro la mia voce che gli fa le fusa nell'orecchio. Uccide la mia gioia con la furia verde dei suoi occhi, e dopo averla uccisa è infelice. Vedo le vene che gli si gonfiano alle tempie. Conclude la serata dicendo: "Cosa mi hai fatto pochi mesi fa!"

Allendy mi fa notare che mi sto abbandonando alla crudeltà lacerante della vita con Henry. Il dolore è diventato la gioia ultima. Per ogni grido di gioia nelle braccia di Henry, c'è una frustata espiatoria: June e Hugo, Hugo e June. Con quanto fervore ora Allendy parla di Henry, tuttavia io so che non sta solo teorizzando sul mio piano di autodistruzione ma che è anche mosso dalla propria gelosia. Alla fine della seduta vedo che è profondamente disturbato. Ho esagerato di proposito. Henry è l'uomo più dolce e più gentile della terra, più dolce persino di me, benché siamo entrambi seminatori di terrore e individui amorali. Ma mi piace la preoccupazione di Allendy per me. Il potere che ha alimentato in me è pericoloso, più pericoloso della mia precedente timidezza. Ormai deve proteggersi dall'abilità della sua analisi e dalla forza delle sue braccia e della sua bocca.

Io non credo che un uomo abbia mai avuto, in una sola donna, un tale nemico potenziale e un tale autentico amico. Trabocco di amore inesauribile per Hugo, Eduardo, Henry, e Allendy. La gelosia di Eduardo ieri sera era anche la mia gelosia, il mio dolore. Lo accompagnai per il breve tratto che volle fare a piedi, per schiarirsi le idee, disse. Avevo gli occhi vuoti, le mani fredde. Conosco talmente il dolore che non posso infliggerlo ad altri. Più tardi, a casa, Hugo mi si gettò quasi addosso, e io aprii le gambe passivamente, come una prostituta, svuotata di sentimento. Eppure so che solo lui ama generosamente e senza egoismi.

Ieri dissi ad Allendy che mi piacerebbe fare una vita più spericolata con Henry ed entrare in un mondo più difficile, più precario; essere eroica e fare enormi sacrifici come June, sapendo fin troppo bene che, con la mia fragilità, finirei in un sanatorio.

Allendy disse: "Lei ama Henry per eccessiva gratitudine, perché ha fatto di lei una donna. È troppo grata per l'amore che le viene dato. È solo quanto le è dovuto."

Ricordo le comunioni sacrileghe durante la mia infanzia nelle quali ricevevo mio padre in luogo di Dio, chiudendo gli occhi e ingoiando l'ostia bianca con beati tremori, abbracciando mio padre, comunicandomi con lui, in una confusione di estasi religiosa e passione incestuosa. Era tutto per lui. Volevo spedirgli il mio diario. Mia madre mi dissuase perché avrebbe potuto perdersi per strada. Oh, l'ipocrisia dei miei occhi bassi, i pianti furtivi la notte, la voluttuosa e segreta ossessione per lui. Ancora adesso, ciò che di lui ricordo meglio non è la protettività o la tenerezza paterna, ma un'espressione di intensità, di vigore animale, che riconosco anche in me stessa, un'affinità di temperamento, che riconosco con l'innocente intuizione di un bambino. Una vulcanica sete di vita, ecco cosa ricordo e di cosa sono ancora partecipe, una segreta ammirazione per una potenza sessuale che nega automaticamente i valori di mia madre.

Sono rimasta la donna che ama l'incesto. Continuo a praticare i crimini più incestuosi con un sacro fervore religioso. Sono la più corretta di tutte le donne, perché cerco la perfezione sul mio incesto, lo accompagno con canti bellissimi e musica, cosicché tutti credono nella mia anima. Con una faccia da Madonna, ancora ingoio Dio e sperma, il mio orgasmo ricorda un'estasi mistica. Gli uomini che amo io, li ama anche Hugo, e io lascio che si comportino tra loro come fratelli. Eduardo confessa il suo amore ad Allendy, e Allendy sarà il mio amante. E adesso mando Hugo da Allendy, perché lui gli insegni a dipendere meno da me per la sua felicità.

Quando allora immolavo la mia infanzia a mia madre, quando oggi do via tutto quello che possiedo, quando aiuto, capisco, servo: che tremendi crimini sto espiando! Sono strane gioie insidiose, come il mio amore per Eduardo, un mio consanguineo; amore per il padre spirituale di Hugo, John; per June, una donna; per il marito di June; per il padre spirituale di Eduardo, Allendy, che è ora la guida di Hugo. Ormai non mi resta che andare dal mio vero padre e godere fino in fondo l'esperienza della nostra somiglianza nella sensualità, sentire dalle sue labbra le oscenità, il linguaggio brutale che io non ho mai usato, ma che amo in Henry.

Sono forse ipnotizzata, affascinata dal male perché dentro di me non ne ho alcuno? O c'è in me il più grande e segreto dei mali?

La mia analisi terminò veramente quando Allendy mi baciò, nell'ultima seduta, e io sentii nascere un rapporto personale. Trassi un gran piacere dal suo bacio, e un'ora dopo ero tra le braccia di Henry. Henry adesso sta dormendo nel mio studio, e io sono seduta a pochi metri da

lui a scrivere del bacio di Allendy. Mi è piaciuta la grandezza di Allendy, la sua bocca e le sue mani sulla mia gola. Henry dopo mi aspettava alla stazione. So che lo amo
e che con Allendy è solo civetteria, un gioco gradevole
che sto imparando a giocare.

Allendy dice che se io provocassi molti traumi a Hugo,
come il mio desiderio per John, lo sveglierei, ma questo
non posso farlo, e preferisco metterlo nelle mani di Allendy. Risvegliarlo con il dolore – ecco il mio limite, il
mio fallimento. E segretamente, ho paura di sondare i
suoi limiti. Temo di trovare un fondale di sentimenti
profondi e nient'altro. Quanta intelligenza, quanta immaginazione, quanta sensualità ci sono in lui? Potrà mai
essere resuscitato, o dovrò continuare questo vagabon-
daggio da un uomo all'altro? Ora che mi sto muovendo
ne ho paura. Dove sto andando?

Capisco cosa non mi piace in Allendy – una certa con-
venzionalità, una sfumatura di conservatorismo; è una
creatura lieve, mentre quel che io amo sono uomini tragi-
ci, dall'anima pesante, proprio come Henry, che ha detto
di amare le donne romantiche.

Allendy oggi ha cercato di non ammettere che sto bene. Vuole che io abbia bisogno di lui. La sua analisi è stata meno perfetta in quanto ora contiene un elemento personale. Ho assistito allo sbriciolamento della sua obietti-
vità. Mi meraviglio che quest'uomo, che conosce le parti
peggiori di me, provi un'attrazione così forte. Io sono la
sua creazione.

Henry legge il diario di Hugo e scopre che è l'opera di
un menomato. Incomincia a pensare che anche io fossi
menomata quando lo sposai.

Quando Henry me lo disse, presi il diario di quel periodo, quando avevo diciannove anni, e glielo lessi. Lui
rimase stupefatto, e si entusiasmò. Voleva leggere di più,
anche il romanzo che scrissi a ventun anni.

Hugo era via, in viaggio d'affari, e per cinque giorni

Henry e io vivemmo insieme, senza mai andare a Parigi, lavorando, leggendo, passeggiando. Un pomeriggio chiesi a Eduardo di venire. Discussero di astrologia, ma segretamente si combatterono a vicenda. Henry disse che Eduardo era morto, una stella fissa, mentre lui era un pianeta sempre in rivolgimento, sempre in movimento. Eduardo non si scompose, superiore nella sua freddezza, nella sua sorda cortesia. Henry divenne confuso e smarrito. Eduardo sembrava allo stesso tempo faunesco e intelligente. Henry era lento e tedesco, mi lanciò un sorriso infinitamente commovente.

Ero contenta che fosse Henry a rimanere a Louveciennes – Henry affettuoso, dolce, umano. Muta in un momento: è così casto, così indifeso. Ci sedemmo in giardino. Disse che voleva essere sepolto lì, non dovesene mai andare, essere trasformato in un orso che sarebbe entrato in camera mia dalla finestra quando qualcuno avesse fatto l'amore con me. Divenne bambino, cullato dalla mia tenerezza. Non l'ho mai visto così piccolo e fragile. C'è un inquietante contrasto tra la sua ebbrezza, quando siede rosso in viso, combattivo, distruttivo, sensuale, tutto istinti, un uomo la cui vitalità animale attira le donne e le soggioga, e la sua sobrietà, quando riesce a sedersi di fronte a una donna per leggerle dei brani dal suo libro, le parla in un tono quasi religioso, e diventa riflessivo, pallido, santo. È una trasformazione stupefacente. Può sedere in giardino come un gentile Eduardo di quindici anni fa, e qualche ora dopo è capace di mordere con ferocia e pronunciare le parole più oscene mentre siamo a letto sconvolti dal piacere.

Tuttavia, quando Hugo ritorna, mi sento invasa da una grande tenerezza. Voglio dargli gioia, mi sforzo, e incomincio a reagire sinceramente alla sua passione. Ricordo che una sera in cui Henry e io eravamo sdraiati sul divano nel mio studio, saltò una corda della chitarra di Hugo, la corda più bassa, risonante come la sua voce. La cosa mi terrorizzò, come il presagio di qualcosa di definitivo che non desideravo.

Lunedì andai da Allendy, e mi rifiutai di essere analizzata perché, gli dissi, avevo incominciato a mentirgli. Così ci sedemmo a chiacchierare, e lui si rese conto della mia ostilità. Appena arrivata mi ero sottratta al suo bacio. Pensavo che stesse distruggendo il mio rapporto con Henry; che stesse creando delle crepe nella nostra storia. Mi irritava la sua forte influenza, il suo dominio su di me. Lui rispose saggiamente. Improvvisamente desiderai obbedirgli di nuovo. Dissi che ero pronta per l'analisi, che non gli avrei più mentito, e che avevo esagerato i pericoli della mia fuga con Henry solo per vedere quanto si preoccupava per la mia vita. I suoi strani occhi azzurri mi affascinavano. Mi alzai e mi aggirai per la stanza con la mia solita posa, le mani sollevate dietro la testa. Lui mi tese le braccia.

Ha un corpo grande, schiacciante, come quello di John. Mi stringe così forte che quasi soffoco. La sua bocca non è voluttuosa come quella di Henry, e non ci capiamo a vicenda. Ma rimango nelle sue braccia. Mi dice: "Ti insegnerò a giocare, a non prendere l'amore così tragicamente, a non pagare un prezzo così alto. Ne hai fatto una cosa troppo drammatica e intensa. Questo sarà gradevole. Ti desidero moltissimo." Saggezza detestabile. Come lo odio. Mentre parla piego la testa e sorrido. Lui mi scuote, volendo sapere cosa sto pensando. Io in realtà ho voglia di piangere. Avevo aspirato a questo tipo di rapporto e adesso ce l'ho. Allendy è posato, potente, ma io l'ho turbato. L'ho costretto ad amarmi per primo, a tradire il suo amore. Se questa è gioia, non la voglio. Lui si rende conto della mia reazione. "Ti sembra un fatto insignificante?" C'è solo il suo corpo che mi affascina. Egli è l'ignoto.

Eduardo, a cui confido questa storia, è contento che io mi stia avvicinando ad Allendy. Entrambi odiano Henry.

Eppure stasera voglio Henry, il mio amore, mio marito, che tradirò presto con lo stesso dolore che provai quando tradii Hugo. Ho un disperato desiderio di amare pienamente, di essere fedele. Amo il solco in cui si è riversato il mio amore per Henry. Eppure sono guidata da forze diaboliche estranee a ogni solco.

Hugo sta ricevendo un grande aiuto da Allendy, si sta rafforzando. Sta incominciando ad amarlo, perché c'è in lui un certo elemento di omosessualità.

Allendy ormai è un demone divino che dirige tutte le nostre vite. Ieri sera mentre Hugo parlava riuscivo a osservare l'abile e splendida influenza di Allendy. Risi riottosa quando Hugo mi raccontò che Allendy gli aveva detto che avevo bisogno di essere dominata. Hugo aveva risposto: "Ma questo è facile. Anaïs è latina ed è così arrendevole!" Allendy deve aver sorriso. Poi Hugo torna a casa e si lancia su di me con una nuova violenza, e mi piace, quanto mi piace! In questo momento mi sembra di avere la fortuna di possedere tre uomini meravigliosi e di riuscire ad amarli tutti e tre.

Immagino che siano solo gli scrupoli a impedirmi di gioirne. Vorrei che Allendy fosse più deciso, invece lui si sottomette alle donne. Gli è piaciuta la mia aggressività nei nostri giochi sessuali. La sua prima esperienza sessuale fu passiva, la fece a sedici anni e fu una donna più vecchia a fargli fare l'amore.

Tornai a vederlo con grande impazienza, con brividi ora di freddo ora di febbre. Accantonammo l'analisi. Parlammo di Eduardo, di Hugo, di astrologia. Gli chiesi di venirmi a trovare, ma lui pensa di non poterlo ancora fare a causa della sua analisi con Hugo. Ridemmo insieme della domanda sul dominio. Mi piace come mi accarezza. Non fa nessuno dei gesti osceni di Henry, tuttavia sento l'uomo che appartiene al segno planetario del Toro. Mi piace quando ci baciamo in piedi e questo mi fa sentire piccola tra le sue braccia. Lui mi conosce meglio di quanto io non conosca lui. Il suo carattere enigmatico mi sfugge. Gli ho detto che mi fidavo di lui ciecamente, che avremmo dovuto lasciare che le cose semplicemente succedessero. Che mi rifiutavo di analizzare. Questo, lui lo capì.

Da casa sua andai in un caffè all'angolo, dove avevo chiesto a Henry di venirmi a prendere. Prima di vedere Allendy, avevo parlato con Eduardo. E alle otto e mezzo ero d'accordo di incontrarmi con Hugo. Quando vidi Henry, mi sentii estraniata da lui. Odiai la mia incostanza.

Adesso devo tenere dei segreti a Henry, e non posso confidare tutto ad Allendy perché siamo un uomo e una donna con una passione che cresce tra noi. Ho perso il padre! Non posso dirgli che amo ancora Henry. Dovrei cercare di essere completamente sincera con Henry?

Hugo stasera suona la chitarra mentre io scrivo, poi mi attira a sé con una nuova violenza, risvegliata dall'analisi. Negli ultimi tempi ha scritto profusamente sul suo diario e si è dilungato in discorsi ampi e, finalmente, interessanti.

Eduardo non crede alle mie confidenze su Allendy. Pensa che abbiamo progettato di salvarlo suscitando la sua gelosia – il mio adorato bambino patologico, Eduardo, che, in un certo modo, io amerò eternamente. Le uniche volte in cui siamo felici insieme è quando regrediamo a una magica sfera di bellezza. Lui ha cancellato dalla memoria le nostre ore di sesso, ma non la mia offesa. Sogna che un giorno io tornerò da lui strisciando sulle ginocchia, in modo da potermi far soffrire per avergli sbandierato Hugo sotto il naso.

Mi combatte ciecamente, furiosamente, rimproverandomi per la sera in cui andammo a ballare, per i miei tentativi di costringerlo a essere vivo. Allo stesso tempo la sua gelosia è evidente, e mostra ad Allendy un bigliettino in cui gli dico che lo amo e che lo amerò sempre, in un modo strano e mistico.

Mi precipito da Allendy in cerca di aiuto, perché il mio apparente desiderio di Eduardo è stato espresso soltanto per cancellare un'offesa che lui non può sopportare. Volevo che fosse lui ad avere l'ultima parola, a pensare di avermi rifiutato, perché ha bisogno di sentire la propria forza. Ma quando Allendy mi dà prova del più tenero e del più protettivo degli amori, io mi ribello. Vuole posporre la nostra intimità personale a vantaggio dell'analisi di cui pensa io abbia ancora bisogno. La mia lotta contro l'analisi tradisce esattamente quello che lui teme: che io abbia bisogno di dimostrazioni d'amore stravaganti e appassionate, non di tenerezza o di protezione. Ha intuito che voglio il suo amore come un trofeo, non di per se stesso. Eppure nel momento stesso in cui scrivo queste parole, so che non sono interamente vere.

Lo lascio completamente sconvolto. E oggi ricevo il mio vero amore, Henry, con grande gioia, e con una fusione ardente. Come ci infiammiamo! Poi mi rendo conto che sono in grado di amare pienamente solo quando mi sento sicura. Sono sicura dell'amore di Henry, così mi abbandono.

Poi Henry mi dice, poiché è stato geloso e preoccupato, che ha letto di donne isteriche che sono capaci di amare profondamente due o tre uomini allo stesso tempo. Sono una di loro?

L'unica cosa che ottiene la psicoanalisi è di rendere il paziente più cosciente delle proprie sfortune. Io ho acquisito una cognizione più chiara e più terrificante dei pericoli sul mio cammino. Non mi ha insegnato a ridere. Stasera sono qui seduta altrettanto cupa di quando ero bambina. Solo Henry, il più vivo di tutti gli uomini, ha il potere di rendermi beata.

Ebbi una stupenda scenata con Allendy. Gli portai due pagine di "spiegazioni", che sulle prime lo lasciarono disorientato. Sottolineai i due momenti che mi avevano allontanato da lui: il primo, quando aveva detto: "Che cosa ne sarà del povero Hugo se mi lascio andare? Se scopre che l'ho tradito, la sua guarigione sarà impossibile."

Scrupoli. Come gli scrupoli di John. Mi risultano insopportabili, perché ho sofferto troppo a causa degli scrupoli, e per questo amo la mancanza di scrupoli di Henry. Di June. Loro stabiliscono l'equilibrio che mi mette a mio agio. Ma, come sottolinea Allendy, l'equilibrio non va cercato nell'associazione con gli altri; deve esistere all'interno di una persona. Io dovrei essere abbastanza libera dagli scrupoli da non lasciarmi incantare dalla mancanza di scrupoli negli altri.

La seconda lamentela: la grande tenerezza di Allendy, suscitata dalla lettura del mio diario infantile. Odio ogni parvenza di tenerezza, perché mi ricorda il modo di trattarmi che hanno Eduardo e Hugo, che mi ha quasi rovinato. A questo punto, Allendy si arrabbiò perché fraintese le mie parole. Stavo forse paragonandolo a Eduardo o a Hugo? Ma io ebbi abbastanza presenza di spirito, benché stessi piangendo, di dire che ero perfettamente consapevole che la mia reazione deformava il senso vero della tenerezza, che il problema non era la sua debolezza, ma piuttosto un mio desiderio abnorme di aggressività e di rassicurazione. Allora parlò dolcemente, spiegandomi come una separazione dell'erotico e del sentimentale non fosse una soluzione, e che benché le mie esperienze amorose, prima di Henry, fossero state un fallimento, non avrei ricavato alcuna felicità da un rapporto puramente erotico.

Sulle prime Allendy si perse nel labirinto di ramificazioni che avevo creato. Volevo confonderlo, eludere la verità esatta. Con mia grande sorpresa, all'improvviso Allendy trascurò tutto quello che gli avevo raccontato e disse: "L'ultima volta, poiché avevo parlato tranquillamente di Hugo e del mio lavoro, hai avuto l'impressione che io ti amassi di meno. E ti sei immediatamente allontanata da me, per non soffrire. Ti sei indurita. È la tragedia della tua infanzia che si ripete continuamente. Se, quando eri bambina, ti avessero fatto capire che tuo padre doveva vivere la propria vita, che era stato costretto ad abbandonarti, e che a dispetto di questo ti amava, non avresti sofferto tanto. Ed è sempre la stessa cosa. Se Hugo è occupato in banca, hai l'impressione che ti stia trascurando. Se io parlo di lavoro, ti senti ferita. Credimi, ti sbagli moltissimo. Io ti amo in un modo che è molto più profondo e molto più autentico di quello che tu vai cercando. Ho intuito che avevi ancora bisogno di un analista, che non stavi bene. E ho deciso che nessuna attrazione per te avrebbe dovuto interferire con il mio prendermi cura di te. Se fossi solo insensatamente ansioso di possederti, non tarderesti ad accorgerti di quanto è meschino il dono che ti faccio. Voglio ben più di questo. Voglio farla finita con questo conflitto che ti provoca tanto dolore."

"Non puoi più fare niente per me," dissi io. "Da quando ho incominciato a dipendere da te mi sento più debole che mai. Ti ho deluso comportandomi nevroticamente proprio nel momento in cui avrei dovuto dare prova della saggezza della tua guida. Non voglio più tornare da te. Sento che devo continuare a lavorare e a vivere e devo dimenticare tutto questo."

"Questa non è una soluzione. Questa volta devi affrontare tutta la storia insieme a me. Io ti aiuterò. Per il momento devo mettere da parte ogni desiderio personale, e tu devi liberarti di questo dubbio oggi stesso. È quanto distrugge sempre la tua felicità. Se riuscirai ad accettare quello che ti dico ora – che ti amo, che dobbiamo aspettare, che devi renderti conto di quanto io sia impegnato con Hugo e con Eduardo, e che devo, innanzitutto, portare a termine il mio compito di medico prima di abbandonarmi al piacere del nostro rapporto personale – allora potremo vincere per sempre la tua reazione."

Parlò con fervore, dicendo cose assolutamente giuste. Mi lasciai andare sulla mia poltrona, piangendo in silenzio, rendendomi conto di quanto avesse ragione, sconvolta dal dolore, non solo a causa della mia lotta per conquistarlo, ma a causa dell'amarezza accumulata per tutti i miei rapporti infelici.

Quando lo lasciai, mi sentii inebetita. Sul treno quasi mi addormentai.

A Henry: "Ricordi quella volta che ti dissi che ero in rivolta contro Allendy e l'analisi? Era perché, con un grande sforzo di logica da parte sua, Allendy era quasi arrivato a risolvere il mio caos, a stabilire un modello. Ero furiosa al pensiero di poter essere inclusa in uno di quei 'pochi modelli fondamentali'."

"A quel punto, per me si trattò di sconvolgere il modello. Mi accinsi a farlo con le più ingegnose bugie, i più elaborati pezzi di recitazione in cui mi sia mai prodotta in vita mia. Ho usato tutto il mio talento per l'analisi e la logica, che come ha ammesso Allendy, posseggo in alto grado, e la mia facilità nel fornire spiegazioni. Come ti avevo lasciato capire, non ho nemmeno esitato a giocare con i suoi sentimenti personali, e ho usato fino all'ultima briciola di potere per creare un dramma, per sfuggire alla sua teoria, per complicare le cose e coprirle di veli. Ho continuato a mentire, con più attenzione e calcolo di June, con tutta la forza della mia mente. Vorrei tanto poterti dire come e perché... Comunque, tutto questo l'ho fatto senza danneggiare il nostro amore: è stata una battaglia di intelligenze da cui ho tratto un estremo diletto. E sai una cosa? Allendy ci ha battuto tutti, Allendy ha scoperto la verità, ha analizzato tutto questo nel modo giusto, ha individuato le bugie, è risalito (non dirò allegramente) lungo tutte le mie tortuosità, e finalmente oggi ha dimostrato ancora una volta la verità di quei maledetti 'modelli fondamentali' che spiegano il comportamento di tutti gli esseri umani. Voglio dirti una cosa però: non permetterei mai a June di andare da lui, perché June cesserebbe semplicemente di esistere, dato che June è tutta una ramificazione di nevrosi. Sarebbe un crimine eliminarla spiegandola... E domani andrò da Allendy e ricominceremo un altro dramma. Oppure sarò io a incominciare un altro dramma, con una bugia o una frase, un dramma di altro genere, la lotta per spiegare, che è di per sé profondamente drammatica (non succede forse che i nostri discorsi su June siano a volte altrettanto drammatici degli eventi che discutiamo?). Scopro che non so più cosa credere, che non ho ancora deciso se l'analisi semplifica e sdrammatizza la nostra esistenza o se è invece il modo più sottile, più insidioso e più magnifico di rendere i drammi ancora più terribili, più esasperanti... Tutto quel che so è che il dramma non è affatto morto nel cosiddetto laboratorio. Questo è un gioco appassionante come lo è stato per te vivere con June. E poi quando vedi l'analista stesso travolto dalla corrente, sei pronto a credere che il dramma sia ovunque..."

La lettera che ho inviato a Henry gli rivela le mie bugie, bugie necessarie, bugie intese per lo più a rafforzare la mia sicurezza.

OTTOBRE

Passo una notte con il mio adorato. Chiedo solo che non torni in America con June, il che gli rivela quanto io tenga a lui. E lui mi fa giurare che, qualunque cosa accada quando June tornerà, io dovrò credere in lui e nel suo amore. Per me è una cosa difficile, ma Allendy mi ha insegnato a credere e così glielo prometto. Poi Henry mi chiede: "Se oggi ne avessi i mezzi e ti chiedessi di venire via con me per sempre, lo faresti?"

"Non vorrei, e non potrei, a causa di Hugo e di June. Ma se non ci fossero né June né Hugo, verrei con te anche se tu non avessi alcun mezzo."

Henry è sorpreso. "A volte mi chiedo se per te non è solo un gioco." Ma poi vede la mia faccia che gli impone il silenzio. Una notte di conversazione limpida, calma, in cui la sensualità è quasi superflua.

Allendy sta vegliando sulla mia vita. Mi ha ipnotizzato facendomi cadere in una sonnolenza fiduciosa. Vuole che sia cullata dalla mia felicità, che riposi sul suo amore. Decidiamo, per il bene di Hugo (Hugo è diventato geloso di lui), che io non verrò a vederlo per dieci o dodici giorni. È anche una specie di prova della mia fiducia. Improvvisamente allento il mio fervido desiderio di lui e accetto la sua nobiltà, la sua serietà, il suo sacrificio, la sua preoccupazione per la mia felicità, e mi sento umile. Quello che mi rende umile è che lui creda che io lo ami mentre io sento che sto mentendo. Mi turba pensare che possa mentire a quest'uomo grande e sincero. Mi chiedo se lui sappia meglio di me chi amo, o se invece sia riuscita a ingannarlo come li ho ingannati tutti quanti. Nel 1921, quando ero ancora in corrispondenza con Eduardo, ero già innamorata di Hugo. Se Hugo sapesse che all'Havana, mentre ci scambiavamo lettere d'amore, io ero attratta da Ramiro Collazo... Se Henry sapesse che amo i baci di Allendy, e se Allendy sapesse come è profondo il mio desiderio di vivere con Henry...

Allendy è convinto che la mia vita con Henry, la mia vita dissoluta, non sia autentica o reale o duratura, mentre io so che le appartengo. Mi dice: "Hai attraversato esperienze infide, ma sento che sei rimasta pura. Sono solo curiosità temporanee, una sete di esperienza." Qualunque esperienza io attraversi, ne esco incolume. Tutti credono nella mia sincerità e nella mia purezza, persino Henry.

Allendy vuole che io veda il mio amore per Henry come un'avventura letteraria o drammatica e il mio amore per lui come un'espressione del mio vero io, mentre io sono convinta che sia esattamente il contrario. Henry mi possiede tutta quanta, cervello e viscere; Allendy è la mia "esperienza".

Una musica ininterrotta esce dalla nostra nuova radio. Hugo l'ascolta mentre contempla beato i benefici dell'aiuto di Allendy. L'annunciatore parla in una strana lingua da Budapest. Penso alle mie bugie ad Allendy e mi chiedo perché io menta. Per esempio, mi sono preoccupata smodatamente dei problemi di Henry con la vista. E se diventasse cieco come Joyce, che ne sarebbe di lui? Dico a me stessa: "Dovrei lasciare perdere tutto e andare a vivere con lui, prendermi cura di lui." Quando parlo ad Allendy delle mie paure, esagero il pericolo che Henry sta correndo.

Le bugie sono un segno di debolezza. Mi sembra di non avere il coraggio di dire apertamente ad Allendy che non lo amo, e invece voglio che capisca quello che sono pronta a fare per Henry.

Un pomeriggio con Henry. Esordisce dicendo che la nostra conversazione dell'altra notte è stata la più profonda e più intima che abbiamo mai avuto, che lo ha cambiato, gli ha dato forza. "Scappare da June, ormai lo sento, non è una soluzione. Sono sempre scappato dalle donne. Oggi sento che voglio affrontare June e il problema che rappresenta. Voglio mettere alla prova la mia forza. Anaïs, tu mi hai viziato, e adesso non riesco ad accontentarmi di un matrimonio basato solo sulla passione. Quello che tu mi hai dato non avrei mai immaginato di poterlo trovare in una donna. Il nostro modo di parlare e lavorare insieme, la tua adattabilità, il nostro essere fatti l'uno per l'altra come una mano e un guanto. Con te, ho trovato me stesso. Quando vivevo con Fred lo ascoltavo, ma niente di quel che diceva mi colpiva veramente fin quando non ho vissuto con te quei pochi giorni durante il viaggio di Hugo. Mi rendo conto di quanto tu mi abbia influenzato insidiosamente. Non me ne ero quasi accorto, eppure adesso all'improvviso comprendo quanto sia stata grande la tua influenza. Hai fatto scattare tutto."

Gli dissi: "Io accetterò June come un uragano devastante mentre il nostro amore rimarrà profondamente radicato."

"Oh, se potessi farlo! Lo sai che la cosa che più mi ha angosciato è stata che tu potessi cominciare a combattere con June mentre io sarei rimasto imprigionato tra voi due senza sapere cosa fare per te, perché June mi paralizza con la sua violenza scatenata. Se tu potessi capire e aspettare. Anche se sarà un uragano, io prenderò posizione una volta per sempre contro ciò che June rappresenta. Ho bisogno di combattere fino in fondo questa battaglia. È la cosa più importante di tutta la mia vita."

"Capirò. Non ti renderò le cose più difficili."

Ed eccoci qui, Henry e io, a parlare in modo tale che la fine del pomeriggio ci trova ricchi, ansiosi di scrivere, di vivere. Quando ci sdraiamo uno accanto all'altra, sono in preda a una tale frenesia che non riesco ad aspettare il nostro unisono.

Più tardi, sediamo nella luce soffusa dell'acquario iridescente, scossi dal turbamento. Henry si alza e si aggira per la stanza. "Non posso andare via, Anaïs. Io dovrei stare qui. Sono tuo marito." Io vorrei attaccarmi a lui, stringerlo, imprigionarlo. "Se rimango un altro minuto," continua lui, "farò qualcosa di folle."

"Vai via, presto," dico. "Non riesco a sopportarlo." Mentre scendiamo le scale, Henry sente il profumo della cena che stanno preparando in cucina. Mi porto la sua mano al viso. "Rimani, Henry, rimani."

"Quello che desideri," dice Allendy, "vale meno di quello che hai trovato."

Grazie a lui, stasera riesco persino a capire che, a modo suo, John mi ha amato. Credo nell'amore di Henry. Credo persino che, se June vincerà, Henry mi amerà per sempre. Sono fortemente tentata di affrontare June con Henry, di lasciare che ci tormenti entrambi, sono tentata di amarla, di conquistare il suo amore e quello di Henry. Sto pensando di usare il coraggio che mi dà Allendy per torturarmi e distruggermi ancora più intensamente.

Non c'è da meravigliarsi che Henry e io scuotiamo la testa sulle nostre somiglianze: odiamo la felicità.

Hugo parla della sua seduta con Allendy. Gli ha detto che l'amore adesso è per lui come un grande appetito, che prova il desiderio di mangiarmi, di mordermi (finalmente!). E che lo ha anche fatto. Allendy scoppia in una risata e gli chiede: "A sua moglie è piaciuto?" "È strano," dice Hugo, "ma sembra proprio di sì." Al che Allendy ride ancora più forte. E per qualche strana ragione questo suscita la gelosia di Hugo nei confronti di Allendy. Gli parve che Allendy trovasse molto divertente la conversazione e che sarebbe piaciuto anche a lui prendermi a morsi.

A questo punto sono io che scoppio a ridere come una pazza. Hugo continua seriamente: "Questa psicoanalisi è una cosa tremenda, ma deve essere ancora più terrificante quando ci son di mezzo dei sentimenti. Immagina, per esempio, se Allendy cominciasse a provare interesse per te."

A questo punto la mia risata si fa così isterica che Hugo quasi si arrabbia. "Si può sapere che cosa ci trovi di tanto divertente?"

"Il tuo acume," dico io. "Indubbiamente la psicoanalisi ti mette in testa delle idee nuove e divertenti."

Mi rendo conto che con Allendy non è altro che civetteria, civetteria e un po' di sentimento. È un uomo che ho voglia di far soffrire, voglio farlo smarrire, dargli un'avventura! Nato da uomini che navigarono i mari, questo grande uomo sano è ora imprigionato nella sua caverna tappezzata di libri. Mi piace vederlo in piedi di fronte alla porta di casa sua, con gli occhi che brillano come l'azzurro mare di Mallorca.

"Procedere nel sonno verso l'esterno..." Quando sentii per la prima volta queste parole di June, mi infiammarono. Usai l'idea nelle mie pagine su June. Oggi, quando ripetei le parole a Henry, lo turbarono profondamente. Da qualche tempo ha scritto per me i suoi sogni, con gli antefatti e le associazioni. Che pomeriggio! Nell'appartamento di Henry faceva così freddo che ci ficcammo a letto per scaldarci a vicenda. Poi chiacchiere, montagne di manoscritti, colline di libri e ruscelli di vino. (Hugo mi viene accanto mentre sto scrivendo e si piega a baciarmi. Ho appena il tempo di girare la pagina.) Sono in uno stato febbrile, scuoto freneticamente le sbarre della mia prigione. Henry fece un sorriso triste quando dovetti andarmene, alle otto e mezzo. Ormai si rende conto che non sapere di essere un uomo di grande valore l'aveva quasi condotto all'autodistruzione. Mi verrà concesso il tempo necessario per metterlo sul suo trono? "Sei abbastanza coperta?" mi chiede chiudendomi il cappotto. L'altra notte urtava contro gli ostacoli nella strada buia, con gli occhi deboli accecati dalle macchine. In pericolo.

Allo stesso tempo porto Hugo da Allendy, che, oltre a salvarlo umanamente, risveglia in lui un entusiasmo per la psicologia, che lo rende interessante.

Mentre osservo Henry che parla mi rendo conto ancora una volta che è la sua sensualità che amo. Mi ci voglio immergere ancora più a fondo, voglio sguazzarci dentro, gustarla pienamente come ha fatto lui, come ha fatto June. Sento questo impulso con una specie di disperazione, di risentimento segreto come se Hugo e Allendy e persino Henry volessero impedirmelo, mentre so che sono io che lo impedisco a me stessa. Sono terribilmente innamorata di Henry, allora perché non si attenuano la mia inquietudine, la mia febbre e la mia curiosità? Trabocco di energia, di desiderio di lunghi viaggi (voglio andare a Bali), e ieri sera durante un concerto mi sono sentita come Mary Rose nella commedia di Barrie, che sente una musica mentre visita un'isola, si allontana e scompare per vent'anni. Sentivo che avrei potuto uscire dalla mia casa come una sonnambula, dimenticando totalmente, come in quella stanza d'albergo, tutti i miei legami per entrare in una nuova vita. Sono sempre più numerose le richieste che mi vengono fatte e che mi privano della libertà di cui ho bisogno, le crescenti richieste che Hugo impone al mio corpo, le richieste di Allendy alla parte più nobile di me. L'amore di Henry, che mi rende una moglie sottomessa e fedele – tutto contro l'avventura a cui devo rinunciare costantemente sublimandola. Quanto più profonde sono le mie radici tanto più scatenato il mio desiderio di sradicarmi.

La lettura dei libri di Allendy ha convinto Hugo che non amo Allendy, e che nemmeno lui ama me. È semplicemente un'attrazione reciproca nata dall'analisi, dall'intimità, e da alcune forti correnti di simpatia.

Passo un'ora in un caffè con Henry, che ha letto il mio diario del 1920, quando avevo diciassette anni, e ha singhiozzato sulle mie pagine. Stava leggendo del periodo in cui Eduardo non mi scriveva perché stava vivendo un'esperienza omosessuale. Henry disse che voleva scrivermi una lettera per ogni giorno di delusione, esaudire tutte le mie speranze, compensarmi per ogni dono che mi era stato negato. Gli dissi che era esattamente quello che aveva fatto.

In seguito, del mio amore a diciassette anni scrisse: "E così lei esclama: 'Tutto il mio cuore canta di nostalgia d'amore.' È innamorata dell'amore, ma non come una semplice adolescente, non come una ragazza di diciassette anni, ma come quell'embrione di artista che è, e che feconderà il mondo con il suo amore, che provocherà sofferenza e conflitto perché ama troppo...

"Nelle mani di un individuo ordinario il diario può essere considerato come un semplice rifugio, una fuga dalla realtà, come l'ennesimo stagno di Narciso, ma Anaïs si rifiuta di lasciarlo affondare in questo modello..."

L'uomo che ha capito questo, che ha scritto queste righe, in un solo colpo accetta la sfida del mio amore e manda in frantumi l'idea del narcisismo.

Sdraiata sul divano, rileggo molte volte la lettera di Henry, con acuto piacere, come se lui fosse sopra di me, a possedermi. Non c'è bisogno che tema di amare troppo.

Ieri sera, dopo aver bevuto una bottiglia di Anjou, Henry parlò della sua difficoltà a passare da un comportamento gentile con le donne al corteggiamento. O conversava con loro o si lanciava su di loro, scatenandosi con furia omicida. Ebbe la sua prima esperienza sessuale a sedici anni in un bordello e si prese una malattia. Poi ci fu la donna più anziana che lui non osava scopare. Fu sorpreso quando successe e si ripromise di non farlo mai più. Ma continuò a succedere, e lui continuò a temere che non fosse giusto. Annotò tutte le volte che accadde, con le date, come la registrazione di altrettante conquiste. Tremenda esuberanza fisica, scommesse, bravate, risse.

Mi raccontò la sua conversazione dell'altra sera con una puttana. Era in un caffè a leggere Keyserling. La donna lo abbordò e, poiché non era attraente, sulle prime lui la respinse, però lasciò che si sedesse al tavolo e gli parlasse. "Fatico ad attrarre gli uomini, ma quando mi conoscono si rendono conto che sono meglio di molte altre puttane, perché mi piace andare con un uomo. Quel che voglio fare adesso è metterti la mano nei pantaloni, tirarlo fuori e succhiarlo."

Henry rimase colpito dalla franchezza delle sue parole, dall'immagine che gli creò nella mente, ma fuggì via. Non riusciva a spiegarsi la sua suscettibilità: fino a un attimo prima, era in un altro mondo e la donna non gli piaceva neanche. Preferiva l'aggressività nelle donne. Era una debolezza? Mi chiese. Non lo sapevo, ma io avevo dovuto imparare a essere aggressiva, per piacergli.

Dopo avermi raccontato questo, rosso in viso, esultante, saltellando davanti a me, illustrandomi le sue voglie di mordere il sedere di una donna, all'improvviso tacque, pensieroso, e un profondo cambiamento gli si dipinse in viso. "Ho superato tutto questo," disse. E io, che stavo applaudendo al suo spettacolo, fui tentata di dire: "Io non l'ho superato. Non mi sono ancora scatenata con furia omicida."

Guardo la faccia tormentata di Hugo (un periodo di tormento e di gelosia nella sua analisi) e provo una grande tenerezza. E Henry dice: "Quando tu e io ci sposeremo, prenderemo Emilia con noi." Mentre saliamo le scale verso la mia "grotta" mi mette le mani tra le gambe.

Sto precipitando di nuovo nel caos di June. È June che voglio, e non la saggezza di Allendy, o l'amore di Henry per l'aggressività. Voglio erotismo, voglio quei sogni umidi che faccio la notte, altri quattro giorni estivi con Henry quando mi gettava costantemente sul letto, sul tappeto, sull'edera. Voglio sguazzare nella sensualità finché non la supererò e non ne sarò sazia quanto Henry.

Arrivo a Clichy per cena, ubriaca e febbrile. Henry ha scritto sulla mia prosa. L'ultima pagina è ancora nella macchina da scrivere. E leggo queste righe straordinarie: "È stato presuntuoso da parte mia voler cambiare il suo linguaggio. Se non è inglese, è tuttavia una lingua e più la si legge più sembra vitale e necessaria. È un'aberrazione del linguaggio cui corrisponde una violazione del pensiero e del sentimento. Non poteva essere scritto nell'inglese che potrebbe usare qualsiasi bravo scrittore.

...Soprattutto è la lingua della modernità, la lingua dei nervi, delle repressioni, di pensieri larvati, di processi inconsci, di immagini non completamente staccate dal loro contenuto onirico; è la lingua del nevrotico, del pervertito, 'marmorizzata e venata di verde rame', come dice Gautier, riferendosi allo stile della decadenza...

Quando cerco di capire a chi devi questo stile, rimango frustrato – non mi viene in mente nessuno a cui tu assomigli anche minimamente. Mi ricordi soltanto te stessa..."

Io me ne rallegrai perché mi sembrava che Henry avesse scritto la controparte maschile del mio lavoro. Mi sedetti con lui al tavolo di cucina, ebbra e balbettante: "È meraviglioso quello che hai scritto!" Riuscimmo a ubriacarci anche di più e scopammo in modo delirante. Più tardi, sul taxi, mi prese la mano come se fossimo amanti solo da pochi giorni. Tornai a casa con due delle sue espressioni scolpite nella mente: "Sovraccarica di vita" e "Satura di sesso." E gli darò degli indovinelli da risolvere più grandi e spaventosi delle bugie di June!

Nel nostro rapporto c'è sia umanità sia mostruosità. Il nostro lavoro, la nostra immaginazione letteraria, sono mostruosi. Il nostro amore è umano. Io mi accorgo di quando ha freddo, sono in ansia per la sua vista. Gli procuro gli occhiali, una lampada speciale, delle coperte. Ma quando parliamo e scriviamo, si verifica una meravigliosa deformazione, grazie alla quale intensifichiamo, esageriamo, coloriamo, disperdiamo. Ci sono gioie sataniche note solo agli scrittori. Il suo stile muscoloso e il mio stile laccato lottano corpo a corpo e si accoppiano indipendentemente. Ma quando lo tocco, si compie il miracolo umano. Lui è l'uomo per il quale laverei i pavimenti, per il quale farei le cose più umili e più meravigliose. Lui pensa al nostro matrimonio, che io so non ci sarà mai, tuttavia lui è l'unico uomo che *sposerei*. Insieme siamo più grandi. Dopo Henry, non ci sarà più questa polarità. Un futuro senza lui è l'oscurità. Non riesco neanche a immaginarlo.

Allendy lascia capire a Hugo che c'è un pericolo nelle mie amicizie letterarie perché io gioco con l'esperienza come una bambina e prendo sul serio i miei giochi, e le mie avventure letterarie mi portano in ambienti che non fanno per me. Il grande e pietoso Allendy e il fedele e geloso Hugo, preoccupati per la bambina che ha bisogno di un amore così pericoloso.

Allendy non ha preso sul serio il mio lato letterario e creativo, e io non ho affatto apprezzato che abbia ridotto la mia natura a quella pura e semplice di una donna. Ha rifiutato di annebbiarsi la vista con un esame della mia immaginazione.

La sincerità assoluta di uomini come Allendy e Hugo è bellissima ma poco interessante per me. Non mi affascina quanto le bugie di Henry, la sua drammaticità, le sue trovate letterarie, i suoi esperimenti, le sue bassezze.

Quando Henry e io siamo l'uno nelle braccia dell'altra, tutti i giochi vengono meno, e per il momento troviamo la nostra fondamentale interezza. Quando torniamo al nostro lavoro, installiamo la nostra immaginazione nelle nostre vite. Crediamo in una vita non solo come esseri umani ma come creatori, come avventurieri.

Quell'aspetto di me che Allendy trascura, l'aspetto disturbato, pericoloso, erotico, è esattamente l'aspetto sul quale fa presa Henry, e al quale reagisce, è l'aspetto che lui soddisfa ed espande.

Allendy ha ragione a proposito del mio bisogno d'amore. Non posso vivere senza amore. L'amore è alla radice del mio essere.

Allendy parla di alleviare la gelosia bruciante di Hugo, e forse i suoi stessi dubbi. La sua passione è protettiva, comprensiva, pertanto sottolinea la mia fragilità, la mia ingenuità; mentre io, con un istinto più profondo, scelgo un uomo che mi sottopone a richieste enormi, che non dubita del mio coraggio o della mia tenacia, che non mi considera ingenua o innocente, che ha il coraggio di trattarmi come una donna.

JUNE È ARRIVATA IERI SERA.

Fred mi ha comunicato la notizia per telefono. Rimasi stordita benché avessi immaginato spesso la scena. Per tutto il giorno ho sentito la presenza di June a Clichy. Mi sento soffocare mentre lavoro e mangio, ricordando le parole imploranti di Henry: aspettare. Ma il periodo dell'attesa è insostenibile. Ingoio grosse dosi di sonniferi. Sobbalzo quando squilla il telefono. Chiamo Allendy. Sono come una persona che sta affogando.

Henry mi ha telefonato ieri e di nuovo oggi, grave, confuso. "June è arrivata in una buona disposizione d'animo. È sottomessa e ragionevole." È disarmato. Durerà tutto questo? Quanto tempo rimarrà June? Che cosa devo fare io? Non posso aspettare, qui, faccia a faccia con il mio lavoro.

Mi addormento con un dolore opprimente. Quando mi sveglio la mattina, è ancora lì nella mia testa come una pietra. L'amore di Hugo, in questo momento, è tremendo, sovrumano. E anche quello di Allendy. Stanno combattendo per me. Da bambina, per poco non morii per conquistare l'amore di mio padre, e ora mi lascio morire psichicamente per la stessa ragione, per tormentare e tiranneggiare quelli che amo, per ottenere la loro attenzione. Capirlo è stato come una frustata per me. Adesso sto combattendo per aiutarmi.

Non dovrei rinunciare a Henry semplicemente perché June è ragionevole. Tuttavia devo rinunciare a lui temporaneamente, e per farlo devo riempire l'immenso vuoto che la sua assenza crea nella mia vita.

June mi ha telefonato, e io non ho provato una fitta al cuore al suono della sua voce, non mi sono sentita beata né eccitata come mi aspettavo. Verrà a Louveciennes domani sera.

Hugo mi ha accompagnato in macchina da Allendy. Avevo progettato un viaggio a Londra, dove avrei conosciuto persone nuove e trovato la salvezza, la salute mentale. Quando arrivai da Allendy, avevo già riguadagnato il controllo su di me. Lui fu felice di avermi salvato dal masochismo. Immaginò che la mia soggezione a Henry e a June fosse finita. Mentre mi baciava le mani ininterrottamente, parlò in modo eloquente e umano. Il geloso Allendy contro Henry. È così abile. Mi capitò di dire che il grande bisogno che Henry aveva delle donne era dovuto al fatto che era così uomo, uomo al cento per cento; gloria agli dei pagani che non ci fosse in lui alcuna femminilità. Ma Allendy disse che è proprio l'uomo sessualmente maturo che è dotato di qualità femminili tenere e intuitive. Il vero maschio ha dei forti istinti protettivi, che Henry non ha. Allendy è saggio, salvo quando c'è di mezzo Henry. Lui, il grande analista, è così geloso che è persino arrivato alla folle insinuazione che Henry sia una spia tedesca.

Mi vuole vedere libera dal mio bisogno d'amore in modo che io possa amare lui di mia spontanea volontà. Non vuole che sia il bisogno di amore a spingermi tra le sue braccia. Non vuole valersi della sua influenza su di me per possedermi, come potrebbe. Vuole che prima io riesca a stare in piedi da sola.

Disse che Henry gioiva del potere che gli derivava da un amore come quello che gli davo io, che non avrebbe mai più posseduto un dono così prezioso in vita sua, e che questo succedeva solo perché io non mi rendevo conto del mio vero valore. Sperava, per il mio bene, che fosse tutto finito.

Io accettai tutto questo razionalmente. Mi fido di Allendy, e sono attratta da lui. (Particolarmente oggi, quando ho visto le pieghe sensuali della sua bocca, la sua possibilità di scatenarsi.) Ma nel profondo, come tutte le donne, sentii un forte amore protettivo per Henry – quanto più imperfetto, tanto più da amare.

Divento forte. Telefono a Eduardo per aiutarlo, per sostenerlo. Rinuncio al mio viaggio a Londra. Non ne ho bisogno. Posso affrontare Henry e June. Il nodo soffocante di dolore è scomparso. Non ho bisogno di contare su cambiamenti esterni, su nuovi amici.

Tutto questo non è altro che una feroce difesa contro la perdita dell'amante che non dimenticherò mai. Che ne sarà del suo lavoro, della sua felicità? Cosa gli farà June? Il mio amato Henry, che ho riempito di forza e di consapevolezza di sé; il mio bambino, la mia creazione, dolce e arrendevole nelle mani delle donne. Allendy dice che non avrà mai più un amore come il mio, ma io so che ci sarò sempre per lui, che il giorno in cui June lo ferirà io sarò lì per amarlo di nuovo.

Mezzanotte. June. June e la follia. June e io che ci baciamo mentre il treno ci sfreccia accanto. L'ho accompagnata alla partenza. Ho il braccio intorno alla sua vita. Lei trema. "Anaïs, sono felice con te." È lei che mi offre la bocca.

Durante la nostra serata insieme ha parlato di Henry, del suo libro, di se stessa. È stata sincera, oppure io sono la peggior credulona che sia mai esistita. Posso credere soltanto nella nostra estasi. Non voglio sapere, voglio solo amarla. Ho solo una grande paura che Henry le mostri la lettera che gli ho spedito e le faccia male, la uccida.

June ha paragonato me all'insegnante di *Jeunes filles en uniformes*, e se stessa alla ragazza adorante, Manuela. L'insegnante aveva bellissimi occhi pieni di pietà, ma era forte. Perché June vuole vedere me come una donna forte e se stessa come una bambina appassionata, adorata dall'insegnante?

Vuole protezione, un rifugio dal dolore, da una vita che è per lei troppo pesante. In me cerca un'immagine intatta di se stessa. Così mi racconta tutta la storia con Henry, l'altra faccia della storia. Ha amato e creduto in Henry finché lui non l'ha tradita. Non solo l'ha tradita con altre donne ma ha anche distorto la sua personalità. Ha creato una persona crudele, che lei non era, ferendo la più tenera e più debole di lei. E lei ha provato una mancanza di sicurezza, un gigantesco bisogno di amore, di fedeltà e si è rifugiato in Jean, nella lealtà, nella fede e nella comprensione di Jean. E ora ha innalzato una barriera di bugie intese a proteggerla. Vuole proteggere se stessa da Henry, creare un nuovo io a lui inaccessibile, invulnerabile. Trae forza dalla mia fede, dal mio amore.

"Henry non è abbastanza fantasioso," dice. "È falso. E non è neanche abbastanza semplice. È lui che mi ha resa complessa, che mi ha devitalizzato, che mi ha ucciso. Ha inventato un personaggio fittizio capace di farlo soffrire, per poterlo odiare; deve frustarsi con l'odio per poter creare. Non credo in lui come scrittore. Ha anche dei momenti umani, certo, ma è un imbroglione. È esattamente quello che accusa me di essere. È lui che è un bugiardo, un buffone insincero, un attore. È lui che cerca i drammi e crea mostruosità. Lui non vuole la semplicità. Lui è un

265

intellettuale. Cerca la semplicità e poi incomincia a distorcerla, a inventare mostri. È tutto falso, falso."

Sono sconcertata. Intuisco una nuova verità. Non sto vacillando tra Henry e June, tra le loro versioni contraddittorie di se stessi, ma tra due verità che vedo con chiarezza. Credo nell'umanità di Henry, benché sia consapevole del suo innocente potere distruttivo e delle sue commedie.

Sulle prime voleva combattermi. Temeva che credessi nella versione che Henry dava di lei. Voleva arrivare a Londra invece che a Parigi e chiedermi di raggiungerla lì. Ma le era bastato guardarmi negli occhi per fidarsi di nuovo di me.

Ieri sera ha parlato in modo splendido e coerente. Ha messo in rilievo in modo crudele le debolezze di Henry. Ha frantumato la sua sincerità, la sua interezza. Ha frantumato la mia protettività verso di lui. Secondo lei, non ho ottenuto niente. "Henry fa solo finta di capire, in modo da potersi poi rivoltare per attaccare e distruggere."

Conoscerò la verità soltanto attraverso la mia esperienza con ciascuno dei due. Henry non è forse stato più umano con me, e June più sincera? E io, che condivido la natura di entrambi, riuscirò a distruggere le loro pose, ad afferrare la loro vera essenza?

Allendy mi ha privato del mio oppio; mi ha resa lucida e sana, e sto soffrendo crudelmente per la perdita della mia vita immaginaria.

Anche June è diventata sana. Non è più isterica o confusa. Oggi, rendendomi conto di questo cambiamento in lei, ero sgomenta. La sua lucidità, la sua umanità, ecco cosa voleva Henry, ed è quanto sta ricevendo. Adesso posso parlare tra loro. Io l'ho cambiato, l'ho addolcito, e lui la capisce meglio.

Poi lei e io ci sediamo vicine, con le ginocchia che si toccano, ci guardiamo a vicenda. L'unica follia è la febbre tra noi. Diciamo: "Concediamoci di essere lucide con Henry, ma di essere pazze insieme."

Io entro nel caos di June e Henry ed ecco che loro diventano più chiari con se stessi e l'uno con l'altra. E io? Io soffro della follia che si stanno lasciando alle spalle. Perché sono io che raccolgo i loro grovigli, le loro insincerità, le loro complessità. Li rivivo con la mia immaginazione. Posso vedere June che priva di nuovo Henry della fiducia in se stesso, che lo confonde. Sta distruggendo il suo libro. Con il suo amore per me sta cercando di cancellare la mia influenza su Henry, di conquistarmi per allontanarmi da lui, di dominarlo di nuovo, solo per lasciarlo defraudato e rimpicciolito; per questo, è disposta persino ad amarmi. Si oppone con forza alla pubblicazione del suo libro secondo la strada che io gli ho aperto. L'addolora che lui abbia perso la fiducia nella sua capacità di aiutarlo. Adesso la vedo usare i miei mezzi – ragionevolezza, calma – per portare a termine la stessa distruzione.

Nel taxi sono tra le sue braccia. Mi stringe forte e dice: "Mi stai dando la vita, mi stai dando quello che Henry mi ha portato via." E io mi sento rispondere con parole febbrili. Questa scena nel taxi – ginocchia che si toccano, mani intrecciate, guancia contro guancia – si svolge mentre entrambe siamo consapevoli della nostra fondamentale inimicizia. Abbiamo piani opposti. Eppure non posso fare niente per Henry. È troppo debole mentre lei è qui, come lo è nelle mie mani. Mentre le dico che la amo sto pensando a come salvare Henry, il bambino, ormai non più l'amante per me, perché la sua debolezza lo ha reso bambino. Il mio corpo ricorda un uomo che è morto.

Ma che gioco superbo stiamo facendo tutti e tre? Chi è il demone? Chi il bugiardo? Chi l'essere umano? Chi è il più intelligente? Chi il più forte? Chi ama di più? Siamo dunque tre immensi io che lottano per il dominio o per l'amore, o queste cose sono tutte mischiate? Mi sento protettiva sia verso Henry sia verso June. Li nutro, lavoro per loro, mi sacrifico per loro. Devo anche dar loro la vita perché si distruggono a vicenda. Henry è preoccupato al pensiero che io debba tornare a piedi dalla stazione a mezzanotte, dopo aver accompagnato June, e June dice:

"Ho paura della tua perfezione, della tua acutezza," e si rannicchia tra le mie braccia, per farsi piccola piccola.

Poi una bella lettera di Henry, la più sincera, grazie alla sua semplicità: "Anaïs, grazie a te questa volta non vengo fatto a pezzi... Non perdere la fiducia in me, te ne prego, ti amo più che mai, davvero davvero. Non sopporto di scrivere quello che vorrei dirti sulle prime due notti con June, ma quando ti vedrò e te lo dirò, ti renderai conto dell'assoluta sincerità delle mie parole. Allo stesso tempo, stranamente, non sto litigando con June. È come se avessi più pazienza, più comprensione e simpatia di quanto sia mai successo prima... Mi sei mancata moltissimo in momenti in cui, dio mi aiuti, un uomo sano e normale dovrebbe... E ti prego, cara, cara Anaïs, non dirmi cose crudeli come hai fatto al telefono – che sei felice per me. Che cosa significa? Io non sono né felice né terribilmente infelice; provo un senso di tristezza, di malinconia che non riesco a spiegare del tutto. Ti voglio. Se mi abbandoni adesso sono perduto. Devi credere in me, per quanto a volte ti possa sembrare difficile. Mi chiedi di andare in Inghilterra. Anaïs, cosa dovrei dire? Cosa mi piacerebbe? Andarci con te – stare con te sempre. E ti dico questo proprio quando June è venuta da me mostrandomi il suo aspetto migliore, quando dovrebbe esserci più speranza che mai, se fosse la speranza che voglio. Ma come te con Hugo, vedo che tutto arriva troppo tardi. Ormai sono andato oltre. E ora, senza dubbio, dovrò vivere con lei una bella e triste bugia per un po', una bugia che ti angoscia e questo mi addolora terribilmente.

"E forse tu vedrai in June più di quanto non abbia mai visto prima, il che sarebbe giusto e forse mi odierai o mi disprezzerai, ma io che posso fare? Prendi June per quella che è – può significare moltissimo per te – ma non permetterle di frapporsi tra noi. Quello che voi riuscite a darvi non è affar mio. Io ti amo, almeno questo ricordalo. E per favore non punirmi cercando di evitarmi."

Ieri sera ho pianto. Ho pianto perché il processo grazie al quale sono divenuta donna è stato doloroso. Ho pianto

268

perché non sono più una bambina con la fede cieca di una bambina. Ho pianto perché i miei occhi sono aperti sulla realtà: sull'egoismo di Henry, sulla smania di potere di June, sulla mia creatività insaziabile che deve sempre occuparsi degli altri e non sa bastare a se stessa. Ho pianto perché non posso più credere e io amo credere. Posso ancora amare appassionatamente anche senza credere. Questo significa che amo umanamente. Ho pianto perché d'ora in avanti piangerò meno. Ho pianto perché ho perso il mio dolore e non sono ancora abituata alla sua assenza.

E così Henry verrà oggi pomeriggio, e domani io uscirò con June.

36715113R00157